四川大学学派培育项目（大文学研究学派）资助

四川大学中国现代文学文献学文丛

初期白话诗选三种

周文 编

中国社会科学出版社

图书在版编目(CIP)数据

初期白话诗选三种/周文编. —北京：中国社会科学出版社，2021.12

（四川大学中国现代文学文献学文丛）

ISBN 978-7-5203-9348-5

Ⅰ.①初⋯ Ⅱ.①周⋯ Ⅲ.①新诗—诗集—中国—现代 Ⅳ.①I226.1

中国版本图书馆 CIP 数据核字（2021）第 244916 号

出 版 人	赵剑英
责任编辑	郭晓鸿
特约编辑	杜若佳
责任校对	师敏革
责任印制	戴　宽

出　　版	中国社会科学出版社
社　　址	北京鼓楼西大街甲 158 号
邮　　编	100720
网　　址	http://www.csspw.cn
发 行 部	010-84083685
门 市 部	010-84029450
经　　销	新华书店及其他书店
印　　刷	北京君升印刷有限公司
装　　订	廊坊市广阳区广增装订厂
版　　次	2021 年 12 月第 1 版
印　　次	2021 年 12 月第 1 次印刷
开　　本	710×1000　1/16
印　　张	32
插　　页	2
字　　数	445 千字
定　　价	178.00 元

凡购买中国社会科学出版社图书，如有质量问题请与本社营销中心联系调换
电话：010-84083683
版权所有　侵权必究

总　序

李　怡　刘福春

　　作为当代中国高校自主设立的第一个博士学位点，四川大学中国现代文献学学科已经经过了一年多的建设，而作为学科学术的发展则由来已久，今天，这一套"中国现代文献学文丛"的问世具有特别的意义。

　　中国现代文学学科的奠基人王瑶先生曾经说过："在古典文学的研究中，我们有一套大家所熟知的整理和鉴别文献材料的学问，版本、目录、辨伪、辑佚，都是研究者必须掌握或进行的工作；其实这些工作在现代文学的研究中同样存在，不过还没有引起人们应有的重视罢了。"[①]早在1935年，文学史家刘大杰便在四川大学开设了必修课"现代文学"，今人皆知刘大杰先生乃古典文学史家，殊不知他一开始就以研治古典学术的方式关注着中国现代文学。1950年，《高等学校文法两学院各系课程草案》将"中国新文学史"规定为大学中文系必修课程，四川大学在当年即建立了现代文学学科，华忱之、林如稷与北京大学的王瑶一起成为新中国现代文学学科的奠基人。与王瑶、单演义等第一代中国现代文学学者相似，华忱之也是从古典文学研究转向现代文学研究的[②]。华忱之侧重于对曹禺、田汉、鲁迅等作家的研究，他非常注意打捞和甄别文

---

① 王瑶：《关于中国现代文学研究工作的随想——在中国现代文学研究会学术讨论会上的发言》，《中国现代文学研究丛刊》1980年第4期。
② 康斌：《华忱之的现代文学研究》，《中国现代文学研究丛刊》2015年第9期。

献材料，例如《〈关于黑字二十八〉和〈编剧术〉——记曹禺抗战时期的一些创作活动》一文厘清了曹禺在抗战初期的部分文学创作活动，《田汉同志与〈抗战日报〉》捋清了田汉在抗战期间的文学活动及其文学史意义，《高歌吐气作长虹——论郭沫若抗战时期的旧体诗》整理了郭沫若在抗战时期所作的散佚旧体诗文等。林如稷是浅草—沉钟社的发起人之一，他在受聘于四川大学中文系期间集中于鲁迅研究，整理出了相当数量的原始文献。

进入新时期以后，在易明善、尹在勤、王锦厚、伍加伦、陈厚诚、曾绍义、毛迅、黎风等学人的持续耕耘下，四川大学学人先后在郭沫若研究、四川作家研究、中国新诗研究等方面取得了重要进展。中国新文学文献史料工作于新时期开始复苏，而四川大学中国现当代文学学者在20世纪80年代所取得的最重要成就是编辑文学研究资料①。1979—1990年间陆续出版的《中国当代文学研究资料》，四川大学负责编辑其中五位作家的研究资料：王兴平、刘思久、陆文璧编《曹禺专集》（上下册），陆文璧、王兴平编《胡可专集》，毛文、黄莉如编《艾芜专集》，易明善、陆文璧、潘显一编《何其芳研究专集》，梅子、易明善编《刘以鬯研究专集》。此外，王锦厚、毛迅、钟德慧、伍加伦等编辑了《中国新文学大系1937—1949》中的《文学理论集》。

在新时期，四川大学学人对郭沫若、何其芳、李劼人等四川作家生平资料的搜集与整理，成绩最为突出。郭沫若是20世纪80年代四川大学学术研究热点之一。四川大学郭沫若研究室于1979年成立，不久后完成对《郭沫若全集·文学编》（该全集是郭沫若作品在新时期的第一次结集出版）中部分篇章②的注释。以郭沫若研究室为依托，川大相继发表了一系列有关郭沫若的考证文章和研究资料，如易明善的《郭沫若

---

① 程骥：《四川大学与中国现代文学》，见毛迅、李怡主编《现代中国文化与文学》（第5辑），四川出版集团、巴蜀书社2008年版，第5—22页。

② 包括第二卷的《蜩螗集》，第十二卷的《我的学生时代》，第十八卷的《盲肠炎》《羽书集》，第十九卷的《沸羹集》，第二十卷的《天地玄黄》。

〈洪波曲〉的几处史实误记》和《郭沫若四十年代中期在上海活动纪略》、李保均的《郭沫若学生时代年谱（1892—1923）》和《郭沫若族谱》等论文，以及李保均的专著《郭沫若青年时代评传》，王锦厚、伍加伦、肖斌如编的《郭沫若佚文集（1906—1949）》等。

郭沫若以外的其他四川作家同样受到了关注。尹在勤的《何其芳评传》是新时期第一本详细介绍何其芳生平经历与诗歌创作的专著。四川大学学人还编辑了两辑《四川作家研究》①，收入多篇研究四川作家的论文，其中多为对四川作家资料的收录，如陈厚诚的《沙汀五十年著作年表（一九三一年四月——九八一年四月）》，伍加伦、王锦厚的《李劼人著译目录》，易明善的《何其芳抗战时期简谱》，其中，还刊登四川大学校友李存光所作的《巴金著译六十年目录》以及《巴金生平及文学活动事略》（李辉、陈思和、李存光）等。

四川大学现代文学学科在20世纪90年代继续着力于新文学史料工作，其中以新诗史料工作最为引人注目。毛迅的著作《徐志摩论稿》，挖掘和使用了很多第一手材料。王锦厚不仅与陈丽莉合编《饶孟侃诗文集》，还出版专著《闻一多与饶孟侃》，该书第一次系统考察了饶孟侃的人生遭际与创作道路。②陈厚诚的《死神唇边的微笑——李金发传》是自我国台湾地区杨允达的《李金发评传》问世以后，在大陆公开出版的第一本李金发传记。

除了新诗以外，四川大学学者对小说和散文的资料收集与阐释工作同样用心。黎风的《新时期争鸣小说纵横谈》及时地整理了新时期以来中国小说创作的重要文献。易明善的《刘以鬯传》是"多年阅读作品、搜罗资料、访问传主，然后构思结撰而成的"（黄维樑《〈刘以鬯传〉序》），内含大量的一手材料。曾绍义耗时数年主编的《中国散文

---

① 见《四川大学学报丛刊》第十二辑（1982年）、第十九辑（1983年）。
② 值得一提的是，王锦厚在1989年出版的专著《五四新文学与外国文学》打捞了许多弥足珍贵的资料，而且其中引用的报刊、书籍有不少为珍藏本。

百家谭》共3册、140万字，编入近百位散文名家的资料，被誉为"一部理论性、欣赏性、知识性、资料性俱有的大书"(《〈中国散文百家谭〉总序》)。张放的《中国新散文源流》以编年史的结构来论述中华人民共和国成立以前的现代散文发展史，对现代散文史料进行了清晰的梳理。

进入21世纪以后，在学者们的不懈努力下，四川大学学人继续在新文学史料方面取得重要突破。姜飞专注于国民党文艺研究，搜集了民族主义作家黄震遐的大量文献，爬梳钩沉，贡献良多，《国民党文学思想研究》一书中使用的许多文献为首次面世。陈思广致力于中国现代小说研究，《中国现代长篇小说编年史（1922—1949）》《审美之维：中国现代经典长篇小说接受史论》《中国现代长篇小说的传播与接受研究》《四川抗战小说史（1931—1949）》《现代长篇小说边缘作家研究》等著作清理出大量稀有文献。李怡以新诗为中心，在多种文学体裁的史料整理和研究中颇有建树，他主编了《中国当代文学编年史·第一卷》《中国现代文学编年史·第九卷》《穆旦研究资料》（与易彬合编）、《中国新诗百年大典·第一卷》等研究资料，还在《现代四川文学的巴蜀文化阐释》《七月派作家评传》《日本体验与中国现代文学的发生》等专著中澄清了诸多史实问题。2018年5月，中国社会科学院研究员、著名的新诗文献学者刘福春受聘为四川大学特聘教授，开始着手于四川大学的史料学科的建设工作与史料文献研究生的培养工作。刘福春先生自1980年代初以后，一直投身于新诗文献的收集、整理和研究，被誉为"中国新诗收藏第一人"。迄今为止，刘福春编选或撰写了《中国现代文学总书目·诗歌卷》《中国现代新诗集编目》《新诗名家手稿》《冯至全集·第一卷》《冯至全集·第二卷》《红卫兵诗选》（与岩佐昌暲合编）、《中国当代新诗编年史（1966—1976）》《中国新诗书刊总目》《牛汉诗文集》《中国新诗编年史》《文革新诗编年史》等多种资料，有学者认为"刘福春先生对中国新诗文献的掌握与整理大概难有人与之比肩"①。

从2012年起，四川大学现代中国文化与文学研究中心联合多个科研机构和出版社，陆续推出《民国文化与文学》和《人民共和国文化与文学》论丛，以及《民国文学史论》《民国历史文化与中国现代文学研究》等大型丛书②，为民国文学史料的整理和阐释做出了重要贡献。自2016年起，台湾的花木兰文化出版社开始发行《民国文学珍稀文献集成》（刘福春、李怡主编）大型系列丛书。四川大学与首都师范大学正在合作教育部研究基地重大项目"中国现代散佚诗集的搜集、整理与研究"，计划出版约100种《影印中国新诗散佚诗集丛刊》（李怡、刘福春主编），目前已经出版了两辑80余种，筹划在未来再出版5—100种。除此之外，四川大学正在筹建新文学史料文献典藏中心，计划建造一个以新诗为龙头、涵盖各种文学体裁的新文学（新诗）博物馆，众多校内外知名学者的个人文献收藏都将陈列其中。

四川大学是中国西部地区最早培养硕士生和博士生的学术机构，在中国现当代文学的研究生培养方面，也十分鼓励文献整理与研究方面的选题。目前已有多篇学位论文发掘和研讨新文学的文献问题，从多个方面填补了学术研究的空白。可以说，致力于新文学文献问题的考察已经在四川大学蔚然成风。

由四川大学学者创办和主编的多种学术刊物，也十分崇尚对新文学史料的保存与解读。2005年，《现代中国文化与文学》创刊，《卷首语》中明确提出把"文化文学的互动关系与稳健扎实的蜀学传统"作为刊物的"双重追求"，期刊为此设立"文学档案"栏目，每期发表新文学史料或史料辨析论文。另外，《四川大学学报》《郭沫若学刊》《大文学

---

① 李怡、罗梅：《从史料还原、文本解读到诗学建构——民国诗歌研究的三个方法论案例》，《四川大学学报》2016年第4期。

② 李怡：《构建中国现代文学研究"川大群落"的雏形——民国文化与文学·四川大学特辑引言》，见李怡、毛迅主编《现代中国文化与文学》（第21辑），巴蜀书社2017年版，第41页。

评论》《民国文学与文化》《阿来研究》《华文文学评论》等学术刊物，自创刊以来均刊发了大量考辨梳理新文学史料的论文。

概览四川大学中国现当代文学学科半个多世纪的发展史，不难发现有一些学术品质始终如一，其中最引人注目之处就是重视史料考证。推崇新文学史料的搜集、整理和研究，可以说是"川大群落"的普遍学术共识，新时期以来中国新文学研究所取得的文献成果，也有四川大学学者的重要贡献。

设置二级学科中国现代文献学一直是学界的共识与愿望，四川大学率先成立二级学科中国现代文献学，学术界多年的愿望得以实现，相信四川大学中国现代文献学将会得到极大发展，带动全国现代文献学乃至中国现代学术的整体发展。

这一套"文献学文丛"反映的是这些年来四川大学学者在搜集、整理新文学相关文献等方面的收获，相信能够对我们的中国现代文学文献工作有所补充，有所贡献。

2020 年 3 月于四川大学江安校区

凡 例

本书作为四川大学中国现代文学文献学文丛之一种，故所有文字（含标点符号）均遵从原文，未作任何改动。

目 录

前言 ·· (1)

新诗集(第一编) ··· (1)

吾们为什么要印《新诗集》? ·· (2)

新诗集　写实类 ··· (5)
- 人力车夫 ··· (5)
- 卖萝卜人 ··· (5)
- 铁匠 ·· (6)
- 学徒苦 ·· (7)
- 女丐 ·· (8)
- 相隔一层纸 ·· (8)
- 雪 ··· (9)
- 乡下人 ·· (9)
- 忙煞！苦煞！快活煞！ ··· (10)
- 背枪的人 ·· (11)
- 两个扫雪的人 ·· (11)
- 两种声音 ·· (12)

- 女工之歌 …………………………………………………… (12)
- 辍了课的第一点钟里 ……………………………………… (13)
- 先生和听差 ………………………………………………… (15)
- 昨日今日 …………………………………………………… (16)
- 杂诗两首 …………………………………………………… (17)
- 湖南小儿的话 ……………………………………………… (18)
- 湖南的路上 ………………………………………………… (19)
- 京奉车中 …………………………………………………… (19)
- 夜游上海所见 ……………………………………………… (20)
- 路上所见 …………………………………………………… (21)
- 东京炮兵工厂同盟罢工 …………………………………… (22)
- 糊涂账 ……………………………………………………… (23)
- 罗威尔 Lowell 的诗 ……………………………………… (23)
- 穷人的怨恨 ………………………………………………… (24)
- 爱情 ………………………………………………………… (26)
- 丁巳除夕歌 一名"他与我" ……………………………… (26)
- 也算是一生 ………………………………………………… (28)
- 地狱八景之一 ……………………………………………… (28)
- 愿意 ………………………………………………………… (29)
- 牛 …………………………………………………………… (29)
- 画家 ………………………………………………………… (30)

写景类 ……………………………………………………… (32)
- 暮登泰山西望 ……………………………………………… (32)
- 日观峰看浴日 ……………………………………………… (33)
- 小河 ………………………………………………………… (35)
- 生机 ………………………………………………………… (38)

- 除夕入香山 …………………………………… (38)
- 深秋永定门城上晚景 ………………………… (39)
- 公园里的二月蓝 ……………………………… (41)
- 冬夜之公园 …………………………………… (41)
- 老头子和小孩子 ……………………………… (42)
- 无聊 …………………………………………… (43)
- 山中 …………………………………………… (43)
- 春水船 ………………………………………… (44)
- 春意（二月作） ……………………………… (46)
- 山居 …………………………………………… (46)
- 初冬京奉道中 ………………………………… (46)
- 冬夜 …………………………………………… (47)

写意类 ………………………………………… (49)
- 解放 …………………………………………… (49)
- 鸟 ……………………………………………… (50)
- 新光 …………………………………………… (52)
- 见火星随感 …………………………………… (52)
- 毁灭 …………………………………………… (53)
- 冬夜 …………………………………………… (54)
- 威权 …………………………………………… (55)
- 乐观 …………………………………………… (55)
- 微光 …………………………………………… (57)
- 旁的怎么样 …………………………………… (57)
- 理想的实现 …………………………………… (58)
- 鸽子 …………………………………………… (59)
- 老鸦有序 ……………………………………… (60)

- 本来干他什么事? ……………………………… (60)
- 耕牛 ………………………………………………… (61)
- 折杨柳 ……………………………………………… (62)
- 霜 …………………………………………………… (62)
- 落叶 ………………………………………………… (63)
- 四月二十五日夜 …………………………………… (64)
- 从那滚滚大洋的群众里 …………………………… (64)
- 鸡鸣 ………………………………………………… (65)
- 人与时 ……………………………………………… (66)
- 一只飞雁 …………………………………………… (66)
- 雨 …………………………………………………… (67)
- 雀 …………………………………………………… (67)
- 微菌 ………………………………………………… (68)
- 黑云 ………………………………………………… (68)
- 一梦 ………………………………………………… (69)
- 冬天的青菜 ………………………………………… (69)

写情类 …………………………………………… (71)
- 送任叔永回四川 …………………………………… (71)
- 送戚君书栋往南洋 ………………………………… (72)
- 想起李陆二君来就胡写了几句给琴荪 …………… (72)
- 答党君 ……………………………………………… (73)
- 周岁 ………………………………………………… (74)
- 题女儿小蕙周岁日造象 …………………………… (75)
- 新婚杂诗 …………………………………………… (76)
- D——! ……………………………………………… (78)
- 欢迎仲甫出狱 ……………………………………… (81)

- 可怜的我 ………………………………………………… (82)
- 可爱的你 ………………………………………………… (84)
- 十二月一日到家 ………………………………………… (85)
- 悼亡妻 …………………………………………………… (86)
- 十一月九日吊李君鸿儒诗 ……………………………… (87)
- 吊板垣先生 ……………………………………………… (87)
- 哀湘江 …………………………………………………… (89)
- 悼浙江新潮 ……………………………………………… (89)
- 痛苦 ……………………………………………………… (90)
- 一念(有序) ……………………………………………… (90)
- 想 ………………………………………………………… (91)
- 荫 ………………………………………………………… (92)
- 光 ………………………………………………………… (92)
- 悼赵五贞女士舆中自刎 ………………………………… (93)
- 我是少年 ………………………………………………… (93)

附　录 ………………………………………………………… (95)
　我为什么要做白话诗？ …………………………………… (95)
　谈新诗 ……………………………………………………… (108)
　诗的精神之革新 …………………………………………… (125)

分类白话诗选(一名：新诗五百首) ………………………… (129)
　分类白话诗选 ……………………………………………… (129)
　刘半农诗序 ………………………………………………… (132)
　白话诗的研究 ……………………………………………… (134)

分类白话诗选卷一 ……………………………………（148）

写景类 许德邻编 ……………………………………（148）

- 暮色垂空 绎 ……………………………………（148）
- 江南 绎 ……………………………………………（149）
- 雪 绎 ………………………………………………（150）
- 朝气 绎 ……………………………………………（152）
- 黄昏 绎 ……………………………………………（153）
- 鸽子 绎 ……………………………………………（154）
- 月夜 绎 ……………………………………………（154）
- 暮登泰山西望 …………………………………（155）
- 日观峰看浴日 …………………………………（156）
- 玻璃窗 …………………………………………（158）
- 西窗晚望 ………………………………………（159）
- 无聊 ……………………………………………（159）
- 公园里(的二月蓝) ……………………………（160）
- 游丝 ……………………………………………（160）
- 晓 ………………………………………………（160）
- 山中即景 ………………………………………（161）
- 海滨 ……………………………………………（162）
- 香山早起作寄城里的朋友们 …………………（162）
- 山中杂诗 ………………………………………（163）
- 江山 ……………………………………………（163）
- 十二月十五夜月 ………………………………（164）
- 一颗星儿 ………………………………………（164）
- 沪杭道中 ………………………………………（164）
- 游西子湖 ………………………………………（165）
- 游北山云林寺 …………………………………（166）

- 日出 ……………………………………………………… (167)
- 登临 ……………………………………………………… (168)
- 过印度洋 ………………………………………………… (171)
- 生机 ……………………………………………………… (171)
- 初冬京奉道中《曙光》一卷二号 ……………………… (172)
- 春水船 …………………………………………………… (173)
- 冬夜之公园 ……………………………………………… (175)
- 除夕入香山 ……………………………………………… (176)
- 老头子和小孩子　有序 ………………………………… (176)
- 深秋永定门城上晚景 …………………………………… (177)
- 山中 ……………………………………………………… (179)
- 春意(二月作) …………………………………………… (180)
- 冬夜 ……………………………………………………… (180)
- 车行郊外 ………………………………………………… (181)
- 千秋歌 …………………………………………………… (182)
- 登东唱城 ………………………………………………… (182)
- 桑园道中 ………………………………………………… (184)
- 天安门前的冬夜 ………………………………………… (185)

分类白话诗选卷二 ………………………………………… (187)
写实类 ………………………………………………………… (187)
- 一个大工业中心地 ……………………………………… (187)
- 卖布谣(一) ……………………………………………… (188)
- 卖布谣(二) ……………………………………………… (189)
- 公园门口 ………………………………………………… (190)
- 工人乐 …………………………………………………… (191)
- 富翁哭 …………………………………………………… (192)

- 车毯(拟车夫语) ……………………………… (192)
- 学徒苦 ……………………………………… (193)
- 卖萝卜人 …………………………………… (193)
- 妇人 ………………………………………… (194)
- 劳动歌 ……………………………………… (195)
- 起劲 ………………………………………… (196)
- 开差 ………………………………………… (198)
- 懒惰 ………………………………………… (200)
- 农家 ………………………………………… (201)
- 阿们 ………………………………………… (202)
- 钱 …………………………………………… (204)
- 夜游上海有所见 …………………………… (205)
- 竹叶　绎 …………………………………… (206)
- 种田人(用满江红词调) …………………… (207)

新年词 …………………………………… (208)

- 红色的新年 ………………………………… (208)
- 人力车夫 …………………………………… (210)
- 人力车夫 …………………………………… (210)
- 相隔一层纸 ………………………………… (211)
- 雨 …………………………………………… (211)
- 荐头店　有序 ……………………………… (212)
- 云鬟 ………………………………………… (212)
- 渡江 ………………………………………… (214)
- 敲冰 ………………………………………… (215)
- 快起来！ …………………………………… (225)
- 三弦 ………………………………………… (226)
- 山中杂诗 …………………………………… (226)

- 威权 ·· (227)
- 周岁——祝晨报一年纪念 ······················ (227)
- 愿意 ·· (228)
- 耕牛 ·· (229)
- 湖南小儿的话 ······································ (229)
- 幸福的福音 ··· (230)
- 漂泊的舞蹈家 ······································ (231)
- 罪恶 ·· (233)
- 人力车夫 ·· (234)
- 画家 ·· (234)
- 穷人的怨恨 ··· (235)
- 糊涂账 ··· (237)
- 路上所见 ·· (238)
- 先生和听差 ··· (238)
- 两个扫雪的人 ······································ (239)
- 铁匠 ·· (240)
- 雪 ··· (241)
- 女丐 ·· (242)
- 两种声音 ·· (242)
- 乡下人 ··· (242)
- 昨日今日 ·· (243)
- 辍了课的第一点钟里 ···························· (244)
- 牛 ··· (246)
- 罗威尔 Lowell 的诗 ······························ (246)
- 湖南的路上 ··· (247)
- 杂诗两首 ·· (248)
- 鸡鸣 ·· (249)

分类白话诗选卷三 ································· (250)
 写情类 ··· (250)
  • 新婚杂诗 ····································· (250)
  • 老洛伯　译 ··································· (252)
  • 春水 ··· (254)
  • 听雨 ··· (254)
  • 苦——乐——美——丑 ······················· (255)
  • 新月与晴海 ··································· (255)
  • "不加了……" ································ (255)
  • 南京 ··· (256)
  • 别后 ··· (257)
  • 送会友魏时珍王若愚陈剑修许楚僧赴欧留学 ········ (260)
  • 感情之万能 ··································· (261)
  • 太戈尔　译 ··································· (262)
  • 除夕 ··· (264)
  • 除夕 ··· (265)
  • 除夕歌 ······································· (265)
  • 除夕 ··· (267)
  • 三色花 ······································· (268)
  • 往前门车站送楚僧赴法 ························· (268)
  • 在上海再送楚僧 ······························· (270)
  • 吊板垣先生 ··································· (270)
  • 想 ··· (272)
  • 悼周淡游 ····································· (272)
  • 悼黎仲实 ····································· (273)
  • 问心 ··· (274)
  • 太戈尔　译 ··································· (276)

- 有希望么 …………………………………………（284）
- 有希望咧！ ………………………………………（285）
- 赠别魏时珍 ………………………………………（286）
- 隔海送时珍赴德 …………………………………（286）
- 月 …………………………………………………（288）
- 四月二十五夜 ……………………………………（289）
- 他们的花园 ………………………………………（289）
- 窗纸 ………………………………………………（290）
- 不过 ………………………………………………（291）
- 赠君蔷薇 …………………………………………（291）
- 冬天 ………………………………………………（292）
- 两个女子 …………………………………………（292）
- 吊姊 ………………………………………………（293）
- 如梦令 ……………………………………………（294）
- 悼曼殊 ……………………………………………（295）
- 恋爱 ………………………………………………（296）
- 虞美人　有序 ……………………………………（296）
- 病中得冬秀书 ……………………………………（297）
- 关不住了　绎 ……………………………………（297）
- "应该" ……………………………………………（298）
- 送叔永回四川 ……………………………………（299）
- 小诗 ………………………………………………（300）
- 自题《藏晖室札记》十五册汇编 ………………（300）
- 十二月一日奔丧到家 ……………………………（301）
- 送存统赴日本 ……………………………………（301）
- 送存统赴日本 ……………………………………（302）
- 送虞裳赴英伦 ……………………………………（303）

- 怅惘 (304)
- 夜 (304)
- 雁语 (305)
- 春月的下面(题画) (306)
- 电火光中 (307)
- 哭儿 (309)
- 送若愚时珍赴柏林剑翰赴巴黎 (312)
- 窗外 (313)
- 风的话 (313)
- 爱情 (315)
- 送客黄浦 (316)

分类白话诗选卷四 (318)

写意类 (318)

- 一念 有序 (318)
- 鸽子 译 (318)
- 最后的请愿 译 (319)
- 骂教会 (321)
- 黄蜂儿 译 (322)
- 春又来了 译 (323)
- 送许德珩杨树浦 译 (323)
- 题女儿小蕙像 译 (325)
- 苹果树 (325)
- 宰羊 (326)
- 落叶 (327)
- 老鸦 有序 (327)
- 大雪 (328)

- 灵魂 …………………………………………………(328)
- 雪 ……………………………………………………(328)
- 梦 ……………………………………………………(329)
- 爱之神 ………………………………………………(329)
- 桃花 …………………………………………………(330)
- "赫贞旦"答叔永 有序 ……………………………(330)
- 心影 …………………………………………………(331)
- 烦闷的烦闷 …………………………………………(334)
- 冰雪的终局 …………………………………………(336)
- 偶像 …………………………………………………(337)
- 云与波 ………………………………………………(338)
- 淘汰来了 ……………………………………………(339)
- 石头和竹子 …………………………………………(340)
- 毁灭 有序 …………………………………………(341)
- 忏悔的人格 有序 …………………………………(342)
- "姓"甚 ………………………………………………(343)
- 狂风 …………………………………………………(344)
- 树与石 ………………………………………………(345)
- 疑问 …………………………………………………(346)
- 人与时 ………………………………………………(347)
- 戏孟和 ………………………………………………(347)
- 活动影戏 ……………………………………………(347)
- 小河呀！ ……………………………………………(348)
- 三溪路上大雪里一个红叶 …………………………(348)
- 蝴蝶 …………………………………………………(348)
- 他思祖国也 …………………………………………(349)
- 论诗杂记 ……………………………………………(349)

- 希望　绎 ·· (349)
- 乐观　有序 ·· (350)
- 看花 ··· (351)
- 上山 ··· (351)
- 一颗遭劫的星　有序 ·· (353)
- 我的儿子 ··· (354)
- 你莫忘记　有序 ·· (355)
- 光海 ··· (356)
- 巨炮之教训 ··· (359)
- 努力 ··· (362)
- 赤裸裸 ··· (363)
- 解放 ··· (364)
- 新光 ··· (365)
- 冬天里的青菜　新嵺东一 ···································· (366)
- 黑云 ··· (366)
- 折杨柳　新空气 ·· (367)
- 理想的实现　中秋夜作 ······································ (367)
- 鸟 ··· (368)
- 霜 ··· (370)
- 一只飞雁 ··· (370)
- 落叶 ··· (371)
- 一梦 ··· (372)
- 本来干他什么事 ·· (373)
- 也算是一生 ··· (374)
- 雨 ··· (374)
- 咱们一伙儿 ··· (375)
- 老牛 ··· (376)

● 别她 ………………………………………… (377)
　　● 我的伴侣 ……………………………………… (378)
　　● 归来太和魂 …………………………………… (380)

新诗年选 ……………………………………… (385)
　弁言 ……………………………………………… (386)
　北社征文启事 …………………………………… (388)
　■卜生 …………………………………………… (389)
　　送报 …………………………………………… (389)
　■五 ……………………………………………… (390)
　　游京都圆山公园 ……………………………… (390)
　■五〇 …………………………………………… (390)
　　一个可怜的朋友 ……………………………… (390)
　■大白 …………………………………………… (391)
　　应酬 …………………………………………… (391)
　■今是 …………………………………………… (392)
　　月夜 …………………………………………… (392)
　■予同 …………………………………………… (394)
　　破坏天然的人 ………………………………… (394)
　■王志瑞 ………………………………………… (394)
　　旁的怎么样? ………………………………… (394)
　　偏是 …………………………………………… (396)
　■玄庐 …………………………………………… (396)
　　入狱 …………………………………………… (396)
　　想 ……………………………………………… (396)
　　忙煞! 苦煞! 快活煞! ……………………… (397)
　■左舜生 ………………………………………… (398)

讲我们国家的近代史 …………………………………… (398)
■仲密 ………………………………………………………… (399)
　背枪的人 …………………………………………………… (399)
　偶成 ………………………………………………………… (399)
■余捷 ………………………………………………………… (401)
　羊群 ………………………………………………………… (401)
■沈乃人 ……………………………………………………… (403)
　灯塔 ………………………………………………………… (403)
■沈尹默 ……………………………………………………… (404)
　月夜 ………………………………………………………… (404)
　月 …………………………………………………………… (404)
　公园里的二月蓝 …………………………………………… (405)
　三弦 ………………………………………………………… (405)
　赤裸裸 ……………………………………………………… (405)
■沈兼士 ……………………………………………………… (406)
　寄生虫 ……………………………………………………… (406)
■汪静熙 ……………………………………………………… (406)
　方入水的船 ………………………………………………… (406)
■李大钊 ……………………………………………………… (407)
　山中落雨 …………………………………………………… (407)
■周无 ………………………………………………………… (408)
　去年八月十五 ……………………………………………… (408)
■周之干 ……………………………………………………… (409)
　雪 …………………………………………………………… (409)
■周作人 ……………………………………………………… (410)
　小河 ………………………………………………………… (410)
　两个扫雪的人 ……………………………………………… (413)

北风 …………………………………………………… (414)
　　画家 …………………………………………………… (415)
　　东京炮兵工厂同盟罢工 ……………………………… (416)
　　爱与憎 ………………………………………………… (417)
■孟寿椿 …………………………………………………… (418)
　　狱中杂诗 ……………………………………………… (418)
■俞平伯 …………………………………………………… (419)
　　冬夜之公园 …………………………………………… (419)
　　"他们又来了" ………………………………………… (420)
　　菊 ……………………………………………………… (422)
　　风的话 ………………………………………………… (423)
■俍工 ……………………………………………………… (426)
　　湖南的路上 …………………………………………… (426)
■胡适 ……………………………………………………… (426)
　　江上 …………………………………………………… (426)
　　老鸦 …………………………………………………… (427)
　　看花 …………………………………………………… (427)
　　你莫忘记 ……………………………………………… (428)
　　应该 …………………………………………………… (428)
　　威权 …………………………………………………… (430)
　　小诗 …………………………………………………… (430)
　　乐观 …………………………………………………… (431)
　　上山 …………………………………………………… (432)

附　录 ……………………………………………………… (435)
　　耶稣诞节歌 …………………………………………… (435)
　　虞美人(有序) ………………………………………… (435)

久雪后大风寒甚作歌 ……………………………………（435）
临江仙 ………………………………………………………（436）
虞美人（有序）………………………………………………（436）
十二月五夜月 ………………………………………………（436）
生查子 ………………………………………………………（437）
景不徙篇 ……………………………………………………（437）
■唐俟 …………………………………………………………（437）
　他 ……………………………………………………………（437）
■康白情 ………………………………………………………（438）
　草儿在前 ……………………………………………………（438）
　女工之歌 ……………………………………………………（439）
　暮登泰山西望 ………………………………………………（440）
　日观峰看浴日 ………………………………………………（441）
■郭沫若 ………………………………………………………（444）
　三个泛神论者 ………………………………………………（444）
　天狗 …………………………………………………………（444）
　死的诱惑 ……………………………………………………（446）
　新月与白云 …………………………………………………（446）
　雪朝 …………………………………………………………（447）
■陆友白 ………………………………………………………（448）
　太平洋的黑潮 ………………………………………………（448）
■陈衡哲 ………………………………………………………（449）
　人家说我发了痴（有序）……………………………………（449）
　散伍归来的吉普色（有序）…………………………………（451）
■傅彦长 ………………………………………………………（452）
　回想 …………………………………………………………（452）
　女神 …………………………………………………………（453）

■傅斯年 ················· (454)
　老头子和小孩子 ········· (454)
　咱们一伙儿 ············· (455)
　心悸 ··················· (456)
　心不悸了 ··············· (457)
　自然 ··················· (458)
■寒星 ··················· (461)
　E 弦 ··················· (461)
■悥 ····················· (462)
　夜步出宣武门闻桥下水声溅溅 ··· (462)
■黄琬 ··················· (463)
　自觉的女子 ············· (463)
■爱我 ··················· (464)
　为着你的事 ············· (464)
■叶绍钧 ················· (465)
　我的伴侣！ ············· (465)
■裴庆彪 ················· (467)
　爱的神 ················· (467)
■刘复 ··················· (467)
　车毡 ··················· (467)
　卖萝卜的 ··············· (468)
　窗纸 ··················· (469)
　无聊 ··················· (469)
　桂 ····················· (470)
■阙名 ··················· (471)
　忏悔 ··················· (471)
■罗家伦 ················· (472)

天安门前的冬夜 ……………………………………（472）
■顾诚吾 …………………………………………………（473）
　　杂诗两首 …………………………………………（473）
■YZ ………………………………………………………（475）
　　恋爱 ………………………………………………（475）

余　载 ……………………………………………………（476）
　一九一九年诗坛略纪 ……………………………（476）
　北社的旨趣 ………………………………………（477）

前　言

《初期白话诗选三种》包括由新诗社编辑部编选的《新诗集（第一编）》（新诗社出版部1920年1月出版）、许德邻编选的《分类白话诗选（新诗五百首）》（上海崇文书局1920年8月8日出版）和北社编选的《新诗年选（1919年）》（上海亚东图书馆1922年8月出版），这三种诗选是目前已知最早的白话新诗选集，其选取的对象，正是五四运动时期的白话新诗。其中，除许德邻编选的《分类白话诗选》于1988年人民文学出版社整理出版外，其他两种诗选很多现代文学研究者甚至不少新诗研究者都未曾得见。以至于，在诸多文学史中，胡适《尝试集》仍被称为"中国现代文学史上第一部白话新诗集"，而实际上出版于1920年1月的《新诗集（第一编）》比胡适《尝试集》要早两个月。

1988年人民文学出版社出版的《分类白话诗选》（以下简称"人文社1988年版"）经过编辑的细心校正，整体面貌焕然一新，诗歌阅读观感较之初版大有提升，然而却减少了研究者的兴味。比如，全书的第一首诗，即写景类第一首诗《暮色垂空》是一首译诗，初版本并无作者，只是加一"绎"字，并注明出处，是"《少年中国》一卷九期"，"人文社1988年版"则将该诗直接署名为"歌德（郭沫若译）"，"《少年中国》一卷九期"则被删去，这引发的困惑是：出版于1928年的《沫若译诗集》中确有"暮色"一首，内容也与《暮色垂空》相同，那么这首译诗郭沫若究竟何年发表在哪一期刊而被选入

1920年出版的《分类白话诗选（新诗五百首）》呢？无论检索作者还是检索诗题都很难找到，因为这首诗虽然是郭沫若翻译的，但最早却是以田汉的名义发表的——其内嵌于1920年3月出版《少年中国》第一卷第九期"诗学研究号"田汉翻译的《歌德诗的研究》一文当中。显然，"人文社1988年版"虽然做了大量工作，但其处理方式却反而增加了困惑，而更深一层说，这被编辑"不当完善"的小小细节，正呈现了郭沫若与田汉相识合作的佳话以及郭沫若卓绝的诗歌艺术感受力；又如，"太戈尔"这首译诗，"人文社1988年版"将之重新命名为"太戈尔诗十六首"，原书该诗分节缺"（十五）"而有"（十七）"，而"人文社1988年版"分节却是缺"（十六）"而有"（十七）"……

略举"人文社1988年版"《分类白话诗选》之错讹，意在表明本书编纂的文献态度：作为初期白话新诗研究的珍稀文献，我们认为，尽可能地原貌呈现这三种诗选，不仅对研究者大有裨益，也有助于读者回到具体历史语境中咀嚼初期白话新诗试验阶段独特的艺术魅力。

在编者看来，无论是《分类白话诗选》，还是《新诗集》和《新诗年选》，它们在诗歌研究上的使用频率都要高于其作为诗歌鉴赏的使用频率。在未受新诗史熏陶的读者眼中，这三种诗选中的白话新诗在某种程度上破坏了新诗在他们心中的美感，但对研究者而言，三种诗选所呈现出的初期白话新诗芜杂而繁茂的诗坛景象、新与旧的对决以及诸多触及诗歌本质的问题讨论等，使得回到历史现场成为可能。

当然，重新整理这三种诗选单是拍照影印是不够的，因为限于印刷技术抑或编者急就等原因，三种诗选编排印刷方面都算不得优良，模糊不清乃至错漏之处较多，对当下的许多读者来说，阅读颇为费力。编者在整理工作的开始阶段，曾比照《新青年》《新潮》等杂志以及胡适、刘半农、周作人、郭沫若等作者的全集、文集，将三种诗选中错漏之处予以补正，而实际上这却又与原貌呈现的初衷相悖，故部分以注释的方式呈现，但即便如此，注释较多也影响了读者的阅读体验。现代文献整理过程中，如何最大限度地保存原书原貌又能略尽整理之功且无损于读者的阅读体验是现代文献学所面临的重要课题之一，也是本书编者所极力平衡以达成的目标，鉴于此，特向诸君说明：

1. 为更好地呈现三种诗选编者的态度，本书编者经过对校，将诗选编者的"点评"或"插话"用不同字体刊印，而原书并无区别或不明显，只字体大小有异；

2. 原书明显的错误，如将"叔永"错刊为"永叔"，"蜜"错排为"密"等这些容易辨识的错讹外，部分错讹如"简直"误为"检直"，"无限"误为"年限"等则需要借助他校或本校的方式来辨识，这些均以注释形式求教于方家；

3. 工具书难以查证之异体字又模糊不清者，编者同样以注释方式将自己的判断作了标示，如"飈""黑魆魆"等；

4. 三种诗选脱文较多，编者多以注释的方式补之，诗歌原文空白以"□"替之，但也有模糊不清但容易辨识的，如"十月二十六日"之"日"字，或相对易见诗篇非常明显的脱字漏字，如周作人《两个扫雪的人》一诗最后"八年一月十三日"之"八"字等，此类脱文较多，编者直接补之而未再赘注。

5. 诗选，尤其是初期的诗选，编者多在求全的基础上而求精，篇目多了便自然要在书籍的排版上妥协，三种诗选都有这样的妥协——采用诗篇连排的方式，本书同样采用连排的方式，一方面是对文献原貌的尊重；另一方面自然也是这种"妥协"的延续。

6. 本诗所收录三种诗选在初期新诗的选录上多有重合之处，所选文论也有篇章相同的地方，但文本细节却并不完全一致，各有脱漏、错讹，甚至某作家作品在同一作者的不同作品中用字不同的情况，如胡适《尝试集·自序》中将"wordsworth"（现通译为华兹华斯，译为"华茨活"，而在《谈新诗——八年来一件大事》（发表于1919年《星期评论》"双十节纪念专号"，一文中译作"华次活"，而这两篇文论均收录到《新诗集》附录中，两处用字按原貌保持不同，本书亦以原貌呈现；再如《周岁》一诗最后一句在《新诗集》中作"病魔会战胜了你！"，而在《分类白话诗》中作"病魔战胜了你！"，本诗也保持了原书原貌。如此权宜的原因在于，这些文本细节并不影响作者欣赏初期白话新诗，原貌保存呈现了白话新诗初创期真实的文化语境，也避免了新错误的发生。

7. 三种诗选的原版本，《分类白话诗选》无目录，《新诗集》的目录并无页码，本书将目录统一编排并加入页码以方便读者查阅，原书目录不再重复刊印，特向读者说明。

"孔子删诗说"对诗歌的传播、保存有着极为深远的影响，诗选是一种文化的自觉行为，其与现代白话新诗经典的确立关系密切。将这三种目前已知最早的白话诗选重新整理并以一种整体的面貌呈现，对现代文学研究者重新认识初期白话新诗产生重要影响，更对厘清中国现代新诗发生、发展的脉络大有裨益。编者所努力的是，在前人工作的基础上，在遵守校勘规范的前提下为读者提供一个可以信赖的版本。

周 文

2020 年 8 月 25 日

新诗集
(第一编)

新诗社编辑部编

新诗社出版部（上海）一九二〇年 月初版。原书二十五开。

吾们为什么要印《新诗集》？

新诗底价值，有几层可以包括他；——有几层老诗里当然也有的——就是：

（1）合乎自然的音节，没有规律的束缚；

（2）描写自然界和社会上各种真实的现象；

（3）发表各个人正确的思想，没有"因词害意"的弊病；

（4）表抒各个人优美的情感。

吾们为什么要印《新诗集》？有四种理由，可以回答这个问题：

第一，自从胡适之先生提倡"新诗"以来，一天发达一天；现在几乎通行全国了！不过大家还有些怀疑；以为他是粗俗，音节也不讲，总比不上老诗底俊逸，清新，铿锵，……吾现在编印这《新诗集》，一方面就是汇集几年来大家试验底成绩；一方面使怀疑派知道——新诗虽是只有了二三年——各处做底很多，也很有精彩，将来逐渐研究，一定还要进步！从此以后，他们底怀疑，便可"冰消瓦解"了！

第二，俞平伯先生说："造房子的有图样，画图画的有范本，做诗的自然也要寻个老师……"这话是很对的。我们还记得从前学做老诗底时候，什么《千家诗》《唐诗三百首》……都要念熟，才能试做。现在各处喜欢研究新诗底很多，但是他们很不容易找一个老师，去和他们研究。为什么呢？因为他们有经济上，交通上，时间上种种关系，往往不能够多看新出版物；那新诗自然接触得很少了！现在吾们索性把各种书报中底新诗汇印出来，那吗他们出了极廉的价，便可得到许多很有价值的新诗。老师找到了，可常常去研究他，摩练他；吾们底同志愈多，新诗底进步一定愈快了！

第三，吾们因为要研究新诗，所以无论何种新出版物，都买来看但是书报很多，翻阅起来很不便利；后来想出一个法子，就是把各种书报中间底新诗，钞录下来。用归纳的方法，分类编列，翻阅起来，便利得多了！吾们"以己之心，度人之心"；想来大家也有这种情形，所以编印底缘故，是要使大家翻阅便利。

第四，吾们研究新诗，如果要他进步，必定先要用一番工夫批评那已经做好的诗。批评要从比较入手。现在把他分类印好，吾们比较起来，也容易一些，那吗批评起来，更觉高兴一些！这新诗集弟一编出版以后，读者诸君有什么批评，望随时寄到本社，等到弟二编出版底时候，吾们可以披露出来，再请大家讨论。

吾们把诗分做四类：

（1）写实类　　这一类诗，都是描摹社会上种种现象。

（2）写景类　　这一类诗，都是描摹自然界种种景色。

（3）写意类　　这一类诗，都是含蓄很正确，很高尚的思想。

（4）写情类　　这一类诗，都是表抒那很优美，很纯洁的情感。

在新诗底后面，附录胡适之先生做的"我为什么要做白话诗？"这一篇在《新青年》六·五和《解放与改造》一·一里面都发表过的；再有《星期评论》纪念号里面登过的"谈新诗"，也是适之先生做的；再有刘半农先生在《新青年》三·五上发表的"诗的精神上之革新"一篇。因为这三篇和新诗很有关系，所以都把他印在后面，给大家仔细看看！

现在做有韵底新诗，还没有一种韵书，所以吾们根据了国音，编纂有韵诗底押韵法，在第二编可以发表。

吾们印《新诗集》的缘故，和那编纂底方法，上面已经说过了。

现在再写一句希望的话,做个结论:

"望大家要努力去做新诗,

新文学万岁,

新诗万岁!"

新诗集　写实类

● 人力车夫

　　　《新青年》四、一、　胡适

"车子！车子！"
车来如飞。
客看车夫，忽然中心酸悲。
客问车夫，"你今年几岁？拉车拉了多少时？"
车夫答客，"今年十六，拉过三年车了，你老别多疑。"
客告车夫，"你年纪太小，我不坐你车，我坐你车，我心惨凄。"
车夫告客，"我半日没有生意，我又寒又饥，
　　你老的好心肠，饱不了我的饿肚皮。
　　　　我年纪小拉车，警察还不管，你老又是谁？"
客人点头上车，说"拉到内务部西！"

● 卖萝卜人

　　　《新青年》四、五、　刘半农

一个卖萝卜人，——狠穷苦的，——住在一座破庙里。
一天，这破庙要标卖了，便来了个警察，说——
"你快搬走，这地方可不是你久住的。"

"是！是！"

他口中应着，心中却想——

"叫我搬到那里去！"

明天，警察又来，催他动身。

他瞪着眼看，低着头想，撒撒手，踏踏脚，却没说——

"我不搬。"

警察忽然发威，将他撵出门外。

又把他的灶也捣了，一个砂①锅，碎作八九片！

他的破席，破被，和萝卜担，都撒在路上。

几个红萝卜，滚在沟里，变成了黑色！

路旁的孩子们，都停了游戏奔来。

他们也瞪着眼看，低着头想，撒撒手，踏踏脚，却不做声。

警察去了，一个七岁的孩子说，

"可怕……"

一个十岁的答道，

"我们要当心，别做卖萝卜的！"

七岁的孩子不懂；

他瞪着眼看，低着头想，却没撒手，没踏脚！

●铁匠

《新生活》三、 寒星

一

叮当！叮当！

清脆的打铁声，

---

① 原书为"秒"，应为"砂"。

激动夜间沉默的空气。
小门里时时闪出红光,
愈显得外间黑漆漆地。

　　二

我从门前经过
看！见门里的铁匠。
叮当！叮当！
他锤子一下——一上。
砧上的铁,
闪作血也似的光,
照见他额上淋淋的汗,
和他宽阔的（是裸着的）胸膛。

　　三

我走得远了,
还隐隐的听见,
叮当！叮当！
朋友！
你该留心听着这声音,
他永远在沈沈的自然界中激荡！
你若回头过去,
还可以看见几点火花,
飞射在漆黑的地上！

●学徒苦

《新青年》四、四、　刘半农

学徒苦！学徒进店,为学行贾；主翁不授书算,但曰"孺子当习勤苦！"朝命扫地开门，暮命卧地守户；暇当执炊，兼锄园圃！主妇有儿，曰"孺子为我抱抚！"

呱呱儿啼，主妇震怒：拍案顿足，辱及学徒父母！

自晨至午东买酒浆，西买青菜豆腐。一日三餐，学徒侍食进脯，客来奉茶；主翁倦时，命开烟铺！复令前门应主顾，后门洗缶涤壶！奔走终日，不敢言苦！足底鞋穿，夜深含泪自补！主妇复惜油火，申申咒诅！

食则残羹不饱；夏则无衣，冬衣败絮！腊月主人食糕，学徒操持臼杵！夏日主人剖瓜盛凉，学徒灶下烧煮！学徒虽无过，"塌头"下如雨。学徒病，叱曰"孺子敢贪惰？作诳语！"清清河流，鑑别发缕。学徒淘米河边，照见面色如土！

学徒自念——"生我者，亦父母！"

[（塌头）屈食指以叩其脑也或作（栗子）]

• 女丐

《每周评论》三十、　辛白

一个三十来岁的妇人，跟着我的车子跑，
口中喊道："老爷！给我一个大！可怜！可怜！"
他一手拿着一枝香烟，一手伸着要钱，
两腿跑个不歇，跑几步，叫一声老爷，吸一口烟。

• 相隔一层纸

《新青年》四、一、　刘半农

一

屋子里拢着炉火，
老爷分付开窗买水果，
说"天气不冷火太热，

别任他烤坏了我。"

二

屋子外躺着一个叫化子，
咬紧了牙齿，对着北风呼"要死！"
可怜屋外与屋里，
相隔只有一层薄纸！

● 雪

七年十二月二十日、《新潮》一、二、
罗家伦

往日独登楼，
但见惨淡寒烟，满城昏黑。
如何隔夜推窗，
变得这般清白！
难道是"大老"爱银子的精诚，
感动"老天"把世界变成这样颜色。
还是"老天"不忍地狱沉沉，
也教他有片时的改革。
遥想畅观楼中，陶然亭下，
有人带酒披裘，称心赏雪；
那知道地安门前，皇城根底，
还有人穿着单衣，按着肚皮，震着牙齿，断断续续的叫：
"了……了……不得！"

● 乡下人

《民国日报》 沈玄庐

秋风起，娘儿要添衣，哥儿肚里饥。

忍饥挑了一担菜，

黑早挑向街头卖。

卖菜本来不犯罪。

那里知道要完税？

收税作何用？

罚则翻比菜价贵。

巡丁虎，司事牛，卖菜乡人是只狗，那里容得你开口，不如撇却担儿走！

未到十步便回首。

频频回头看，脚步渐渐慢！

脚步虽慢不敢停，只想强盗发善心，

哥儿真是乡下人。

●忙煞！苦煞！快活煞！

《星期评论》纪念号　沈玄庐

（一）

无望！无望！！今年收成荒。我只吃糠，他们米满仓。

（二）

去年如何？年成大熟。租米完过，只够吃粥。

（三）

采桑养蚕，忍饥耐寒。纺纱织布，一条穷裤。

（四）

千头万绪，一手整理。翻新花样，他人身上衣。

（五）

千门万户，一手造成。造成之后，不许我进门。

（六）

饥不如寒；寒不如饥；你埋怨我；我埋怨你。

（七）

劳苦！劳苦!!忙煞急煞。苦的苦煞！快活的快活煞。

● 背枪的人

《新潮》一、五、 仲密

早起出门，走过西珠市。
行人稀少，店铺多还关闭。
只有一个背枪的人，
站在大马路里。
我本愿人"卖剑头牛，卖刀买犊，"
怕见恶很很的兵器。
但他常站在守望面前，
指点道路，维持秩序；
只做大家公共的事。
那背枪的人，
也是我们的朋友，我们的兄弟。

● 两个扫雪的人

《新青年》六、三、 周作人

阴沉沉的天气，
香粉一般白雪，下的漫天遍地。
天安门外白茫茫的马路上，全没有车马踪迹，
只有两个人在那里扫雪。
一面尽扫，一面尽下：
扫净了东边，又下满了西边；

扫开了高地,又填平了洼地。
粗麻布的外套上,已经积了一层雪,
他们两人还只是扫个不歇。
雪愈下愈大了;
上下左右,都是滚滚的香粉一般白雪。
在这中间,仿佛白浪中浮着两个蚂蚁,
他们两人还只是扫个不歇。
祝福你扫雪的人!
我从清早起,在雪地里行走,不得不谢谢你!

● 两种声音

《新生活》十、 子壮

我住在隆福寺街上,天天听见两种声音。
街前是杀猪,街后是什么兵营。
天明了,两种声音起来了:
一种哀鸣的声音里头,不知道天天要送掉多少性命!
那种浏亮的号声,我更是怕听!
因为这几年来的荒乱,都是这种鸣都都的号声造成!
唉!何日何时,这两种声音才能渐渐的减□①!

● 女工之歌

《星期评论》二〇、 康白情

一

我没穿的,

---

① □,原书脱漏一字。

工资可以买穿。

我没吃的,

工资可以买饭。

我没住的,

工资便是房钱。

我再没气力,

他们也给我二角一天。

他们惠我惠我!

　　二

我有儿女,

他们替我教育。

我有疾病,

他们给我医药。

我有家务,

他们只要求我十点钟的工作。

我有孕娠,

他们把我几块钱让我休息。

他们惠我惠我!

八年八月三日、时在上海。

•辍了课的第一点钟里

《时事新报》　沫若

　　（一）

"先生辍课了!"

我的灵魂拍着手儿叫道:好!好!

我赤足光头,

忙向那自然的怀中跑。

　　（二）

我跑到松林里来散步，

头上沐着朝阳，

脚下濯着清露。

冷暖温凉，

一样是自然生趣！

　　（三）

我走上了后门去路。

我门儿……呀！你才紧紧锁着。

咳！我们人类为什么要自作囚徒？

啊！那门外的海光远远的在向我招呼！

　　（四）

我要想翻出墙去；

我监禁久了的良心，

他才有些怕惧。

一对雪白的海鸥正在海上飞舞。

啊！你们真是自由！

咳！我才是个死囚！

　　（五）

我踏只脚在门上，

我正要翻出监墙，

"先生！你别忙！"

背后的人声

叫得我面儿发烧，心发慌。

　　（六）

一个扫除的工人，

挑担灰尘在肩上,
他慢慢地开了后门,
笑嘻嘻的把我解放……
　　（七）
我在这海岸上跑去跑来,
我真快畅。
工人！我的恩人！
我感谢你得深深。
同那海心一样！

● 先生和听差

《新潮》一、三、　康白情

听差的手和脚,是先生们的手和脚;
先生们的事,就是听差的事。
东屋子的先生叫加煤;
西屋子的先生叫淘米;
南屋子的先生叫送信到邮政局;
北屋子的先生又叫扫地。
听差忙乱了一会儿。
西屋子的先生可不乐意了,——
"听差！淘米呢？
闹的干么去了！"
听差回说:
"加着煤呢！
一会儿就去。"
"加煤是事：淘米不是事？

真不是东西!
干不了就去罢!"
有软软的声儿说,
"两只脚!……两只手!……
不要也只索去!"
"去么?——你去!
我有钱买得了鬼挑担!
你去!你去!……"
停了一会儿,只听见厨里渐呀渐的米声,——再没听见一些些儿人的声气。

●昨日今日

《新生活》四、 辛白

一

景山之东,御河之北。
我昨日晌午,经过此地,所见的,
粪车,汽车,疲驴,瘦马,
粉面小脚的妇人,翎顶长辫的男子,井边饮水的车夫,道旁磕头的乞丐,挂吓人刀的警察,背杀人枪的军人。
又,烈日灼肤,狂尘打面。

二

景山之东,御河之北。
我今日清晨,经过此地,所见的,
轻云,微露,残月,疏星,
景山上,翠柏,苍松,杂花,丰草,御河里,莲叶,莲花,菱,芡,蘋,藻。
几个离巢小鸟,在空际飞鸣,

我一个幽寂的闲人,在树阴缓步。清香扑鼻,凉风吹衣。

　　三

景山之东,御河之北,有昨日晌午?有今日清晨?

我愿我,此生此后若干年,年若干日,日若干时,时时处处,都是今日清晨,不再有昨日晌午。

●杂诗两首

《新潮》一、四、　顾诚吾

　　(一)

我到乡下去,看我家的坟;

觉得山色湖光,在在可爱。

到了坟丁家;他主人却不在;

只见一个孩子,约十二岁的左右。

我同他谈谈,说:"你到过城里么?"

他说:"我到过已有三次了。"

"好玩么?"

"真好玩!来来往往的人,连连络络的不断。"

"我做了城里人,到羡慕你乡下的景致;想来住下。"

他说:"哑,乡下人要耕田;要背柴;你会做么?"

"你怎见得我不会?"

他笑着说道:"你们城里人,只会吃吃白相相。"

　　(二)

我到杭州去,恰坐了省长回衙门的一次车;

沿路站了许多的兵警,举着枪,吹着喇叭;

小站小接,大站大接,车行远了,还听见呜呜的余音。

许多同车的体面人,聚作一团,互相谈论!

甲说:"我们今天真是附骥尾!"

乙说:"我们今天可谓自备资斧接省长!"

丙说:"我们怎能够有这样的一日荣!"

丁说:"我也看见举枪;也听见喇叭,便算他们迎接的只是我。"

对面有一个妇人,拿抱在臂上的小孩,耸了两耸,说:"好看呀!"

远远的一座,也有个妇人,说"那些吹喇叭的,真像个痴子。"

●湖南小儿的话

《新青年》五、四、 李剑农

你看?这个小牙俐(即小孩子),真有些憨气!

我说,我们总要爱国,他就问我:爱国作么哩?

他说,那穿黄衣的国军,拷坏了他的爹爹(读如的的);

他说,那穿黄衣的国军,吓死了他的挨姐(挨音哀湖南人呼祖母为挨姐);

他说,那穿黄衣的国军,杀了他的哥哥,又逼死了他的姐姐。

我呵他道:

"你不要糊说。

这个你那里怪得——我们的国?……"

他又抢着说:

他单剩了个嫂子,又被穿黄衣的抢着跑了;

他们的院子都被穿黄衣的烧了;

他的一条命都是外国人救出来的;

他如今还住在外国人的家里。

我正要把话去驳他,

忽听他哇的一声"呵呀!"

先生我们赶……赶……赶快躲!

那对面街上有发……发……发了火!

● 湖南的路上

《平民教育》二、　佷工

　　（一）

路边的房子，烧的烧，倒了的倒了；
房子里头的人，不知道那里去了；
有许多的田没有耕，有许多的园没有种；
唉，可惜荒废了。

　　（二）

"嗳呦！……老总，你老人家不要动手了，
凭在你要挑到那里？我总依从你。"
一挑狠重的担子，放在大路边；
两个穿灰衣的，扭住一个小百姓在那里打。

● 京奉车中

《新潮》一、五、　仲密

两个不买票的兵——
一个捉下车去了，
一个躲在厕所里。
他事后走出来，还是悠然的吸烟卷——
穿着一身臃肿的军衣，
一双□①底双脸的鞋子。
我知道在这异样服装的底下，
也藏着一样的精神，

---

①　此处漏一"布"字。

一样的身体。
我的理性教我恕你爱你，
但我的感情还不容我真心的爱你。
不幸的人我对你实在抱歉——
这是我的力量还没有彻底。

●夜游上海所见

《星期评论》二十五、 沈玄庐

（一）

一个胖子说：
"一日三出力，吃饭用大力。"
一个瘦子说：
"无钱买衣食，困觉当将息。"

（二）

求布施！求布施！
饭馆子前十字路。
汽车去马车来；来也无数去无数。
"眼饱肚中饥，口甜心里苦。"
只见得吃醉的人，
靠着车窗狂吐。
唉！"燕窝鱼翅。"

（三）

有讨，讨；有要，要；
三个铜圆一顿饱。
冷尖尖的风，黑漆漆的庙
背贴背儿当棉袄，

糊糊涂涂困一觉。

听说近来抢劫多,

大概他们不曾梦见过强盗。

　　（四）

忽被冷风吹醒了,

瑟瑟缩,又困着了!

那一边是谁家的小女儿,

"来嚛!""来嚛!"沿街叫!

　　（五）

风飕飕。叫声渐渐低,微微带着抖!

一个老婆子站在马路中间,恶狠狠东边张一张又低下头来叹了一口气,

再望西边溜一溜。

夜夜亮的电光,如何还不把他们的心思照透!

此刻没有什么汽车马车出风头了!

只有红庙角里两个叫化子呼!呼!依旧!

●路上所见

《新青年》六、三、　周作人

北长街的马路边,

歇着一副卖豆汁的担;

挑担的老人坐在中间,

拿着小刀慢慢的切萝卜片。

一个大眼睛,红面颊,双了髻的。

四五岁的女儿,坐在他侧面;

面前放着半碗豆汁,

小手里捏了一双竹筷,

张眼看着老人的脸,
向他问些甚么话。
可惜我的车子过的快,
听不到他们的话。
但这景象常在我眼前,
宛然一幅 Raphael 画的天使与圣徒的古画。

●东京炮兵工厂同盟罢工

《新青年》六、　周作人

（一九一九年八月至九月）

 （一）
他们替他造枪,
他给他们吃饭。
枪也造得够了,
米也贵得多了:
"请多给我们几文罢!"
"……"

 （二）
"请多给我们几文罢!
米也贵得多了。
我们饭都不够吃了,
也不能替你造枪了。"

 （三）
枪也造得够了。
工厂的锅炉熄了火了,
工人的灶也断了烟了。

拿枪的人出来了，
造枪的人收了监了。

● 糊涂账

《新生活》一、 辛白

七月一日，忽然地五色旗收藏，龙旗飘荡。
十二天中，所闻所见的，无非是甚么老臣微臣，甚么天恩圣上。
那滑稽的枪炮，虽然是响了几点钟，这四百万的年金，却依然无恙。
我听说，俄国的枪毙，德国的逃亡，奥国的流放。
同是一样的东西，为什么这个这样，那个那样？
我真算不清这一本 20 世纪皇帝问题的糊涂账。

● 罗威尔 Lowell 的诗

《时事新报》 吴统续

（一）

有钱人的儿子承受了大厦高楼金银和土地，
他也承继了柔软白白的手，
和怕寒荏弱的身体，
他也弱不胜衣：
我想一想，
这样的遗产，谁也会不想要的。

（二）

有钱人的儿子承受了忧虑；
银行会破产，工场会烧毁，
一朝微风吹起，会社股份，归了泡影里；

他的柔软白白的手不能营生计。

（三）

贫穷人的儿子承继什么哩？

强的筋肉强的心。

巩固的气概同巩固的身体！

两手的王，尽他的本分，

做他有用的劳动和工艺：

我想一想，

这样的遗产，王也会想要的。

● 穷人的怨恨

《平民导报》一、Southey 原著　孙祖宏译

（一）

穷人为什么要怨恨呢？

这个富人问我——

我讲道："你来，我们出去同行

我将要答你的问。"

（二）

现在是晚上，冰冻着街道

看看是很凄凉——

我们衣服穿得是很完全的了，

但是我们还觉得冷。

（三）

我们遇到了一个老而秃头的人，

他的头发是很少并且是很白；

我问他你为什么要站外面

在这种冬天的寒夜。

（四）

他讲道："天气是很利害的了——
但是在家里又没有火，又没有食；
所以要跑出来
讨一点东西吃吃。"

（五）

我们遇着了一个赤足的女孩子，
伊求乞的声音高而壮；
我问伊你为什么站在外面
在这种大风冷的天。

（六）

伊讲伊的父亲在家里，
生病困在床上；
所以要跑出来
讨一点面包回家。

（七）

我们遇到了一个妇人，
坐在一块石上休息；
一个婴儿爬在伊的背上，
还有一个靠在伊的胸前。

（八）

我问伊你为什么要在这里，
当这种冷的天气；
伊回转头来叫那个孩子
静着不要躁！

（九）
后来伊讲伊丈夫的职务，
在远处当一个兵。
现在伊要到那块地方去，
所以沿路的求乞。

（十）
然后我回头对着富人看，
他站着了不说话——
你问我穷人为什么怨恨，
这许多人已经答覆了你的问！

●爱情

《新潮》一、五、　骆启荣

大雪满天飞，路上行人绝。
贫妇抱儿道上行，儿在母亲怀内泣。
贫妇向儿道，"宝宝，没要哭，爸爸给你买饼吃。"
孩子停住哭，向着妈妈笑。
贫妇见儿笑，低头和儿亲个嘴。
他们虽穷苦，终有母子的爱情。

●丁巳①除夕歌　一名"他与我"

《新青年》四、三、　陈独秀

古往今来忽有我。
岁岁年年都遇视他。

---

① 原文作"已"，应为"巳"。

明年我已四十岁。

他的年纪不知是几何？

我是谁？

人人是我都非我。

他是谁？

人人见他不识他。

他何为？

令人痛苦令人乐。

我何为？

拿笔方作除夕歌。

除夕歌，歌除夕；

几人嬉笑几人泣；

富人乐洋洋，

吃肉穿绸不费力。

穷人昼夜忙，

屋漏被破无衣食。

长夜孤灯愁断肠。

团圆恩爱甜如蜜。

满地干戈血肉飞，

孤儿寡妇无人恤。

烛酒香花供灶神，

灶神那为人出力。

磕头放炮接财神，

财神不管年关急。

年关急，将奈何。

自有我身便有他。

他本非有意作威福，

我自设网罗自折磨。
转眼春来，还去否？
忽来忽去何奔波。
人生是梦，
日月如梭。
我有千言万语说不出，
十年不作除夕歌。
世界之大大如斗，
装满悲欢装不了他。
万人如海北京城，
谁知道有人愁似我。

• 也算是一生

《新潮》一、五、　　施诵华

　　他家里有一位如花似玉的美人，时常似娇如嗔的劝他，说："我们家里有的是钱。况且你读了几年书，不会没有名声，何必再要到别处念书去，辜负了好时光。"

　　他母亲对他说："我只盼望子子孙孙安安稳稳的守着祖宗的烟火，你是吃墨水的人，总能体贴你娘的心。"

　　他听了频频点头，心想："大米饭是现成的，绸衣裳是祖传的，艳福是天赐的：何必再去仆仆风尘，辜负这有限的一生。"

　　夕阳斜照着三尺孤坟，那里埋着他的肉身，和天赋与他的责任！

• 地狱八景之一

《时事新报》　　远岫

好啊！好啊！张爷李爷都来了，

快快摆台面，还有赵爷也说他就到，
四圈麻雀，一场拨克，吞云吐雾，谁知那雅片的滋味格外好！
这些爷们的心理，我总是懂不到！
但总说他们是体面商人，政团娇客，督军代表，怪不得那些石灰和硃砂粉脸的东西，团团围住他们有多少，
有一个一手抓去格格叫，
有几个抱住好像山鬼跳，
更有那怜香惜玉，情深似海的，独自偏着头，眼望着一个"装潢的茅人"微微笑，
唉！他们怎么不觉得窗纱发白，四围鸡声已报晓？

● 愿意

《时事新报》　左学训

莫愁湖边，
华严庵的门前，
一轮破烂的马车在那儿等候。
马是那般消瘦，
——腹部两旁撑起无数的骨头，两个眼珠也瞎得几乎没有。
一会儿主人往车上一走！
那赶车的人，便拿起鞭儿，向他身上狠狠的抽！
走！走！
可怜的马！你本该走！

● 牛

《新潮》一、四　康白情

草儿在前，

鞭儿在后,
那喘吁吁的耕牛,
正担着犁鸢,
眙着白眼,
带水拖泥,
在那里"一东二冬"的走。
"呼!——呼!……"
"牛吧,你不要叹气,
快犁快犁,
我把草儿给你。"
"呼!——呼!……"
"牛吧,快犁快犁。
你还要叹气,
我把鞭儿抽你。"
牛呵!——
人呵!
草儿在前,
鞭儿在后。

● 画家

《新青年》六、六、　周作人

可惜我并非画家,
不能将一支毛笔,
写出许多情景。——

两个赤脚的小儿,
立在溪边滩上,

打架完了,
还同筑烂泥的小堰。

车外整天的秋雨,
靠窗望见许多圆笠,——
男的女的都在水田里,
赶忙着分种碧绿的稻秧。

小胡同口,
放着一副菜担,——
满担是青的红的萝卜,
白的菜。紫的茄子;
卖菜的人立着慢慢的叫卖。

初寒的早晨,
马路旁边,靠着沟口,
一个黄衣服蓬头的人,
坐着睡觉,——
屈了身子,几乎叠作两折。
看他背后的曲线,
历历的显出生活的困倦。

这种种平凡的真实的印像,
永久鲜明的留在心上;
可惜我并非画家,
不能用这枝毛笔,
将他明白写出。

写景类

●暮登泰山西望

《少年中国》一、五、　康白情

一

白日隐约，暮云把他遮了：
一半给我们看；
一半留着我们想。
日的情么？
云的情邪？
谁遮这落日？
莫是昆仑山的云么？
破哟！破哟！
莫斯科的晓了，
莫要遮了我要看的莫斯科哟！

二

那不是黄河？
那一条白带似的不是黄河？
你从昆仑山的沟里来么？
昆仑山里的红叶
想已饱带着一身秋了。

三

斑斓的石色，

赭绿的草色，

和这红的，黄的，紫的，蓝的，白的，松铺在一地的山花相衬——人压在半天里。

这么一块扎细花的破袖！

花草都含愁，

为着落日，也为着秋。

我说："不用愁呵！

天地不老，我们都正在着花呵！"

●日观峰看浴日

《时事新报》　康白情

（一）

东望东海，

鲤鱼斑的黑云里，

横拖着要白不白的青光一带。

中悬着一颗明珠儿，

凭空荡漾，

曲折横斜的来往。

这不要是青岛么？

海上的鱼么？

火车上的灯？汽船上的灯？——这是谁放的玩意儿么？

升了，升了，

明珠儿也不见了。

山下却现出了村灯——一点——二点——三点。

夜还只到一半么?
这分明是冷清清的晨风,
分明是呼呼呼地吹着,
分明是带来的几句鸡声,
日怎么还不浮出来哟?

  （二）

要白不白的青光成了藕色了。
成了茄色了。
红了。——赤了。——胭脂了。
鲤鱼斑的黑云,
都染成了一片片的紫金甲了。
星星都不知道那里去了;
却展开了大大的一张碧玉。
远远的淡淡的几颗平峰
料必是那海陆的交界。
记得村灯明处,
倒不是几点村灯,是几条小河的曲处。
湿津津的小河,
随意坦着的小河,
蜿蜒的白光——红光
仿佛是刚遇了几根蜗牛经过。
山呀,石呀,松呀,
只迷迷濛濛的抹着这莽苍的密处。

  （三）

哦,——一个峰边底两滴流晶红得要燃起来了!
他们都火燹燹的只管汹涌。
他们都仿佛等着什么似的只粘着不动。

他们待了一会儿没有什么也就隐过去了。

他们再等也怕不再来了。

哦，来了！

这边浮起来了！

一线，——半边，——大半边，——

一个凹凸不定的赤晶盘儿只在一块青白青白的空中乱闪。

四围仿佛有些什么在波动。

扁呀，圆呀，动荡呀，……

总没有片刻的停住；

总活泼泼的应着一个活泼泼的人生；

总把他那些关不住了的奇光，

琐琐碎碎的散在这些山的，石的，松的上面。

● 小河

《新青年》六、二、 周作人

有人问我，这诗是什么体，连自己也回答不出。法国波特莱尔（Baudelaire）提倡起来的散文诗，略略相像，不过他是用散文格式，现在却一行一行的分写了。内容大致仿那欧洲的俗歌；俗歌本来最要叶韵，现在却无韵。或者算不诗得，也未可知；但这是没有什么关系。

一条小河，稳稳的向前流动。

经过的地方，两面全是乌黑的土，

生满了红的花，碧绿的叶，黄的实。

一个农夫背了锄来，在小河中间筑起一道堰，

下流干了，上流的水，被堰拦着，下来不得：

不得前进，又不能退回，水只在堰前乱转。

水要保她的生命，总须流动，便只在堰前乱转。
堰下的土，逐渐淘去，成了深潭。
水也不怨这堰，——便只是想流动，
想同从前一般，稳稳的向前流动。
一日农夫又来，土堰外筑起一道石堰。
土堰坍了；水冲着坚固的石堰，还只是乱转。

堰外田里的稻，听着水声，皱眉说道，——
"我是一株稻，是一株可怜的小草，
我喜欢水来润泽我，
却怕他在我身上流过。
小河的水是我的好朋友，
他曾经稳稳的流过我面前，
我对他点头，他向我微笑。
我愿他能够放出了石堰，
仍然稳稳的流着，
向我们微笑；
曲曲折折的尽量向前流着，
经过的两面地方，都变成一片锦绣。
他本是我的好朋友，——
只怕他如今不认识我了；
他在地底里呻吟，
听去虽然微细，却又如何可怕！
这不像我朋友平日的声音，
——被轻风搀着走上河滩来时，
快活的声音。
我只怕他这回出来的时候，

不认识从前的朋友了,
便在我身上大踏步过去:
我所以正在这里忧虑。"

田边的桑树,也摇头说,——
"我生的高,能望见那小河,——
他是我的好朋友,
他送清水给我喝,
使我能生肥绿的叶,紫红的桑葚,——
他从前清澈的颜色,
现在变了青黑;
又是终年挣扎,脸上添出许多痉挛的皱纹。
他只向下钻,早没工夫对了我的点头微笑,
堰下的潭,深过了我的根了。
我生在小河旁边,
夏天晒不枯我的枝条,
冬天冻不坏我的根,
如今只怕我的好朋友,
将我带倒在沙滩上,
拌着他卷来的水草。
我可怜我的好朋友,
但实在也为我自己着急。"
田里的草和虾蟆,听了两个的话,
也都叹气,各有他们自己的心事。

水只在堰前乱转;
坚固的石堰,还是一毫不摇动。

筑堰的人，不知到那里去了？

●生机

《新青年》六、四、　沈尹默

枯树上的残雪，渐渐都消化了；那风雪凛冽的余威，似乎敌不住微和的春气。

园里一树山桃花，他含着十分生意，密密的开了满枝，不但这里桃花好看，到处园里，都是这般。

刮了两日风。又下了几阵雪。

山桃虽是开着，却冻坏了夹竹桃的叶。地上的嫩红芽，更僵了发不出。人人说天气这般冷，草木的生机恐怕都被挫折；谁知道那路旁的细柳条，他们暗地里却一齐换了颜色！

●除夕入香山

《新潮》一、三、　罗家伦

阴风飒飒，寒日茫茫，
静悄悄的香山寺下，没有别一个游人。
只剩得半座空山，同我窸呀窣的脚步儿相和相应。
野草凋零，模糊了几条旧径；
颓垣下的残雪——
高低历乱——
装点出几处新坟。
缓缓的向前去，忽听得呼拍拍的一声，
知是一个小小的山鸟惊人。

鸟呀！我客里游山，何忍来惊动你。
鸟独无声，栖在枝上，
只见那被残雪洗过的松枝，又清又冷。

●深秋永定门城上晚景

《新潮》一、二、　傅斯年

我同两个朋友，
一齐上了永定门西城头。
这城墙外面，紧贴着一湾碧青的流水；
多少棵树，装点成多少顷的田畴。
里面漫弥的芦苇，
镶出几重曲折的小路，几堆土陇，几处僧舍，陶然亭，龙泉寺，鹦鹉邱。
城下枕着水沟，
里外通流。

最可爱，这田间。
看不到村落，也不见炊烟；
只有两三房屋，半藏半露，影捉捉在树里边，
虽然是一片平衍，
树上却显出无穷的景色，
树里也含着不尽的境界，
丛错，深秀，回环。
那树边，地边，天边，
如云，如水，如烟，
望不断——一线。
忽地里扑喇喇一响，

一个野鸭飞去水塘。
仿仿像大车音波，漫漫的工——东——当。
又有种说不出的声息若续若不响。

转眼西看，
日已临山(一)
起出时离山尚差一竿；
渐渐的去山不远；
一会儿山顶上只剩火球一线；
忽然间全不见。
这时节反射的红光上翻。
山那边，冈峦也是云霞，云霞也是冈峦；
层层叠叠一片，
费尽了千里眼。
山这边，红烟含着青烟，
青烟含着红烟，
一齐的微微动转，
似明似暗：
山色似见似不见；——
描不出的层次和新鲜。
只可惜这舍不得的秋郊晚景，昏昏沉沉的暗淡；
眼光的圈，匆匆缩短。
树烟和山烟，远景带近景，一块儿化做浓团。

回身北望，
满眼的渺茫；
白苇渐渐成黄苇；青塘渐渐变黑塘。

任凭他一草一木；都带着萎黄——颓唐，模糊模样。

远远几处红楼顶，几缕天灶烟，正是吵闹场，繁华地方；

更显得这里孤伶凄怆。

荒旷气象，

城外比不上他苍凉。

（一）西山去此有三十余里，故日甫下山，天已昏黑。

●公园里的二月蓝

《新青年》五、一、　沈尹默

牡丹过了，接着又开了几栏红芍药。路旁边的二月蓝，仍旧满地的开着，开了满地，没甚希奇，大家都说这是乡下人看的。

我来看芍药，也看二月蓝；在社稷坛里几百年老松柏的面前，露出了乡下人的破绽。

●冬夜之公园

《新潮》一、二、　俞平伯

"哑！哑！哑！"

队队的归鸦，相和相答，

淡茫茫的冷月，

衬着那翠迭的浓林，

越显得枝柯老态如画。

两行柏树，夹着蜿蜒石路，

竟不见半个人影。

抬头看月色，

似烟似雾朦胧的罩着。
远近几星灯火,
忽黄忽白不定的闪烁:——
格外觉得清冷。

鸦都睡了；满园悄悄无声。
惟有一个，突地里惊醒,
这枝飞到那枝,
不知为甚的叫得这般凄紧！
听他仿佛说道,
"归呀！归呀！"

●老头子和小孩子

并序　《新潮》一、三、　傅斯年

这是十五年前的经历；现在想起，恰似梦景一般。
三日的雨,
接着一日的晴。
到处的蛙鸣,
野外的绿烟儿濛濛腾腾。

远远树上的"知了"声；
近旁草底的"蛐蛐"声；(一)
溪边的流水花浪花浪；
柳叶上的风声辟呖辟呖；
高粱叶上的风声吵喇吵喇；
一组天然的音乐，到人身上，化成一阵浅凉。

野草儿的香，

野花儿的香，

水儿的香，

团团的钻进鼻去，顿觉得此身也在空中荡漾。

这一幅水接天连，晴霭照映的画图里，

只见得一个六七十岁的老头子，

和一个八九岁的孩子，

立在河崖堤上，

仿佛这世界是他俩人的模样。

（一）我们家乡叫"蟋蟀"做"蛐蛐"，叫"蝉"做"知了"。

● 无聊

《新青年》五、一、　刘半农

阴沉沉的天气，

里面一座小院子里，杨花飞得满天，榆钱落得满地。

外面那大院子里，却开着一棚紫籐花。

花中有来来往往的蜜蜂；有飞鸣上下的小鸟；有个小铜铃；系在籐上。

春风徐徐吹来，铜铃叮叮当当，响个不止。

花要谢了，嫩紫色的花瓣，微风飘细雨似的，一阵阵落下。

● 山中

《新潮》一、四、　顾诚吾

踟蹰乱山中，走完了欹巇的石路！

止在一重门口，此外别无去处。

太阳照着，没有遮蔽，脸儿红似火；

没奈何，轻敲微咳，私下探看，喜无人守护。
走进门来，只见半座小山补墙缺，千竿竹筱掩盖屋宇。
太阳淡淡，竹声萧萧，显得这里越静，——我再也不能离去。
不知这山何名？他主人何名氏？下回再游时，可能寻至？
整整的呆看两小时，只觉此心，澄清如水，飞动如丝。

● 春水船

《新潮》一、四、　俞平伯

太阳当顶，晌午的时分，
春光寻遍了海滨。
微风吹来，
聒碎零乱，又清又脆的一阵，
呀！——原来是鸟——小鸟的歌声。

我独自闲步沿着河边，
看丝丝缕缕层层叠叠，
浪纹如织，
反荡着阳光闪烁，
辨不出高低和远近，
只觉得一片黄金般的颜色。

对岸的店铺人家，
来往的帆樯，
和那不尽的树林房舍，
摆列一线，——
都浸在暖洋洋的空气里面。

我只管朝前走：
想在心头；看在眼里；
细尝那春天底好滋味。
对面来个纤人，
拉着个单桅的船徐徐移去。
双橹插在舷唇，
皱面开纹，
活活水流不住。

船头晒着破网，
渔人坐在板上，
把刀劈竹拍拍的响。
船口立个小孩，又憨又蠢，
不知为什么，
笑迷迷痴看那黄波浪。

破旧的船；
褴褛的他俩。
但这种"浮家泛宅"的生涯，
偏是新鲜，——干净，——自由，
和可爱的春光一样。

归途望。
远近的高楼，
密重重的帘幕。——
尽低着头呆呆的想！

●春意（二月作）

《新生活》十一、　兼士

斜阳半院，松影遮廊，我在水廊上闲坐。

初春天气，渐觉暖和。

廊下半开冻的方塘，注入清冷冷的春水，冲动冰澌，时起微波。

一双白鸭，洗浴刚罢，站在冰块上，晒翅刷毛，快活不过。

活泼泼的小阿觐，对着这个景致，却也半晌不动，一声不响的伴着我。

●山居

《曙光》一、

Helen Uneerwood Hoyt 原作　王统照译

一个青绿的花园，在高高的峰顶，

日光下却有个古折的笆篱，

矗立的灰色丛松：——安静而且秀美。

伸展他们的清思，在软醉的阳光里。

一阵阵的微风，吹掠到山边，穿过了弯弯曲曲黄褐色的草地，

翻转在山巅又散入浮云去，

这地方是知道幽隐的话，常常不见了！

却只在安闲的大地中，与友爱的云深处。

●初冬京奉道中

《曙光》一、二、　王统照

（一）

丝丝的阳光，透出了清冷的空气。

回望烟雾迷濛中，却隐藏着一个古旧奇诡神秘污浊的都市！

我年来的生活是在此中！

我这片刻的光阴却脱离了你——

　　（二）

推窗四望——

但见堕落的枯叶，铺满了大地。

浅浅的几道清流，却是满浮了尘滓。

颓废的古刹。

荒凉的坟墓。

满眼里——

萧条，

残废，

都嵌入无尽的天边里！

　　（三）

萧条，

残废，

是世界上的天然景物；

也是新萌芽植根的潜伏势力。

但待到熙乐的春来，

有润泽的风雨，

有可爱的花树，

便点缀的眼前万物，都布满了美妙，惠爱，愉快，壮丽。

●冬夜

《社会新声》二、　李书渠

满天布着黑漆似的乌云，

什么星儿？什么月亮？都被他紧紧密密的遮着，

只有稀稀的几盏灰色惨淡的路灯,
将这漫沈沈的黑暗点破。
太①北风起了,
吹着那电线树枝发呜呜的叫声。
好像几个怪兽在空中格斗。
还有几处的吠声。
一起一落的与他应和。
在这寒冷森严的夜里一些人都早已睡了,
路上无一人行走。
那半明半暗的路灯也被风吹熄了几个。
只听得呜声吠声,
连续震动人的耳膜。
忽然风中带来一阵战淋淋的嫩声音,
"盐水花生米哟!"

---

① 原文为"太",据上下文疑为"大"。

写意类

● 解放

《新妇女》一、一、 拯圜

（一）

解放在大海旁边立着,
一群妇女围着他说道:
"那边是平等世界,
吾们可以过去吗?"
他说:"这样茫茫的大海,
没有桥梁,又没船只;
——还有人不要你们过去——
你们怎样过去!"
众人说:"吾们决定了!
请你指示个方法,
吾们定要过去!"

（二）

解放点头说道:"有了! 有了!
你们就是桥梁。
你们就是船只;

你们要过去,

就可以过去!

这海上一道白光

何等光明,何等可爱;

便是你们过去的要道。

你们照着这条路前进——努力前进,

不要怕什么波浪凶恶;

你们便可以过去——便可以稳稳的过去!"

众人听了,说道:"好!好!……"

（三）

后面又来了一群人——不要他们过去的人,

想用很大的势力,

压迫他们回去!

但是他们早已过去——早已稳稳的过去!

那欢呼的声音,

隔着茫茫的大海,

还可以远远地听着!

●鸟

《新青年》六、五、　陈衡哲

狂风急雨,

打得我好苦!

打翻了我的破巢,

淋湿了我美丽的毛羽。

我扑折了翅翮,

睁破了眼珠,

也找不到一个栖身的场所!

窗里一只笼鸟,
倚靠着金漆的栏干,
侧着眼只是对我看。
我不知道他还是忧愁,还是喜欢!

明天一早,
风雨停了。
煦煦的阳光,
照着那鲜嫩的绿草。
我和我的同心朋友,
双双的随意飞去;
忽见那笼里的同胞,
正扑着双翼在那里昏昏的飞绕:——
要想撞破那雕笼,
好出来重做一个自由的飞鸟。

他见了我们,
忽然止了飞,
对着我们不住的悲啼。
他好像是说:
"我若出了牢笼,
不管他天西地东。
也不管他恶雨狂风,
我定要飞他一个海阔天空!
直飞到精疲力竭,水尽山穷,

我便请那狂风，

把我的羽毛肌骨，

一丝丝的都吹散在自由的空气中！"

●新光

《平民教育》二、　德

（一）

一道新光如线，

射在阴沈沈的海面。

我说："你们看如何？"

他说："我们看不见。"

（二）

难道不是一样，

同时射到四面八方。

原来你们带着"色眼镜"，

把真实话反道说谎。

（三）

那光渐渐的大了。

射的我，"眼花缭乱"，"手舞足蹈"。

猛回头看见他们，

天哪真好！

●见火星随感

《星期评论》纪念号　仲荪

远远望天空，一星一轨道。

看那近地球的火星，也有些日光返照。

彼中人窃窃含笑；

笑地面的人，究竟为什么？各举各的旗号。

想和他通通奥窔——

休了！休了！

那地面的人类，一些儿也不知道。

●毁灭

《星期评论》十八、 执信

读胡适之先生诗，忽忆天文学家言，吾人所见星光有数千年前所发者，星光入吾人眼中时，星或已灭矣，戏成此诗。

一个明星离吾们几年万亿里；

他的光明却常到吾们的眼精里。

宇宙的力量几千年前把他毁灭了。

我们眼精里头的光明还没有减少。

你不能不生人，

人就一定长眼睛。

你如何能够毁灭，

这眼睛里头的星！

一个星毁灭了，

别个星刚刚团起。

我们的眼睛昏涩了，

还有我们的兄弟我们的儿子！

●冬夜
Lenaus Winternight

《新时报》　刘凤生

微风被那严寒弄得麻木了。

电片儿在我的脚步前乱舞。

我的须颤颤的响我呼出的气像蒸气湿了。

只有常常前进。大踏我的步。

这临近的地方。沉沉寂寂。何等的严肃。

月亮儿照耀到那些古松。

古松有老死的颜色。

还弯回他的枝头到地中。

霜呀。把我的心冻碎罢。

钻到这狂热的野心。

使得他有一次的休憩。

好比这一片平原在夜深呢。

一个狼在深林里咆哮。

母亲就将伊儿子唤醒着。

狼来惊破伊的梦。

向伊要血肉的粮食。

风在这儿狂呼。

飞过这雪和冰了。

他猛力的跑说。

醒吧。心呢。去鸣不平罢。

让你"死而复活"。

受野蛮人的苦楚。

让你同狂风去罢。

到北方玩的伴侣。

●威权

《每周评论》二十八、　适

（一）

"威权"坐在山顶上，

指挥一班铁索锁着的奴隶替他开矿。

他说："你们谁敢不尽力做工？

我要把你们怎么样就怎么样！"

（二）

奴隶们做了一万年的工，

头颈上的铁索渐渐的磨断了。

他们说："等到铁索断时，

我们要造反了！"

（三）

奴隶们同心合力，

一锄一锄的掘到山脚底。

山脚底挖空了，

"威权"倒撞下来，活活的跌死。

●乐观

《新生活》九、　胡适

（一）

"这柯大树很可恶，

他碍着我的路！
来！
快把他斫倒了，
把树根也掘去。——
哈哈！好了！"

　　（二）
大树被斫做柴烧，
树根不久也烂完了。
斫树的人狠得意，
他觉得狠平安了。

　　（三）
但是那树上还有许多种子，——
狠小的种子，裹在有刺的壳里——
上面盖着枯叶，
叶上堆着白雪，
狠小的东西，谁也不注意。

　　（四）
雪消了，
枯叶被春风吹跑了。
那有刺的壳都裂开了，
每个上面长出两瓣嫩叶，
笑迷迷的，好像是说：
"我们又来了！"

　　（五）
过了许多年，
坝上田边，都是大树了。
辛苦的工人，在树下乘凉，

聪明的小鸟，在树上歌唱，——
那斫树的人到那里去了？

●微光

八月二十六日作　《时事新报》

王志瑞

天怎么还不晓？
我却披衣起了。
推开窗子望着天上：
月亮已经去休息了；
太阳却没我起的早。
可爱的几点残星，
挂在空中，微微的照耀。
我说："好朋友！你们的灵光虽小，
你们此刻算是唯一的神了！"
可爱的几点残星，
只是微微的照耀，
好像是对我发愁；又像是望着我笑。

●旁的怎么样

《时事新报》　王志瑞

（一）

乱蓬蓬的青草堆里，
忽然开了几朵鲜花；
红的，白的，黄的和紫的，

总是几朵美丽的花，——总是几朵野草里的花！

骞地里来了个顽童，

把那边的一朵折下了；

我着实替旁的花着急！

我看他也像急急着，方才的笑颜似乎变了！

但我不知道他们究竟怎么样？

　　（二）

旁晚时刮了一阵暴风，那边一只渡船打翻了！

渡船上载着几位美丽的神，如今一齐遭劫了！

我见：

旁的渡船的水手都呆看着，——一方又紧紧的把着舵。

我着实替他们着急！

但不知他们究竟怎么样？

　　（三）

我站在黑暗里，——几乎一步也不能走，

远远地忽然有几点灯光照着我，

我便向那光明的所在走。

那知道一盏灯熄了，

我很觉得急着！

觉得前面的光明未免减色了！

又恐怕前面的光明，可不要一齐都熄了！

但是我不知他们究竟怎么样？

●理想的实现

《时事新报》　　震勋

　　（一）（中秋夜作）

明月！明月！

我盼久了！你为什么迟迟的不出？

你有强大的光辉，永久的性质，

你绕地周行，照遍世界，何曾遗漏了一名一物。

　　（二）

明月！明月！

你圆时少，缺时多；

难得你今宵光明分外，泻影银河。

江山换色，人浸月宫波。

　　（三）

明月！明月！

我欢喜你的照出，我又怕你将沉没。

我要把万丈长绳，绊住你当空的皓魄。

只是这根绳儿，我又向何处去寻觅？

●鸽子

《新青年》四、一、　沈尹默

空中飞着一群鸽子，笼里关着一群鸽子，街上走的人，小手巾里还兜着两个鸽子。

飞着的是受人家的指使，带着鞘儿翁翁央央，七转八转绕空飞，人家听了欢喜。

关着的是替人家作生意，青青白白的毛羽，温温和和的样子，人家看了欢喜，有人出钱便买去，买去喂点黄小米。

只有手巾里兜着的那两个，有点难算计。不知他今日是生还是死；恐怕不到晚饭时，已在人家菜碗里。

●老鸦有序

《新青年》四、二　　胡适

六年十二月十一日，重读伊伯生之《国民公敌》戏本，欲作一诗题之，是夜梦中作一诗，醒时乃并其题而忘之，出门，见空中鸽子，始忆梦中诗为《咏鸦与鸽》，然终不能举其词，因为补作成二章。

（一）

我大清早起，
站在人家屋角上哑哑的啼。
人家讨嫌我，说我不吉利。——
我不能呢呢喃喃讨人家的欢喜！

（二）

天寒风紧，无枝可栖。
我整日里飞回，整日里挨饥，——
我不能替人家带着鞘儿翁翁央央的飞；
也不能叫人家系在竹竿头，赚一撮黄小米！

●本来干他什么事？

《时事新报》　　王志瑞

（一）

鸟儿好好的在天空里飞，
他却要费心去捉着，把鸟儿关闭在竹丝笼里；
鱼儿好好的在河水里游，
他又要费心去捉着，把鱼儿强迫到小水缸里；
虫儿好好的在青草里叫，

他更要费心去捉着，把虫儿禁押在瓦盆儿里。

（二）

一回儿他望着笼里，

鸟儿撒了他一面的灰；

他看着缸里，

鱼儿泼了他半身水；

那盆里叽叽咕咕……的声音，

又闹得他不耐烦，——不能入睡。

（三）

他就把鸟儿放还天空里；

把鱼儿放还河水里；

把虫儿放还青草里。

我想：那些！鸟儿，鱼儿，虫儿，——本来干他什么事？

他起初为什么要费心那些？

他以后可再要费心那些？

● 耕牛

《新青年》五、一、　沈尹默

好田地，多黏土；只是无耕牛的苦。

难道这地方的人穷，连耕牛都买不起？

听说来了许多人，都带着长刀子。这把个地方的耕牛，个个都吓死。

吓死几个畜生，算得甚么事？不过少种几亩地，少出几粒米。

好在少米的地方也少人，那里还愁有人会饿死？

●折杨柳

《新空气》五、　蜀狂

平坦坦的路,

两旁栽了青青的杨柳多处,

你看他,

每到春来千丝万缕,

随风吹来吹去,

若等他成阴了,

也可以挡一挡骄阳的热度。

路上的行人,

一样狂伧,

忍把那青翠的柔条,

攀折个不住,

错!错!错!误!误!误!

你纵不怜他嫩绿新青,

你也要体贴那栽培人的心苦。

●霜

《南洋》十二、　观海

起了一阵虎虎的北风,

不见了青青的树叶;

只有纵横的枝干,点缀这严肃的景色。

万物初动的时候,

试向平原望去;

晓风薄雾之外，
却又铺了一层疏散的白粉。
人哪，
草哪；
都受不起他的严寒，
忍不得他的摧残。
呵！
你真利害！
你真猖狂！
但是太阳来了，
你却到那里去了？

● 落叶

《新生活》五、 寒星

一

树叶要生长，
风要吹落地，
他如何抵抗？

二

他落在地上，
悉悉索索，
发几阵悲凉的声响！

三

他不久要化作泥，
但是留得一刻，
便要发一刻的声响！

四

那是最后的声响！

是无可奈何的声响！

但是——终于是他的声响！

● 四月二十五日夜

《新青年》五、一、　胡适

吹了灯儿，捲开窗幕，放进月光满地，

对着这般月色，教我要睡也如何睡。

我待要起来，遮着窗儿，推出月光，又觉得有点对他月亮儿不起。

我整日里讲王充、仲身统、阿里士多德、爱比苦拉斯……几乎全忘了我自己。

多谢你殷勤好月，提起我过来哀怨，过来情思。

我就千思万想，直到月落天明，也甘心愿意。

怕明夜云密遮天，风狂打屋，何处能寻你？

● 从那滚滚大洋的群众里

《时事新报》　　W. Whitman 原著

沫若译

（一）

从那滚滚大洋的群众里，缓缓儿的来了一路水，

向我耳边说道："我爱你，我不久要死，

我走了远远的路程，专诚来见你，专诚来捻你，

我要见你一次，我才能够死，

因为我怕死了之后，我会失掉了你。"

(二)

如今我们相遇，我们相见，我们都无恙；

我的爱，你请平平稳稳的回向大洋；

我也是那大洋的一份子，我的爱——

我们并不曾十分相离，

你请看这个大圆——这万累的辐凑，何等完全！

那不可抵抗的海虽则要把你我分离，

但只能带开我们一时——不能带开我们永远；

我每逢黎明的时候，我在为你赞美大空，太洋和大地，

我的爱，你请忍耐一些儿。

沫若案：煞尾一句包含着灵魂不火的意思。

"不可抵抗的海"，便是"死"的修词。

● 鸡鸣

《新潮》一、五、　康白情

"哥哥呀！……哥哥呀！……"

几句鸡声，几家从梦中催起。

嫂嫂起来煮饭。

婆婆起来打米。

哥哥起来上坡。(一)

妹妹起来梳洗。

他却老望着那镜内要明不白的影儿——嬾嬾地。

又听一声声道"哥哥呀；哥哥呀，"

他说："天下也有叫不醒的哥哥，——

那里都像我们一家子！"

(一) 四川方言，出门农作，统叫作上坡。

● 人与时

《新青年》五、一、　唐俟

一人说，将来胜过现在。

一人说，现在远不及从前。

一人说，什么？

时道，你们都侮辱我的现在。

从前好的，自己回去。

将来好的，跟我前去。

这这什么的。

我不和你说什么。

● 一只飞雁

十一月十三日之夜　《时事新报》

仲　苏

这时候夜已深了：

寒月照耀，越显得云薄天高。

除却远村犬吠，林间落叶，

还有什么声音可以唤醒世界的酣梦啊？

半空里忽然发了一声狂叫，

是谁高歌？是谁长啸？

这要死的寂寞被那悲壮的呼声惊破了！

波浪似的回声在空中摆动，好像是众生呻吟——

细诉他们的苦恼。

哦！原来是一只抛弃伴侣的孤雁来了！

他环绕着我盘旋,高叫,

猛可的又飞去了。

唉!雁,你这潇洒超脱?长征不倦的飞鸟,

真使我欣喜,羡爱,——忘却万般的烦恼。

● 雨

《平民教育》四、 负雪

雨,你本来是很纯洁的东西。

你只为可怜这世界的龌龊,才拼命的下来将他洗洗。

谁知道这世界的龌龊,不曾被你洗去一点半点?

反将你本来的面目弄得脏滑滑的。

当初你也不是喜欢龌龊的,

为甚么今天也跟着旁人在这龌龊堆里?

唉!原来你是个"同流合污"的贱东西!

● 雀

《黑潮》一、二、 友白

一群小小的麻雀。

他们整日里飞来飞去;东一把秕,西一把米。

还有那黄莺儿,翠姑儿,也随着他顽戏。

咳!雀!你们须得准备,天地有清白的日子。

北风起了,大雪纷纷不止;顷刻间天地都变了颜色。

咳!雀!……

● 微菌

《工学》一、一　　爱我

微菌躲在阴沟里；
微菌的仇敌，站在太阳里。
微菌的仇敌，怒伸两臂对着微菌嚷道：
"你出来，我和你决斗！"
微菌缩着头不敢出来，
因为怕太阳。

　　　　八年九月三十日

● 黑云

《工学》一、二　　范煜燧

黑云层层叠叠，
满天很光亮的星儿遮住了好多。
别的星儿为他的伙伴抱不平，说：
"黑云！你是好汉也来遮住我！"
黑云说："你别大言，你且看我！"
不一会儿，
天上地下不见一点光明；
只听得从黑云缝里透出来的声音说：
"自有东风，
把你刮到西方不见影。"

　　　　一九一九年十月二日

● 一梦

《女界钟》二十、 遇——

同行一个山上，
我最爱的妹子，
忽然掉在山脚里。
我听伊叫道：
"哥哥！你快来救我！你快来救我！"
我答道："我一定救你。"
但是我终不能够跑到山下将伊救起。
我又听伊叫道：
"哥哥！你快来救我！
现在救我的人，便只有你！"
我又答道："妹子！我一定要救你！"
但是我若是也到了山脚下，
又怎好救你？
你若要□①救你，
你先要自己救自己！你只努力向山上爬起。
到那时候，
吾才好仆着山边，
伸长两手将伊救起。

● 冬天的青菜

《新畴东》一、 季畴

天气冷了。

---

① 此处疑漏一"我"字。

每天早上,雪白的浓霜,压着那鲜嫩的青菜上,
好像要灭他生机的模样。
多谢浓霜。
幸亏你加在身上;
使我心甜使我肥壮。

写情类

●送任叔永回四川

《新青年》六、五、　胡适

你还记得,绮色佳城,凯约嘉湖上,
山前山后,多少瀑泉奇绝,更添上远远的一线湖光,
瀑溪的秋色,西山的落日,真个无双;
还有那到枕的湍声,夜夜像骤雨打秋林一样?
那是你和我最难忘的"第二故乡"。
如今回想,
往日的交情,旧游的风景,
一半在你我的诗囊,一半在梦魂中来往。

你还记得,我们暂别又相逢,正是赫贞春好?
记得江楼同远眺,云影渡江来,惊起江头鸥鸟?
记得江边石上,同坐看潮回,浪声遮断人笑?
记得那回同访友,日暗风横,林里陪他听松啸?

这回久别再相逢,便又送你归去,未免太匆匆!
多亏得天意,多留你两日,使我做得成诗相送。

万一这首诗赶得上远行人,
多替我说声"老任珍重珍重!"

● 送戚君书栋往南洋

《时事新报》　李鲁航

（一）

□①栋!我们都是千里来此,为什么你又要走?
在这个凉和的时候,教我怎忍受这"客里别友"?
你看那溲溲的北风呀!好像从我们家乡到此,来送你的行。
可怜我呀!顺着风儿送你,背着风儿想家。

（二）

□栋!你是一个中国少年,装满了一肚子热肠。
为什么你也要抛了中国,跑到南洋?
咳!不管他南洋北洋东洋西洋,
我们总是要抱定宗旨,往前进行。

（三）

□栋!你看那天上的行云,天边的和风。
什么是有情无情,总归是来去无踪。
我盼你自今一别呀!
去做那南洋的晨光,华侨的明星。

● 想起李陆二君来就胡写了几句给琴荪

《少年》五、　党家斌

"铛铛"!下堂了!

---

① 原文如此。

忽然想起弘毅来，
慢慢下楼来，到十八教室——
名牌上分明有"李树动"三个大字，
可是一号坐位早空了！
只呆呆望着那名牌。

天黑，月暗，
只有几点明星放出冷冷的光来，
一个人独在那静悄悄的小巷踱来踱去。
头昏不能用心，
眼痛不敢看书，
"知己灯下共谈心"岂不快活？
惟一！你走了？
我同谁谈好呢？
我同谁谈好呢？
凭我千呼万唤，
如何能惊动万里飘零的你？
琴荪

在这万恶社会里，
几多青年，
如狂如痴！
他俩实行所信走了！
但是我们俩的发狂问题呢？

●答党君

《少年》五、 赵世炎

我们俩的发狂问题？

我不懂得；
在别人说我们是狂，
我们却不可承认，
我们只要作"人"——
那管那些？

惟一走了，
你可以同我谈，
弘毅的座位空了，
我的座位有我；
你不过暂时找不着惟一谈，
看不见有弘毅的座位。

痛快！痛快！
我在天津河岸送他们，
汽笛一声——
他们走了！
我不得不已，垂头丧气，
又回到这"北京首善之区！"

●周岁

《晨报》纪念号　胡适

（祝晨报一年纪念）

唱大鼓的唱大鼓，
变戏法的变戏法；
彩棚底下许多男女宾，

挤来挤去闹热煞！

主子抱出小孩子，——
这是他的周岁，——
我们大家围拢来，
给他开庆祝会。

有的祝他多福，
有的祝他多寿。
我与众客不同，
我独祝他奋斗：

"我贺你这一杯酒，
恭喜你奋斗了一年；
恭喜你战胜了病魔，
恭喜你平安健全。"

"我再贺你一杯酒，
祝你奋斗到底：
你要不能战胜病魔，
病魔会战胜了你！"

八年十一月二十七日

• 题女儿小蕙周岁日造象

《新青年》四、一、　刘半农

你饿了便啼，饱了便嬉，

倦了思眠，冷了索衣；

不饿不冷不思眠，我见你整日笑嘻嘻。

你也有心，只是无牵记；

你也有眼耳鼻舌，只未着色声香味；

你有你的小灵魂，不登天，也不堕地。

呵呵，我羡你！我羡你！

你是天地间的活神仙！

是自然界不加冕的皇帝！

● 新婚杂诗

《新青年》四、四、　胡适

一

十三年没见面的相思，于今完结。

把一桩桩伤心旧事，从头细说。

你莫说你对不住我，

我也不说我对不住你，——

且牢牢记取这十二月三十夜的中天明月！

二

回首十四年前；

初春冷雨，

中村箫鼓，

有个人来看女婿：

匆匆别后，便轻将爱女相许。

只恨我十年作客，归来迟暮，

到如今，待双双登堂拜母，

只剩得荒草新坟，斜阳凄楚！

最伤心，不堪重听，灯前人诉，阿母临终语！

　　三

与新妇自江村回，至杨桃岭上望江村庙首诸村，及其此诸山，

重山叠嶂，

都似一重重奔涛东向！

山脚下几个村乡，

百年来多少兴亡，

不堪回想！

更何须回想！

想十万万年前，这多少山，这都不过是大海里一些儿微波暗浪！

　　四

记得那年，

你家办了嫁妆，

我家备了新房，

只不曾捉到我这个新郎；

这十年来，

换了几朝帝王，

看了多少世态炎凉！

锈了你嫁奁中的刀剪，

改了你多少嫁衣新样，

更老了你和我人儿一双！——

只有那十年陈的爆作，越陈偏越响！（吾自定婚仪，本不用爆竹。以其为十年前所办，故不忍弃。）

　　五

十年前的想思，刚才完结；

没满月的夫妻，又忽忽离别。

昨夜灯前絮语，全不管天上月圆月缺。

今宵别后,便觉得这窗前明月,格外清圆,格外亲切。

你该笑我,饱尝了作客情怀,别离滋味,还逃不了这个时节!

● D——!

《新青年》六、六、　刘半农

D——!

我已八十多天看不见你。

人家说,这是别离,是悲惨的别离。

那何尝是?

我们的友谊,若不是泛泛的"仁兄""愚弟",

那就凭他怎么着,你还照旧的天天见我,我也照旧的天天见你。

"威权"幽禁了你,这没有幽禁了我,

更幽禁不了无数的同志,无数的后来兄弟。

记着!这都是一个"人"身上的五官百体。

Y——说过:

"只须世界上留得一颗橘子的子,

就不怕他天天吃橘子的肉,

剥橘子的皮!"

D——!

你安心着,我就把这句话来安慰你。

D——!

我那一天不看见你?

那一天不看见那"优待室"中,闷闷的坐着你?

你向我说:

"威权已瞎了我的眼,聋了我的耳。

我现在昏昏沈沈,不知道世间有了些什么事体,世界还成了个什么东西?

但是我没有听见北京城里放大炮，料料来还没有什么人，
捧了谁家的孩子做皇帝！

我又知道我和这'优待室'，还依然存在。料来哈雷彗星，还没有奋出
'威权'，毁灭这不堪的大地！

只有一件事可以安慰的，

就是我还有一个心，始终依附着我这可怜的，残废的躯体！"

我说，

D——！

我与你，又何当有什么两样？

所不同的——

只是夜间你睡觉，多几个臭虫耗子，吵得你心烦身痒；

日间你开眼，多看见几个可怜朋友，为了八元一月，穿那套黑色衣裳！

这都可以恕得，

"他们做的事，他们不知道，"

不值得放在心上。

若说是聋，是瞽，是残废，我与你完全一样。

我便走到天边，也听不见什么好声音，看不见什么好景象。

那"自由""解放"的好名词，只在报纸上露着一露，

"威尔滁炮"中响着一响！

千万斤的压力，不依然在我头上？

手铐脚镣，不依然在我手上脚上？

听！

我摇一摇头，颈上有些什么，响得"声调铿锵！"

D——！

唯其是这样，所以我们的责任是这样。

暂且离开了 D！——回头说些故事，请大家想想：朋友们！

一天是极热极闷的天气，太阳落了，大家走出屋子，到街上乘凉。

清快啊！

往来不绝的车马，人人身上，都平分着一份的凉气，一份的月光。

偏是一个所在，阴森森的黑漆门旁，

站着几个"似人"，穿着粗厚的衣服，捐着重笨的枪。

暗暗淡淡一星灯火，照着他枪头，闪出几丝冰冷的光！

朋友！

就是这样！

你若要知道门里是如何景象，先问你自己在什么地方？

你若承认这世界是人的世界，便是捣碎了你的心，也该留一些死灰的感想！

朋友！

"上帝说，'要有光'就有了光，"

这种荒唐话，谁要他遗留在世上？

你们听我说：

要有光，应该自己做工，自己造光，

要造太阳的光，不要造萤火的光，

要知道怎样的造光，且看我的朋友，

D——！

他造光的方法是怎样？

D——！

我不向你多说话了；

若要说下去，便是千言万语也说不清。

你现在牺牲着，我就请你定着心牺牲；

并且唱一章"牺牲的赞歌"给你听：——

牺牲的神！牺牲的神！

你是救济人类的福星！

奋斗与你结合着，

才能造成我们的人生，

超度我们的灵魂！

我们天天奋斗——

奋斗胜了，一壁得幸福，一壁是牺牲了体力精神；

不幸败了，牺牲了幸福，还保存了我们人格上的光明。

无论怎样，总得牺牲。

牺牲的神！牺牲的神！

我不拜耶稣经上的"神"，不拜古印度人的"晨"，

只在黑夜中远远的仰望着你，

笑弥弥，亮晶晶！

亚门！

●欢迎仲甫出狱

《新生活》六、　守常

（一）

你今出狱了，

我们很欢喜！

他们的强权和威力，

终竟战不胜真理。

什么监狱什么死，

都不能屈服了你，

因为你拥护真理，

所以真理拥护你。

（二）

你今出狱了，

我们很欢喜!

相别才有几十日,

这里有了许多更易:

从前我们的"只眼"忽然丧失,

我们的报便缺了光明减了价值,

如今"只眼"的光明复启,

却不见了你和我们手创的报纸!

可是你不必感慨,不必叹惜,

我们现在有了很多的化身,同时奋起:

好像花草的种子,

被风吹散在遍地。

　　　　（三）

你今出狱了,

我们很欢喜!

有许多的好青年,

已经实行了你那句言语:

"出了研究室便入监狱,

出了监狱便入研究室。"

他们都入了监狱,

监狱便成了研究室,

你便久住在监狱里,

也不须愁着孤寂没有伴侣。

●可怜的我

《星期评论》十、　季陶

　　　（一）

我往那里走?

我跪在甚么人的面前？
我要立起来，
那许多狰狞古怪的偶像，
定要迫我跪在他的面前，
我倒甘心跪在他的面前，
我那个自由高尚的性灵，
定要我去游极乐的花园！
定要我去住极巍峨的宫殿！

　　（二）
我跪了许多年！
我已经跪了许多年！
我的足成了风湿麻木！
我的腰好像个弓儿湾！
我愿去游极乐的花园！
我很愿住巍峨的宫殿！
我不愿再跪在那狰狞古怪的偶像面前！
可怜！可怜！
我的足我的腰，
他就不肯争一口气，
他就不肯与我一些儿方便。

　　（三）
咦！奇怪！
咦！真奇怪！
我的足不麻木了！
我的腰也直了！
我居然到了自由乐园！
居然进了极巍峨的宫殿！

那些偶像到底离了我的面前！

那些偶像竟自离了我的面前！

　　（四）

这是翡翠镶成的回廊，

这是玛瑙垒成的台阶，

这是珊瑚结构的栏杆。

那是麝香一样的玫瑰，

那是美人一样的牡丹，

千万种奇花异草配成个幸福的花坛。

你听！那不是鹦鹉唱歌么？

你看！那不是孔雀开屏么？

真是大自然的伟观！

真是永久平和的团圞！

　　（五）

咦！为什么都不见了？

嗳哟！我的足仍旧麻木了！

嗳哟！我的腰依旧是湾！反而更酸！

唉！我依旧跪在偶像的面前！

呜……呜……呜……

我依旧跪在偶像的面前！

刚才所见，

原来都是梦幻！

● 可爱的你

《平民教育》四、　璠

他们是爱你想你，

我更爱你想你；

天天将你关在心里，

像似忘了你偏偏的念着你；

终不能将灵魂来靠近你，

这桩心事，对谁说起？

啊！

你纵飞向天空，

我也能追迹攀踪，

总不会照不见你，

凭着我理性的光明。

终究有一天，

拼了灵魂，趁了理性的光，

爱你想你的人，

随着可爱的你，

走进了"乌托邦"；

那是真的家乡。

• 十二月一日到家

《新潮》一、一　　胡适

往日归来，才望见竹竿尖，才望见吾村，便心头狂跳，遥知前面，老亲望我，含泪相迎，"来了？好呀！"别无他语；说不尽心头欢喜悲酸无限情。偷回首揩干泪眼，招呼茶饭，款待归人。

今朝——依旧竹竿尖，依旧溪桥，只少了我心头狂跳！何消说一世的深恩未报！

何消说十年来的家庭梦想，都——云散烟销！只今日到家时，更何处能寻他那一声"好呀来了！"

• 悼亡妻

《新潮》一、二、　　顾诚吾

一

自你殁后，伊郁凄凉，填胸满意！
不解我处顺境的时候，为什么爱听哀情的戏？
那《十万金》中，翠莲自缢未殊，对着两儿，千回万转，不忍舍弃。
说道："我死之后，一个在前厅叫着爹爹，爹爹有事不能顾及；一个在后园叫着妈妈，可痛你妈妈早已死去。"
我听了这两句，屡屡下泪。
可怪这些话头，如今竟作成了谶语，我真到了这般境地；
我看着两儿依恋我的态度，实教我无心作事。
长女初在识字，识到"父""母"，知道他"母"已死。次女方才学话，会说得那"爹爹""妈妈"，顾盼自喜。
我对他说："你叫妈妈已迟，可怜你的妈妈，已无从叫起。"
他瞪目不懂，犹是叫个不住！

二

自你殁后，媒人来了数十起：
不是东家知算能书，便是西家貌美娴家事。
闹得我意绪沈闷，苦无法遣止。
老人责望，总是"有妇侍高堂；有子延宗系"。
家庭养育，恩情高厚，我何忍别异？
又旁无弟兄，下无男子，我何能径情率意？
从前的早婚，和将来的续弦，都似一工人，为家中服务；我亦拼做工人，不敢说自由意趣。
但可怜我在你病榻之旁，重重申誓，而今何似？

我亦不敢问你，我到底是有情无义？

• 十一月九日吊李君鸿儒诗

《新声》十一、　吉珊

鸿儒！

"大浪横波"是你的乐居，

"高山峻岭"是你的仇敌！

我要尽力改移你的乐居，

铲除你的仇敌！

半缺的月亮将起，

冷冷的风儿绕着我四壁。

蟋蟀的叫声就这般的唧唧，

他唤醒了我的"黄粱梦"，

教我心中一刻不能忘你！

你！为同胞牺牲了性命的人；

这诚挚的心，

悲壮的事；

自然永远留在这四万万人的。

• 吊板垣先生

《星期评论》九、　季陶

（一）

我正拿着一张报纸看，

忽然"板垣退助逝世"几个大字，

接到了我的视线。

瞬刻间我的神经，

都被悲哀的感情绕遍。

　　　（二）

可怜你奋斗了六十年，

你的人道精神，

都被那些恶魔践踏完。

我想起你门前冷落的情形，

我很代你不平。

　　　（三）

你为的"土百姓"，

你要援助"秽多"，

你要搭救"非人"，

为不成援助不成搭救不成，

只造成了一个军国主义的日本。

　　　（四）

黑越越的芝公园，

冷清清的旧洋房，

静寂寂的月光，

闷沉沉地钟声，

孤单单的白发老先生。

　　　（五）

你的耳聋了！

你的发白了！

执权官人发财商人，

他们热烘烘的享福，

谁记念你这无权无势的白发老先生！

　　　（六）

你是一定要死的板垣，

"自由"终是不死的"自由"!

"与"的自由!

不如"求"的自由!

且看!死的板垣活的自由!

● 哀湘江

《星期评论》十三、 玄庐

湘江滔滔呀!湘月明。

湘江汩汩呀!湘山青。

湘云黯黯呀!湘天阴。

湘江评论呀!寂无声。

唉!可怜那一片书声,布机声,打稻声,邪许声;

重化作湘江几千年的怨恨声。

● 悼浙江新潮

《平民教育》八、 予同

（一）

我同你才见面,

我同你就死死诀;

阴沉沉的钱塘江,

藏着惨淡凄凉的秋月。

（二）

不要悲观,不要心怯,

努力当先觉。

杀不了的灵魂,

我一个别的躯壳!

（三）

抖起你们纯洁的精神,
本着你们澎湃的热血；
就一时不许我明目张胆的做文章,
禁不了我暗地的传说。

● 痛苦

《新时报》（译 Lenans，Der Schmerz）

刘麟生

这一番悲伤的话。
伊教伊自己惊怕。
伊的眼泪。
洗湿了伊的胭脂面。
生活欺我们太久了。
你看伊的胭脂面也瘦了。
伊一生的两腮憔悴。
痛苦呀！你如何这样的灵验！

● 一念（有序）

《新青年》四、一、　胡适

今年在北京，住在竹竿巷。有一天，忽然由竹竿巷想到竹竿尖。竹竿尖乃是吾家村后的一座最高山的名字。因此便做了这首诗。

我笑你绕太阳的地球，一日夜只打得一个回旋；
我笑你绕地球的月亮儿，总不会永远团圆；

我笑你千千万万大大小小的星球，总跳不出自己的轨道线；

我笑你一秒钟走五十万里的无线电，总比不上我区区的心头一念，

我这心头一念：

才从竹竿巷，忽到竹竿尖，

忽在赫贞江上，忽到凯约湖边；

我若真个害刻骨的相思，便一分钟绕遍地球三千万转！

● 想

《星期评论》十二、　沈玄庐

（一）

平时我想你，

七日一来复。

昨日我想你，

一日一来复。

今朝我想你，

一时一来复。

今宵我想你，

一刻一来复。

（二）

予的自由，不如取的自由。

取得的自由，才是夺不去的自由。

你取你的自由，他夺他的自由。

夺了去放在那里？

依旧朝朝暮暮，在你心头在我心头。

•荫

《曙光》　　王统照重译

Translated By Thomes Wolsh from
The Spanish of Serofin Alvaveg Qnentero

一所幽荫的居室，在小小的街道，
橄榄式的窗格，在花园中微微的含笑。
窗格后却有些玫瑰花儿：
又妙美，又华丽，在屋子外边围绕，
住着一双快乐的良偶：是"天长地久"
他们缠绵的光阴，却只在蜜甜中逍遥。
他是常常的愉快，没些儿闲愁烦恼，
他却是永没有试尝过这种爱的味道。
晚上啊：——伸开了他的帐幔，遮蔽了他俩闲谈的清瞭，
自由笑乐的光阴便消磨了。
他俩的恋爱是：——
互相欢喜，互相爱好。
设若你能够对你心爱的人儿道：
"我祝你的平安，在今宵。"
他回答是：
"上帝呀，便在这里，这里是我来睡觉。"

•光

《星期评论》十四、　玄庐

一片片乌云白云，遮住了月光如鬼。

秋风初起,冷飕飕吹入心苗淘成眼泪。

只一缕天河,疏星几点,光明还在。

风际林梢,似有人暗中招手,叮咛忍耐。

忍耐忍耐,怎禁他腕底悲风,胸中热泪。

唉!乌云也罢!白云也罢!那遮不住的月光,了无挂碍。

空青无际,连你这几片云儿,也涵盖在光明世界。

●悼赵五贞女士舆中自刎

《女界钟》十九、 翼儒

八年十一月六日,长沙城忽然开了一个黑暗与光明的仗。

数千年来,所闻所见的,无非是从夫从父从子的声浪。

那可恶的声浪,虽然是响了几千年。这二万万的同胞,却静悄悄的不声不响。

赵女士不管他自己的势力孤单,要去身临前敌。为甚么你有那样大的胆量。

我听得赵女士的这事发生,新派的人极端称赞,旧派的人极端的诽谤。

那死的只是一个人,为什么这个说这样,那个说那样?

●我是少年

《新社会》一、 郑振铎

(一)

我是少年!我是少年!

我有如炬的眼,我有思想如泉。

我有牺牲的精神,我有自由不可捐。

我过不惯偶像似的流年,我看不惯奴隶的苟安。

我起!我起!我欲打破一切的威权。

（二）

我是少年！我是少年！
我有喷腾的热血和活泼进取的气象。
我欲进前！进前！进前！
我有同胞的情感，我有博爱的心田。
我看见前面的光明，
我欲驶破浪的大船，满载可怜的同胞，
进前！进前！进前！
不管他浊浪排空，狂飙肆虐；
我只向光明的所在，进前！进前！进前！

附　录

我为什么要做白话诗？

胡　适

（《尝试集》自序）

我这三年以来做的白话诗若干首，分做两集，总名为《尝试集》。民国六年九月我到北京以前的诗为第一集，以后的诗为第二集。民国五年七月以前，我在美国做的文言诗词，删剩若干首，合为《去国集》，印在后面作一个附录。

我的朋友钱玄同曾替《尝试集》做了一篇长序，把应该用白话做文章的道理说得很痛快透切。（见《新青年》四卷第二号）

我现在自己作序，只说我为什么要用白话来做诗。

这一段故事，可以算是《尝试集》产生的历史，可以算是我个人主张文学革命的小史。

我做白话文学，起于民国纪元前六年，（丙午），那时我替上海《竞业旬报》做了半部章回小说，和一些论文，都是用白话做的。到了第二年（丁未），我因脚气病，出学堂养病。病中无事，我天天读古诗，从苏武、李陵直到元好问，单读古体诗，不读律诗。那一年我也做了几篇诗，内中有一篇五百六十字的《游万国赛珍会》，和一篇近三百字的《弃父行》；以后我常常做诗，到我往美国时，已做了两百多首诗了。我先前不做律诗，因为我少时不曾学对对子，心里总觉得律诗难做。后来偶然做了一些律诗，觉得律诗原来是最容易做的玩意儿，用来做应酬朋友的诗，再方便也没有了。我初做诗，人都说我像白居易一派。后来我因为要学时髦，也做一番研究杜甫的工夫。但是我读杜诗，只读《石壕吏》、《自京赴奉先咏怀》一类的诗；律诗中五律我极爱读，七律中最讨厌《秋兴》一类的诗，常说这些诗文法不通，只有一点空架子。

自民国前六七年到民国前二年（庚戌），可算是一个时代。这个时代已有不满意于当时旧文学的趋向了。我近来在一本旧笔记里（名《自胜生随笔》，是丁未年记的）翻出这几条论诗的话：

作诗必使老妪听解，固不可。然必使士大夫读而不能解，亦何故耶？（录《麓堂诗话》）

东坡云，"诗须有为而作。"元遗山云，"纵横正有凌云笔，俯仰随人亦可怜。"（录《南壕诗话》）

这两条上都有密圈，也可见我十六岁时论诗的旨趣了。

民国前二年，我往美国留学。初去的两年，作诗不过两三首。民国成立后，任叔永（鸿隽）杨杏佛（铨）同来绮色佳（Ithaca），有了做诗的伴当了。《集中文学篇》所说：

明年任与杨，远道来就我。山城风雪夜，枯坐殊未可。

烹茶更赋诗，有倡还须和。诗炉火灰冷，从此生新火。

都是实在情形。在绮色佳五年，我虽不专治文学，但也颇读了一些西方文学书籍，无形之中总受了不少的影响，所以我那几年的诗，胆子已大得多。《去国集》里的《耶稣诞节歌》和《久雪后大风作歌》都带有试验的意味。后来做《自杀篇》，完全用分段作法，试验的态度更显明了。《藏晖室札记》第三册有跋《自杀篇》一段，说：

……吾国人作诗每不重言外之意，故说理之作极少。求一朴蒲（Pope）已不可多得，何况华茨活（Words Worth）、推贵（Goethe）与白朗吟（Browning）矣。此篇以吾所持乐观主义入诗，全篇为说理之作，虽不能佳，然途径具在。他日多作之，或有进境耳。（民国三年七月七日）

又跋云：

吾近来作诗，颇有不依人蹊径，亦不专学一家。命意固无从摹仿，即字句形式亦不为古人成法所拘，盖颇能独立矣。（七月八日）

民国四年八月，我作一文论"如何可使吾国文言易于教授"。文中列举方法几条，还不曾主张用白话代文言。但那时我已明言"文言是半死之文字，不当以教活文字之法教之"。又说："活文字者，日用语言之文字，如英、法文是也，如吾国之白话是也。死文字者，如希腊、拉丁，非日用之语言，已陈死矣，半死文字者，以其中尚有日用之分子在也。如人字是已死之字，狗宁是活字，乘马是死语，骑马是活语，故曰半死文字也。"（《札记》第九册）

四年九月十七夜，我因为自己要到纽约进哥仑比亚大学，梅觐庄（光迪）要到康桥进哈佛大学，故作一首长诗送觐庄。诗中有一段说：

梅君梅君毋自鄙！神州文学久枯馁，百年未有健者起，新潮之来不可止，文学革命其时矣！吾辈势不容坐视，且复号召二三子，革命军前扶马棰，鞭笞驱除一车鬼，再拜迎入新世纪！以此报国未云菲，缩地戡天差可拟。梅君梅君毋自鄙！

原诗共四百二十字，全篇用了十一个外国字的译音。不料这十一个外国字就惹出了几年的笔战！任叔永把这些外国字连缀起来，做了一首游戏诗送我：

牛敦，爱迭孙，培根，客尔文，索虏与霍桑，"烟士披里纯"：

鞭笞一车鬼，为君生琼英。文学今革命，作歌送胡生。

我接到这诗，在火车上依韵和了一首，寄给叔永诸人：

诗国革命何自始？要须作诗如作文。琢镂粉饰丧元气，貌似未必诗之纯。小人行文颇大胆，诸公一一皆人英。愿共僇①力莫相笑，我辈不

---

① 僇：通"戮"。此处应为"勠"。——编者注

作腐儒生。

梅觐庄误会我"作诗如作文"的意思,写信来辨①论。他说:

……诗文截然两途。诗之文字与文之文字,自有诗文以来,无论中西,已分道而驰。……足下为诗界革命家,改良诗之文字则可;若仅移文之文字于诗,即谓之革命,谓之改良。则不可也。……以其太易易也。

这封信逼我把诗界革命的方法表示出来。我的答书不曾留稿。今抄答叔永书一段如下:

适以为今日欲救旧文学之弊,预先从涤除"文胜"之弊入手。今人之诗徒有铿锵之韵,貌似之辞耳。其中实无物可言。其病根在于重形式而去精神,在于以文胜质。诗界革命当从三事入手:第一,须言之有物;第二,须讲求文法;第三,当用"文之文字"时,不可故意避之。三者皆以质救文之弊也。……觐庄所论"诗之文字"与"文之文字"之别,亦不尽当。即如白香山诗,"城云臣按六典书,任土贡有不贡无,道州水土所生者,只有矮民无矮奴!"李义山诗,"公之斯文若元气,先时已入人肝脾。"……此诸例所用文字,是"诗之文字"乎?抑"文之文字"乎?又如适赠足下诗,"国事今成遍体疮,治头治脚俱所急。"此中字字皆觐庄所谓"文之文字"。……可知"诗之文字"原不异"文之文字":正如诗之文法原不异文之文法也。……(五年二月二日)

"诗之文字"一个问题也是很重要的问题,因为有许多人只认风花雪月,蛾眉,朱颜,银汉,玉容等字是"诗之文字",做成的诗读起来字字是诗;仔细分析起来,一点意思也没有。所以我主张用朴实无华的白描工夫,如白居易的《道州民》,如黄庭坚的《题莲华寺》,如杜甫的《自京赴奉先咏怀》。这类的诗,诗味在骨子里,在质不在文;没有骨子的滥调诗人决不能做这类的诗。所以我的第一条件便是"言之有物"。因为注重之点在言中的"物",故不问所用的文字是诗的文字还是文的文字。觐庄认做"仅移文之文字于诗",所以错了。

---

① 此处应为"辩"。——编者注

这一次的争论是民国四年到五年春间的事。那时影响我个人最大的，就是我平常所说的"历史的文学进化观念"。这个观念是我的文学革命论的基本理论。《札记》第十册有五年四月五日夜所记一段如下：

文学革命，在吾国史上非创见也。即以韵文而论，三百篇变而为骚，一大革命也。又变为五言七言，二大革命也。赋变而为无韵之骈文，古诗变而为律诗，三大革命也。诗之变而为词，四大革命也。词之变而为曲，为剧本，五大革命也。何独于吾所持文学革命论而疑之？

文亦遭几许革命矣。自孔子至于秦、汉，中国文体始臻完备。六朝之文……亦有可观者。然其时骈俪之体大盛，文以工巧雕琢见长，文法遂衰。韩退之所以称"文起八代之衰"者，其功在于恢复散文，讲求文法。此一革命也。……宋人谈哲理者，深悟古文之不适于用，于是语录体兴焉。语录体者，禅门所尝用，以俚语说理纪言。……此亦一大革命也。至元人之小说，此体始臻极盛。……总之文学革命至元代而极盛。其时之词也，曲也，剧本也，小说也，皆第一流之文学，而皆以俚语为之。其时吾国真可谓有一种"活文学"出现。倘此革命潮流（革命潮流，即天演进化之迹。自其异者言之，谓之革命；是其循序渐进之迹言之，即谓之进化可也），不遭明代八股之劫，不遭前后七子复古之劫，则吾国之文学已成俚语的文学；而吾国之语言早成为言文一致之语言，可无疑也。但丁之创意大利文学，却叟辈之创英文学，路得之创德文学，未足独有千古矣。惜乎，五百余年来，半死之古文，半死之诗词，复夺此"活文字"之席，而"半死文学"遂苟延残喘以至于今日。……文学革命何可更缓耶！何可更缓耶，过了几天，我填了一首"沁园春"词，题目就叫做《誓诗》，其实是一篇文学革命宣言书：

更不伤春，更不悲秋，以此誓诗。任花开也好，花飞也好；月圆固好，日落何悲！我闻之曰，"从天而颂，孰与制天而用之？"更安用为苍天歌哭，作彼奴为！文章革命何疑！且准备搴旗作健儿。要前空千古，下开百世；收他臭腐，还我神奇！为大中华，造新文学，此业吾曹

欲让谁？诗材料，有簇新世界，供我驱驰！（四月十三日）

这首词上半所攻击的是中国文学"无病而呻"的恶习惯。我是主张乐观，主张进取的人，故极力攻击这种卑弱的根性。下半首是《去国集》的尾声，是《尝试集》的先声。

以下要说发生《尝试集》的近因了。

五年七月十二日，任叔永寄我一首《泛湖即事》诗。

这首诗又惹起一场大笔墨官司，故不能不抄一段于此：

荡荡平湖，漪漪绿波，言櫂轻楫，以涤烦疴，既备我糇，既偕我友，容与中流，山光前后，……清风竞爽，微云蔽暄；猜谜赌胜，载笑载言，行行忘远，息楫崖根。忽逢波怒，嚣掣鲸奔！岸逼流回，石斜浪翻！翩翩一叶，冯夷所吞，舟则可弃，水则可揭。湿我裳衣，畏他人视。……

我答书说：

……泛湖诗中写翻船一段，所用字句，皆前人用以写江海大风浪之套语。足下避自己铸词之难，而趋于借用陈套语之易。足下自谓"用力太过"，实则全未用气力。趋易避难，非不用气力而何？……再者诗中所用"言"字，（第三句）及"载"字，皆系死字。又如"猜谜赌胜，载笑载言"两句，上句为二十世纪之活字，下句为三千年前之死句，殊不相称也。……（七月十六日）

叔永答书，把原诗极力删改一遍，远胜原稿了。不料我这几句话触怒了一位旁观的朋友，那时梅觐庄在绮色佳过夏，见了我这些话，因写信来痛驳我。他说：

足下所自矜为文学革命真谛者，不外乎用"活字"以入文；于叔永诗中，稍古之字，皆所不取，以为非"二十世纪之活字"。……夫文字革新，须洗去旧日腔套，务去陈言，固矣。然此非尽屏古人所用之字，而另以俗语白话代之之谓也。……足下以俗语白话为向来文学上不用之字，骤以入文，似觉新奇而美，实则无永久价值。因其向未经美术家锻炼，徒诿诸愚夫愚妇无美术观念者之口，历世相传，愈趋愈下，鄙俚乃不可言。足下得之，乃矜矜自喜，炫为创获，异矣。如足下之言，则人间材智，选择，教育，诸事皆无足算，而村农伧父皆足为诗人美术家矣。甚至非洲黑蛮，南洋土人，其言文无分者，最有诗人美术家之资格矣。

至于无所谓"活文字"，亦与足下前此言之。……文学者，世界上最守旧之物也。……足下乃视改革文字如是之易乎？……

觐庄这封信不但完全误解我的主张，并且说了一些没有道理的话，故我做了一首一千多字的白话游戏诗答他。这首诗虽是游戏诗，也有几段庄重的议论。如第二段说：

文字没有雅俗，却有死活可道。

古人叫做欲，今人叫做要；

古人叫做至，今人叫做到；

古人叫做溺，今人叫做尿；

本来同是一字，声音少许变了，

并无雅俗可言，何必纷纷胡闹，

至于古人叫字，今人叫号；古人悬梁，今人上吊；

古名虽未必不佳，今名又何尝不妙？

至于古人乘舆，今人坐轿；古人加冠束帻，今人但知戴帽；

莫必叫帽作巾，叫轿作舆，岂非张冠李戴，认虎作豹？……

又如第五段说：

今我苦口晓舌，算来却是为何？

正要求今日的文学大家，

把那些活泼泼的白话，拿来锻炼，拿来琢磨，拿来作文演说，作曲作歌；

出几个白话的嚣俄，和几个白话的东坡，

那不是"活文学"是什么？

那不是"活文学"是什么？

这一段全是后来用白话作实地试验的意思。

这首白话游戏诗是五年七月二十二日做的，一半是朋友游戏，一半是有意试做白话诗。不料梅、任两位都大不以为然。觐庄来信大骂我，他说：

读大作如儿时听莲花落，真所谓革尽古今中外诗人之命者。足下诚豪健哉！盖今之西洋诗界，若足下之张革命旗者，亦数见不鲜。最著者有所谓 Futurism, Imagism, Free Verse, 及各种 decadent movements in literature and in arts。大约皆足下俗话诗之流亚，皆喜以"前无古人后无来者"自豪，皆喜诡立名字，号召徒众，以眩骇世人之耳目，而己则从中得名士头衔以去焉。……

信尾又有两段添入的话：

文章体裁不同。小说词曲固可用白话，诗文则不可。

今之欧美狂澜横流，所谓"新潮流"者，耳已闻之熟矣。诚望足下勿剽窃此种不值钱之新潮流以哄国人也。（七月三十日）

这封信颇使我不心服，因为我主张的文学革命，只是就中国今日文学的现状立论，和欧美的文学新潮流并没有关系；有时借镜于西洋文学史，也不过旧出三四百年前欧洲各国产生"国语的文学"的历史，因为中国今日国语文学的需要，很像欧洲当日的情形，我们研究他们的成绩，也许使我们减少一点守旧性，增添一点勇气。觐庄硬派一个"剽窃此种不值钱之新潮流以哄国人"的罪名，我如何能心服呢？

叔永信说：

足下此次试验之结果，乃完全失败者也，……要之，白话自有白话用处（如作小说演说等），然不能用之于诗。如凡白话皆可为诗，则吾国之京调高腔何一非诗？乌乎！适之！吾人今日言文学革命，乃诚见今日文学有不可不改革之处，非特文言白话之争而已。吾尝默省吾国今日文学界，即以诗论，其老者，如郑苏庵、陈伯严辈，其人头脑已死，只可让其与古人同朽腐。其幼者，如南社一流人，淫滥委琐，亦去文学千里而遥。旷观国内,如吾侪欲以文学自命者,舍自倡一种高美芳洁之文学,更无吾侪厕身之地。以足下高才有为,可为舍大道不由,而必旁逸斜出,植美卉于荆棘之中哉?……唯以此(白话)作诗,则仆期期以为不可。……今且假令足下之文学革命成功,将令吾国作诗者皆高腔京调,而陶谢李杜之流,将永不复见于神州,则足下之功又何若哉?……(七月二十四日夜)

觐庄说,"小说词曲固可用白话,诗文则不可"。叔永说,"白话自有白话用处(如作小说演说等),然不能用之于诗"。这是我最不承认的。我答叔永信中说:

……白话入诗,古人用之者多矣。(此下举放翁诗及山谷稼轩词为例。)……总之,白话之能不能作诗,——此一问题全待吾辈解决。解决之法,不在乞怜古人,谓古之所无,今必不可有,而在吾辈实地试验。一次"完全失败",何妨再来? 若一次失败,便"期期以为不可",此岂科学的精神所许乎?

这一段乃是我的"文学的实验主义"。我三年来所做的文学事业只不过是实行这个主义。

答叔永书很长,我且再钞一段:

……今且用足下之字句以述吾梦想中之文学革命曰:

(1)文学革命的手段:要令国中之陶、谢、李、杜敢用白话京调高腔作诗;要令国中之陶、谢、李、杜皆能用白话京调高腔作诗。

(2)文学革命的目的:要令白话京调高腔之中产出几许陶、谢、李、杜。

(3)今日决用不着"陶、谢、李、杜的"陶、谢、李、杜。若陶、谢、李、杜生于今日仍作陶、谢、李、杜当日之诗,则决不能更有当日的价值与影响。何也? 时代不同也。

(4)吾辈生于今日,与其作不能行远不能普及的五经、两汉、六朝、八家文字,不如作家喻户晓的《水浒》、《西游》文字。与其作似陶似谢似李似杜的诗，不如作不似陶谢不似李杜的白话诗。

与其作一个学这个学那个的郑苏庵、陈伯严，不如作一个实地试验，"旁逸斜出"，"舍大道而弗由"的胡适之。

……吾志决矣，吾自此以后，不更作文言诗词。……（七月二十六日）

这是第一次宣言不做文言诗词。过了几天，我再答叔永道：

……古人说，"工欲善其事，必先利其器。"文字者，文学之器也。我私心以为文言决不足为吾国将来文学之利器。施耐庵、曹雪芹诸人已实地证明作小说之利器在于白话。

今尚需人实地试验白话是否可为韵文之利器耳。……我自信颇能用白话作散文，但尚未能用之于韵文。私心颇欲以数年之力，实地练习之。倘数年之后，竟能用文言白话作文作诗，无不随心所欲，岂非一大快事？我此时练习白话韵文，颇似新辟一文学殖民地。

可惜须单身匹马而往，不能多得同志结伴同行。然吾去志已决。公等假我数年之期。倘此新国尽是沙碛不毛之地，则我或终归老于"文言诗国"，亦未可知。倘幸而有成，则辟除荆棘之后，当开放门户，迎公等同来莅止耳！"狂言人道臣当烹。我自不吐定不快，人言未足为轻重。"足下定笑我狂耳。……（八月四日）

这时我已开始作白话诗。诗还不曾做得几首，诗集的名字已定下了，那时我想起陆游有一句诗："尝试成功自古无！"我觉得这个意思恰和我的实验主义反对，故用"尝试"两字作我的白话诗集的名字，要看"尝试"究竟是否可以成功。那时我已打定主意，努力做白话诗的试验；心里只有一点痛苦，就是同志太少了，"须单身匹马而往"，我平时所最敬爱的一班朋友都不肯和我同去探险。但是我若没有这一班朋友和我打笔墨官司，我也决不会有这样的尝试决心。庄子说得好："彼出于是，是亦因彼。"我至今回想当时和那班朋友，一日一邮片，三日一长函的乐趣，觉得那真是人生最不容易有的幸福。我对于文学革命的一切见解，所以能结晶成一种有系统的主张，全都是同这一班朋友切磋讨论的结果。五年八月十九日我写信答朱经农（经）中有一段说：

新文学之要点，约有八事：

（一）不用典，

（二）不用陈套语，

（三）不讲对仗，

（四）不避俗字俗话，

（五）须讲求文法。

以上为形式的一方面。

（六）不作无病之呻吟，

（七）不摹仿古人，须语语有个我在，

（八）须言之有物。

以上为精神（内容）的一方面。

这八条，后来成为一篇《文学改良刍议》（《新青年》第二卷第五号，六年一月一日出版）。即此一端，便可见朋友讨论的益处了。

我的《尝试集》起于民国五年七月，到民国六年九月我到北京时，已成一小册子了，这一年之中，白话诗的试验室里只有我一个人。因为没有积极的帮助，故这一年的诗，无论怎样大胆，终不能跳出旧诗的范围。

我初回国时，我的朋友钱玄同说我的诗词"未能脱尽文言窠臼"，又说"嫌太文了"。美洲的朋友嫌"太俗"的诗，北京的朋友嫌"太文"了！这话我初听了很觉得奇怪。后来平心一想，这话真是不错。我在美洲做的《尝试集》，实在不过是能勉强实行了《文学改良刍议》里面的八个条件；实在不过是一些刷洗过的旧诗；这些诗的大缺点，就是仍旧用五言七言的句法。句法太整齐了，就不合语言的自然，不能不有截长补短的毛病，不能不时时牺牲白话的字和白话的文法，来牵就五七言的句法。音节一层，也受很大的影响：第一，整齐划一的音节没有变化，实在无味；第二，没有自然的音节，不能跟着诗料随时变化。因此，我到北京以后所做的诗，认得一个主义：若要做真正的白话诗，若要充分采用白话的字，白话的文法，和白话的自然音节，非做长短不一的白话诗不可。这种主义，可叫做"诗体的大解放"。诗体的大解放就是把从前一切束缚自由的枷锁镣铐，一切打破：有什么话，说什么话；话怎么说，就怎么说。这样方才可有真正白话诗，方才可以表现白话的文学可能性。"尝试"第二集中的诗虽不能处处做到这个理想的目的，但大致都想朝着这个目的做去。这是第二集和第一集的不同之处。

以上说《尝试集》发生的历史。现在且说我为什么赶紧印行这本白话诗集。我的第一个理由是因为这一年以来白话散文虽然传播得很快很远，但是大多数的人对于白话诗仍旧很怀疑；还有许多人不但怀疑，简直持反对的态度。因此，我觉得这个时候有一两种白话韵文的集子出来，也许可以引起一般人的注意，也许可以供赞成和反对的人作一种参考的材料。第二，我实地试验白话诗已经三年了，我很想把这三年试验的结果供献给国内的文人，作为我的试验报告。我很盼望有人把我试验的结果，仔细研究一番，加上平心静气的批评，使我也可以知道这种试验究竟有没有成绩，用的试验方法，究竟有没有错误。第三，无论试验的成绩如何，我觉得我的《尝试集》至少有一件事可以供献给大家的。这一件可供献的事就是这本诗所代表的"实验的精神"。我们这一班人的文学革命论所以同别人不同，全在这一点试验的态度。近来稍稍明白事理的人，都觉得中国文学有改革的必要。即如我的朋友任叔永，他也说："乌乎！适之！吾人今日言文学革命，乃诚见今日文学有不可不改革之处，非特文言白话之争而已。"

甚至于南社的柳亚子也要高谈文学革命。但是他们的文学革命论只提出一种空荡荡的目的，不能有一种具体进行的计画。他们都说文学革命决不是形式上的革命，决不是文言白话的问题。等到人问他们究竟，他们所主张的革命"大道"曰什么，他们可回答不出了。这种没有具体计画的革命——无论是政治的，是文学的——决不能发生什么效果。我们认定文字是文学的基础，故文学革命的第一步就是文字问题的解决。我们认定"死文字决不能产生活文学",故我们主张若要造一种活的文学,必须用白话来做文学的工具。我们也知道单有白话未必就能造出新文学;我们也知道新文学必须要有新思想做里子。但是我们认定白话实在有文学的可能,实在是新文学的唯一利器。我们对于这种怀疑,这种反对,没有别种法子可以对付,只有一个法子,就是科学家的试验方法。科学家遇着一个未经实地证明的理论,只可认做一个假设;须等到实地试验之后,方才用试验的结果来批评那个假设的价值。我们主张白话可以做诗,因为未经大家承认,只可说是一个假设的理论。我们这三年来,只是想把这个假设用来做种种实地试验——做五言诗,做七言诗,做严格的词,做极不整齐的长短句;做有韵诗,做无韵诗,做种种音节上的试验,——要看白话是不是可以做好诗,要看白话诗是不是比文言诗要更好一点。这是我们这班白话诗人的"实验精神"。

我这本集子里的话,不问诗的价值如何,总都可以代表这点实验的精神。这两年来,北京有我的朋友沈尹默、刘半农、周豫才、周启明、傅斯年、俞平伯、康白情诸位,美国有陈衡哲女士,都努力作白话诗。白话诗的试验室里的试验家渐渐多起来了。但是大多数的文人仍旧不敢轻易"尝试"。他们永不来尝试尝试,如何能判断白话诗的问题呢?耶稣说得好:"收获是很多的;可惜做工的人太少了。"所以我大胆把这本《尝试集》刻出来,要想把这本集子所代表的"实验的精神"贡献给全国的文人,请他们大家都来尝试尝试。

我且引我的《尝试篇》作这篇长序的结论:

"尝试成功自古无"放翁这话未必是。我今为下一转语:"自古成功在尝试!"……莫想小试便成功,那有这样蓉易事;有时试到千百回,始知前功尽抛弃。即使如此已无愧,即此失败便足记。告人"此路不通行",可使脚力莫枉费。我生求师二十年,今得"尝试"两个字。作诗做事要如此,虽未能到颇有志。作"尝试"歌颂吾师,愿吾师寿千万岁。

谈新诗

胡 适

八年来一件大事

（一）

民国六年（一九一七）一月一日，《新青年》第二卷第五号出版，里面有我的朋友高一涵的一篇文章，题目是《一九一七年豫想之革命》。他豫想从那一年起中国应该有两种革命：（一）于政治上应揭破贤人政治之真相，（二）于教育上应打消孔教为修身大本之宪条。高君的豫言，不幸到今日还不曾实现。"贤人政治"的迷梦总算打破了一点，但是打破他的，并不是高君所希望的"立于万民之后，破除自由的阻力，鼓舞自动之机能"的民治国家，乃是一种更坏更腐败更黑暗的武人政治。至于孔教为修身大本的宪法，依现今的思想趋势看来，这个当然不能成立，但是安福部的参议院已通过这种议案了，今年双十节的前八日北京还要演出一出徐世昌亲自祀孔的好戏！

但是同一号的《新青年》里，还有一篇文章，叫做《文学改良刍议》，是新文学运动的第一次宣言书。《新青年》的第二卷第六号接着发表了陈独秀君的《文学革命论》。后来七年四月里又有一篇《建设的文学革命论》（新青年四卷四号）。这一种文学革命的运动，在我的朋友高君做那篇《一九一七年预想的革命》时虽然还没有响动，但是自从一九一七年一月以来，这种革命——多谢反对党送登广告的影响——居然可算是传播得很广很远了。文学革命的目的是要替中国创造一种"国语的文学"——活的文学。这两年来的成绩，国语的散文是已过了辩论的时期，到了多数人实行的时期了。只有国语的韵文——所谓"新诗"——还脱不了许多人的怀疑。但是现在做新诗的人也就不少了。报纸上所载的，自北京到广州，自上海到成都，多有新诗出现。

这种文学革命预算是辛亥大革命以来的一件大事。现在《星期评论》出这个双十节的纪念号，要我做一万字的文章。我想，与其枉费笔墨去谈这八年来的无谓政治，倒不如让我来谈谈这些比较有趣味的新诗罢。

（二）

我常说，文学革命的运动，不论古今中外，大概都是从"文的形式"一方面下手，大概都是先要求语言文字文体等方面的大解放。欧洲三百年前各国国语的文学起来代替拉丁文学时，是语言文字的大解放；十八十九世纪法国嚣俄、英国华次活（Wordsworth）等人所提倡的文学改革，是诗的语言文字的解放；近几十年来西洋诗界的革命，是语言文字和文体的解放。这一次中国文学的革命运动，也是先要求语言文字和文体的解放。新文学的语言是白话的，新文学的文体是自由的，是不拘格律。初看起来，这都是"文的形式"一方面的问题，算不得重要。却不知道形式和内容有密切的关系。形式上的束缚，使精神不能自由发展，使良好的内容不能充分表现。若想有一种新内容和新精神。不能不先打破那些束缚精神的枷锁镣铐。因此，中国近年的新诗运动可算得是一种"诗体的大解放"。因为有了这一层诗体的解放，所以丰富的材料，精密的观察，高深的理想，复杂的感情，方才能跑到诗里去。五七言八句的律诗决不能容丰富的材料，二十八字的绝句决不能写精密的观察，长短一定的七言五言决不能委婉达出高深的理想与复杂的情感。

最明显的例就是周作人君的《小河》长诗（《新青年》六卷二号）。这首诗是新诗中的第一首杰作，但是那样细密的观察，那样曲折的理想，决不是那旧式的诗体词调所能达得出的。周君的诗太长了，不便引证，我且举我自己的一首诗作例：

《应该》
他也许爱我，也许还爱我，
但他总劝我莫再爱他。

他常常怪我；
这一天，他眼泪汪汪的望着我，
说道："你如何还想着我？
想着我，你又如何能对他？
你要是当真爱我，
你应该把爱我的心爱他，
你应该把待我的情待他。"
……
他的话句句都不错，——
上帝帮我！
我"应该"这样做！
（《新青年》六、四）

　　这首诗的意思神情都是旧体诗所达不出的。别的不消说，单说"他也许爱我，也许还爱我"这十个字的几层意思，可是旧体诗能表得出的吗？
　　再举康白情君的《窗外》：

窗外的闲月，
紧恋着窗内蜜也似的相思。
相思都恼了，
他还涎着脸儿在墙上相窥。
回头月也恼了，
一抽身儿就没了。
月倒没了，
相思倒觉着舍不得了。
（《新潮》一，四）

这个意思，若用旧诗体，一定不能说得如此细腻。

就是写景的诗，也须有解放了的诗体，方才可以有写实的描画。例如杜甫诗"江天漠漠鸟双去"，何尝不好？但他为律诗所限，必须对上一句"风雨时时龙一吟"，就坏了。简单的风景，如"高台芳树，飞燕蹴红英，舞困榆钱自落"之类，还可用旧诗体描写。稍微复杂细密一点，旧诗就不够用了。如傅斯年君的《深秋永定门晚景》中的一段（《新潮》一，二）：

　　……那树边，地边，天边，
　　如云，如水，如烟，
　　望不断——一线。
　　忽地里扑喇喇一响，
　　一个野鸭飞去水塘，
　　仿佛像大车音浪，漫漫的工——东——当。
　　又有种说不出的声息，若续若不响。

这一段的第六行，若不用有标点符号的新体，决做不到这种完全写实的地步。又如俞平伯君的《春水船》中的一段（《新潮》一，四）：

　　……对面来个纤人，
　　拉着个单桅的船徐徐移去。
　　双橹挂在船唇，
　　皱面开纹，
　　活活水流不住。
　　船头晒着破网。
　　渔人坐在板上，
　　把刀劈竹拍拍的响。

船口立个小孩，又憨又蠢，
　　不知为什么？
　　笑迷迷痴看那黄波浪。……

　这种朴素真实的写景诗乃是诗体解放后最足使人乐观的一种现象。
　以上举的几个例，都可以表示诗体解放后诗的内容之进步。我们若用历史进化的眼光来看中国诗的变迁，便可看出自《三百篇》到现在，诗的进化没有一回不是跟着诗体的进化来的①。《三百篇》中虽然也有几篇组织狠好的诗如"氓之蚩蚩""七月流火"之类；又有几篇狠妙的长短句，如"坎坎伐檀兮""园有桃"之类；但是《三百篇》究竟还不曾完全脱去"风谣体"（Ballad）的简单组织。直到南方的骚赋文学发生，方才有伟大的长篇韵文。这是一次解放。但是骚赋体用兮些等字煞尾，停顿太多又太长，太不自然了。故汉以后的五七言古诗删除没有意思的②煞尾字，变成贯串篇章，便更自然了。若不经过这一变，决不能产生《焦仲卿妻》《木兰辞》一类的诗。这是二次解放。五七言成为正宗诗体以后，最大的解放莫如从诗变为词。五七言诗是不合语言之自然的，因为我们说话决不能诗是五字或七字。句句变为词，只是从整齐句法变为比较自然的参差句法。唐五代的小词虽然格调很严格，已比五七言诗自然的多了。如李后主的"剪不断，理还乱，是离愁。别有一般滋味在心头"。这已不是诗体所能做得到的了。试看晁补之的《蓦山溪》：

　　……愁来不醉，不醉奈愁何？
　　汝南周，东阳沈，

---

　　① 原书为"诗的进化没有，回不是跟着诗体的进化来的"，据1919年10月10日《星期评论》校正。
　　② 原书为"约"，据1919年10月10日《星期评论》校正。

劝我如何醉?

这种曲折的神气，决不是五七言诗能写得出的。又如辛稼轩的《水龙吟》：

……落日楼头，断鸿声里，江南游子，
把吴钩看了，阑干拍遍，
无人会，登临意。

这种语气也决不是五七言的诗体能做得出的。这是三次解放。宋以后，词变为曲，曲又经过几多变化，根本上看来，只是逐渐删除词体里所剩下的许多束缚自由的限制，又加上词体所缺少的一些东西如衬字套数之类。但是词曲无论如何解放，终究有一个根本的大拘束；词曲的发生是和音乐合并的，后来虽有可歌的词，不必歌的曲，但是始终不能脱离"调子"而独立，始终不能完全打破词调曲谱的限制。直到近来的新诗发生，不但打五言七言的诗体，并且推翻词调曲谱的种种束缚；不拘格律，不拘平仄，不拘长短；有什么题目，做什么诗；诗该怎样做，就怎样做。这是第四次的诗体大解放。这种解放，初看去似乎狠激烈，其实只是《三百篇》以来的自然趋势。自然趋势逐渐实现，不用有意的鼓吹去促进他，那便是自然进化。自然趋势有时被人类的习惯性守旧性所阻碍，到了该实现的时候均不实现，必须用有意的鼓吹去促进他的实现，那便是革命了。一切文物制度的变化，都是如此的。

(三)

上文我说新体诗是中国诗自然趋势所必至的，不过加上了一种有意的鼓吹，使他于短时期内猝然实现，故表面上有诗界革命的神气。这种议论狠可以从现有的新体诗里寻出许多证据。我所知道的"新诗人"，除了会稽周氏弟兄之外，大都是从旧式诗、词、曲里脱胎出来的。沈尹

默君初作的新诗是从古乐府化出来的。例如他的《人力车夫》(《新青年》四,一):

　　日光淡淡,白云悠悠,
　　风吹薄冰,河水不流。
　　出门去,雇人力车。街上行人,往来狠多;车马纷纷,不知干些什么。
　　人力车上人,个个穿棉衣,个个袖手坐,还觉风吹来,身上冷不过。
　　车夫单衣已破,他却汗珠儿颗颗往下堕。

稍读古诗的人都能看出这首诗是得力于"孤儿行"一类的古乐府的。我自己的新诗,词调狠多,这是不用讳饰的。例如前年做的《鸽子》(《新青年》四,一):

　　云淡天高,好一片晚秋天气!
　　有一群鸽子,在空中游戏。
　　看他们三三两两,
　　回环来往,
　　夷犹如意,
　　忽地里,翻身映日,白羽衬青天,鲜明无比!

就是今年做诗,也还有带着词调的。例如《送任叔永回四川》的第二段(《新青年》六、五):

　　你还记得,我们暂别又相逢,正是赫贞春好?
　　记得江楼同远眺,云影江来,惊起江头鸥鸟?

记得江边石上，同坐看潮回，浪声遮断人笑？
记得那回同访友，日暗风横，林里陪他惊松啸？

懂得词的人，一定可以看出这四长句用的是四种词调里的句法。这首诗的第三段便不同了：

这回久别再相逢，便又送你归去，未免太匆匆！
多亏得天意多留你两日，使我做得诗成相送。
万一这首诗赶得上远行人，
多替我说声"老任珍重珍重！"

这一段便是纯粹新体诗。此外新潮社的几个新诗人——傅斯年、俞平伯、康白情——也都是从词曲里变化出来的，故他们初做的新诗都带着词或曲的意味音节。此外各报所载的新诗，也狠多带着词调的。例太多了，我不能遍举，且引最近一期的《少年中国》（第四期）里周无若的《过印度洋》：

圆天盖着大海，黑水托着孤舟。
也看不见山，那天边只有云头。
也看不见树，那水上只有海鸥。
那里是非洲？那里是欧洲？
我美丽亲爱的故乡却在脑后！
怕回头，怕回头，
一阵大风，雪浪上船头，
飕飕，吹散一天云雾一天愁。

这首诗狠可表示这一半词一半曲的过渡时代了。

（四）

我现在且谈新体诗的音节。

现在攻击新诗的人，多说新诗没有音节。不幸有一些做新诗的人也以为新诗可以不注意音节。这都是错的。攻击新诗的人，他们自己不懂得"音节"是什么，以为句脚有韵，句里有"平平仄仄""仄仄平平"的调子，就是有音节了。中国字的收声不是韵母（所谓阴声），便是鼻音（所谓阳声）：除了广州入声之外，从没有用他种声母收声的。因此，中国的韵最宽，句尾用韵真是极容易的事，所以古人有"押韵便是"的挖苦话。押韵乃是音节上最不重要的一件事。至于句中的平仄，也不重要。古诗"相去日已远，衣带日已缓。浮云蔽白日，游子不顾返"，音节何等响亮？但是用平仄写出来便不能读了：

平平仄仄仄，平仄仄仄仄。
平平仄仄，平仄仄仄仄。

又如陆放翁：

我生不逢柏梁建章之宫殿，安得峨冠侍游宴？

头上十一个字是"仄平仄平仄平仄平平平仄"，读起来何以觉得音节很好呢？这是因为一来这一句的自然语气是一气贯注下来的；二来呢，因为这十一个字里面，逢宫叠韵，梁章叠韵，不逢柏双声，建宫双声，故更觉得音节和谐了。

诗的音节全靠两个重要分子：一是语气的自然节奏，二是每句内部所用字的自然和谐。至于句末的韵脚，句中的平仄，都是不重要的事。语气自然，用字和谐，就是句末无韵也不要紧。例如上文引晁补之的词："愁来不醉，不醉奈愁何？汝南周，东阳沈，劝我如何醉"这二十个字,语气又曲折,又贯串,故虽隔开五个"小顿"才用韵,读的人毫不觉得。

新体诗中也有用旧体诗词的音节方法来做的。最有功效的例是沈尹默君的《三弦》(《新青年》五,二):

中午时候,火一样的太阳,没法去遮阑,让他直晒长街上。静悄悄少人行路;只有悠悠风来,吹动路旁杨树。

谁家破大门里,半院子绿茸茸细草,都浮着闪闪的金光。旁边有一段低低的土墙,挡住了个弹三弦的人,却不能隔断那三弦鼓荡的声浪。

门外坐着一个穿破衣裳的老年人,双手抱着头,他不声不响。

这首诗从见解意境上和音节上看来,都可算是新诗中一首最完全的诗。看他第二段"旁边"以下一长句中,旁边是双声;有一是双声;段、低、低、的、土、挡、弹、的、断、荡、的,十一个都是双声。这十一个字都是"端透定"(DT)的字,模写三弦的声响,又把"挡""弹""断""荡"四个阳声的字和七个阴声的双声字(段、低、低、的、土、的、的)参错夹用,更显出三弦的抑扬顿挫。苏东坡把韩退之听琴诗改为送弹琵琶的①词,开端是"呢呢儿女语,灯火夜微明,恩冤尔汝来去弹指泪和声"。他头上连用五个极短促的阴声字,接着用一个阳声的"灯"字,下面"恩冤尔汝"之后,又用一个阳声的"弹"字,也是用同样的方法。

吾自己也常用双声叠韵的法子来帮助音节的和谐。例如《一颗星儿》一首(《新青年》六,五;又改定稿《每周评论》三十四):

我爱你这颗顶大的星儿,

---

① 原书多排一"的"字,为"的的",根据上下文校正。

可惜我叫不出你的名字。
平日黄昏时候，
霞光遮尽了满天星，
今日风雨后，闷沉沉的天气，
我望遍天边，寻不见一点半点光明，
回转头来，
只有你在那杨柳高头依旧亮晶晶地。

这首诗"气"字一韵以后，隔开三十三个字方才有韵，读的时候全靠"遍、天、边、见、点、半、点"一组叠韵字（遍、边、半、明，又是双声字），和"有、柳、头、旧"，一组叠韵字，夹在中间，故不觉得"气""地"两韵隔开那么远。

这种音节方法，是旧诗音节的精采（参看清代周春的《杜诗双声叠韵谱》），能够容纳在新诗里，固然也是好事。但是这是新旧过渡时代的一种有趣味的研究，并不是新诗音节的全部。新诗大多数的趋势，依我们看来，是朝着一个公共方向走的。那个方向便是"自然的音节"。

自然的音节是不容易解说明白的。我且分两层说：

第一，先说"节"——就是诗句里面的顿挫段落。旧体的五七言诗是两个字为一"节"的。随便举例如下：

风绽—雨肥—梅（两节半）
江间—波浪—兼天—涌（三节半）
王郎—酒酣—拔剑—斫地—歌—莫哀（五节半）
我生—不逢—柏梁—建章—之—宫殿（五节半）
又—不得—身在—荥阳—京索—间（四节外两个破节）
终—不似——朵—钗头—颤袅—向人—欹侧（六节半）

新体诗句子的长短,是无定的;就是句里的节奏,也是依着意义的自然区分与文法的自然区分来分析的。白话里的多音字比文言多得多,并且不止两个字的联合,故往往有三个字为一节,或四五个字为一节的。例如:

万——这首诗—赶得上—远行人。
门外—坐着——一个—穿破衣裳的—老年人。
双手—抱着头—他—不声—不响。
旁边—有一段—低低的—土墙—挡住了个—弹三弦的人。
这一天—他—眼泪汪汪的—望着我!说道—你如何—还想着我。想着我—你又如何—能对他?

第二,再说"音"——就是诗的声调。新诗的声调有两个要件:一是平仄要自然,二是用韵要自然。白话里的平仄,与诗韵里的平仄有许多大不相同的地方。同一个字,单独用来是仄声,若同别的字连用,成为别的字的一部分,就成了狠轻的平声了。例如"的"字,"了"字,都是仄声字,在"扫雪的人"和"扫净了东边"里,便不成仄声了。我们检直可以说,白话诗里只有轻重高下,没有严格的平仄。例如周作人君的《两个扫雪的人》(《新青年》六,三)的两行:

祝福你扫雪的人!
我从清早起,在雪地里行走,不得不谢谢你。

"祝福你扫雪的人"上六个字都是仄声,但是读起来自然有个轻重高下。"不得不谢谢你"六个字又都是仄声,但是读起来也有个轻重高下。又如同一首诗里的"一面尽扫,一面尽下"八个字都是仄声,但读起来不但不拗口,并且有一种自然的音调。白话诗的声调不在平仄的调剂得宜，全靠这种自然的轻重高下。

至于用韵一层，新诗有三种自由：第一，用现代的韵，不拘古韵，更不拘平水韵。第二，平仄可以互相押韵，这是词曲通用的例，不单是新诗如此。第三，有韵固然好，没有韵也不妨。新诗的声调既在骨子里，——在自然的轻重高下，在语气的自然区分，故有无韵脚都不成问题。例如周作人君的《小河》，虽然无韵，但是读起来自然有狠好的声调，不觉得是一首无韵诗。我且举一段如下：

　　……小河的水是我的好朋友，
　　他曾经稳稳的流过我面前，
　　我对他点头，他对我微笑，
　　我愿他能够放出了石堰，
　　仍然稳稳的流着，
　　向我们微笑……

又如周君的《两个扫雪的人》中一段：

　　……一面尽扫，一面尽下；
　　扫净了东边，又下满了西边；
　　扫开了高地，又填平了洼地。

这是用内部词句的组织来帮助音节，故读时不觉得是无韵诗。

内部的组织——层次、条理、排比、章法、句法——乃是音节的最重要方法。我的朋友任叔永说，"自然二字也要点研究"。研究并不是叫我们去讲究那些"蜂腰""鹤膝""合掌"等等玩意儿，乃是要我们研究内部的词句应该如何组织安排，方才可以发生和谐的自然音节。我且举康白情君的《送客黄浦》一章（《少年中国》二）作例：

送客黄浦,

我们都攀着缆,风吹着我们的衣服,——

站在没遮阑的船边楼上。

看看凉月丽空,

才显出淡妆的世界。

我想世界上只有光,

只有花,

只有爱!

我们都谈着,——

谈到日本二十年来的戏剧,

也谈到"日本的光,的花,的爱"的烦闷子。

我们都相互的看着,

只是寿昌有所思,

他不看着我,

他不看着别的那一个。

这中间充满了别意,

但我们只是初次相见。

(五)

我这篇随便的诗谈做得太长了,我且略谈"新诗的方法",作一个总结的收场。

有许多人曾问我作新诗的方法,我说,做新诗的方法根本上就是做一切诗的方法:新诗除了"新体的解放"一项之外,别无他种特别的做法。

这话说得太笼统了。听的人自然又问,那么做一切句的方法究竟是怎样呢?

我说,诗须要用具体的做法,不可用抽象的说法。凡是好诗,都是具体的；越偏向具体的，越有诗意诗味。凡是好诗，都能使我们脑子里发生一种——或许多种——明显逼人的影像。这便是诗的具体性。

李义山诗"历览前贤国与家，成由勤俭败由奢"，这不成诗。为什么呢？因为他用的是几个抽象的名词，不能引起什么明瞭浓丽的影像。

"绿垂红折笋，风绽雨肥梅"是诗。"芹泥垂燕嘴，蕊粉上蜂须"是诗。"四更山吐月，残夜水明楼"是诗。为什么呢？因为他们都能引起鲜明扑人的影像。

"五月榴花照眼明"是何等具体的写法！

"鸡声茅店月，人迹板桥霜"是何等具体的写法！

"枯藤老树昏鸦，小桥流水人家，古道西风瘦马，夕阳西下，断肠人在天涯！"这首小曲里有十个影像，连成一串，并作一片萧瑟的空气，这是何等具体的写法！

以上举的例都是眼睛里起的影像。还有引起听官里的明瞭感觉的。例如上文引的"呢呢儿女语，灯火夜微明，恩冤尔汝来去弹指泪和声"，是何等具体的写法！

还有能引起读者浑身的感觉的。例如姜白石词，"暝入西山，渐唤我一叶夷犹乘兴"。这里面四个合口的双声字，读的时候使我们觉得身在小舟里，在镜平的湖水上荡来荡去。这是何等具体的写法！

再进一步说，凡是抽象的材料，格外应该用具体的写法。看《诗经》的《伐檀》：

　　坎坎伐檀兮，置之河之干兮，
　　河水清且涟猗，——
　　不稼不穑，胡取禾三百廛兮！
　　不狩不猎，胡瞻尔庭有县貆兮！

社会不平等是一个抽象的题目，你看他却用如此具体的写法。

又如杜甫的《石壕吏》，写一天晚上一个远行客人在一个人家寄宿，偷听得一个捉差的公人同一个老太婆的谈话。寥寥一百二十个字，把那个时代的征兵制度，战祸，民生痛苦，种种抽象的材料，都一齐描写出来了。这时何等具体的写法！

再看白乐天的《新乐府》，那几篇好的——如《折臂翁》《卖炭翁》《上阳宫人》，都是具体的写法。那几篇抽象的议论——如《七德舞》《司天台》《采诗官》——便不成诗了。

旧诗如此，新诗也如此。

现在报上登的许多新体诗，狠多不满人意的。我仔细研究起来，那些不满人意诗的犯的都是一个大毛病——抽象的题目用抽象的写法。

那些我不认得的诗人做的诗，我不便乱批评。我且举这个朋友的诗做例。傅斯年君在《新潮》四号里做了一篇散文，叫做《一段疯话》，结尾两行说道：

> 我们最当敬从的是疯子，最当亲爱的是孩子。疯子是我们的老师，孩子是我们的朋友。我们带着孩子，跟着疯子走，走向光明去。

有一个人是北京《晨报》里投稿，说傅君最后的十六个字是诗不是文。后来《新潮》五号里傅君有一首《前倨后恭》的诗，一首很长的诗。我看了说，这是文，不是诗。

何以前面的文是诗，后面的诗反是文呢？因为前面那十六个字是具体的写法，后面的长诗是抽象的题目用抽象的写法。我且钞那诗中的一段，就可明白了：

> 倨也不由他，恭也不由他，——
> 你还赧他。

向你倨，你也不削一块肉；向你恭，你也不长一块肉。
况且终竟他要向你变的，理他呢！

这种抽象的议论是不会成为好诗的。

再举一个例。《新青年》六卷四号里面沈尹默君的两首诗。一首是《赤裸裸》：

人到世间来，本来是赤裸裸，
本来没污浊，却被衣服重重的裹着，这是为什么？
难道清白的身不好见人吗？
那污浊的，裹着衣服，就算免了耻辱吗？

他本想用具体的比喻来攻击那些作伪的礼教，不料结果还是一篇抽象的议论，故不成为好诗。还有一首《生机》：

刮了两日风，又下了几阵雪。
山桃虽是开着，却冻坏了夹竹桃的叶。
地上的嫩红芽，更僵了发不出。
人人说天气这般冷，
草木的生机恐怕都被摧折；
谁知道那路旁的细柳条，
他们暗地里却一齐换了颜色！

这种乐观，是一个狠抽象的题目，他却用最具体的写法，故是一首好诗。

我们徽州俗话说人自己称赞自己的是"台里喝采①"。我这篇谈新

---

① "喝采"，应为"喝彩"。

诗里常引我自己的诗做例,也不知犯了多少次"戏台里喝采"的毛病。现在且再犯一次,举我的《老鸦》做一个"抽象的题目用具体的写法"的例罢:

我大清早起,
站在人家屋角上哑哑的啼。
人家讨嫌我,
说我不吉利;
我不能呢呢喃喃讨人家的欢喜!

诗的精神之革新

刘半农

朋友!我今所说诗的精神上之革新,实在是复旧;因时代有古今,物质有新旧,这个"真"字,却是唯一无二,断断不随着时代变化的。约翰生论此甚详,介绍其说如下。[约翰生博士,Dr. Samuel Johnson 生于一七〇九年,殁于一七八四年。为十八世纪英国文学界中第一人物,性情极僻,行事极奇,我国杂志中,已有译载其本传者,兹不详述。氏所著书,以《英文字典》(English Dictionary)、《诗人传》(The Lives of English Poets)两种为毕生事业中最大之成就。而《拉塞拉司》(Rasselas)、《人类愿望之虚幻》(Vanity of Human Wishes)、《漫游人》(The Rambler)诸书,亦多为后世珍重。此段即从《拉塞拉司》中译出。书为寓言体,言"亚比西尼亚(Abyssinia)有一王子,曰拉塞拉司,居快乐谷(The happy valley)中,谷即人世'极乐地'(Paradice)。四面均属高山,有一秘密之门,可通出入。王子居之久,觉此中初无乐趣,与二从者窃门而逃,欲一探世界中何等人最快乐。卒至遍历地球,所见所遇,在在均是苦恼。然后兴尽返谷,恍然于谷名之适当云。"氏思想极高，文笔以时代之关系，颇觉深奥难读。本篇所译，力求平顺翔实，要以句句不失原义而止。

应白克曰，"……我辈无论何往，与人说起做诗，大都以为这是世间最高的学问。而且将他看得甚重，似乎人之所能供献于神的自然界的，便是个诗。然有一事最奇怪，世界不论何国，都说最古的诗，便是最好的诗。推求其故，约有数说。一说为别种学问，必须从研究中渐渐得来。诗却是天然的赠品，上天将他一下子送给了人类，故先得者独胜。又一说谓古时诗家，于榛狉蒙昧之世，忽地做了些灵秀婉妙的诗出来，时人惊喜赞叹，视为神圣不可几及。后来信用遗传，千百年后，仍于人心习惯上，享受当初的荣誉。又一说谓诗以描写自然与情感为范围，而自然与感情，却始终如一，永久不变的。古时诗人，既将自然界中最足动人之事物，及情感界中最有趣味的遭遇，一概描写净尽，半些儿没有留给后人。后人做诗，便只能跟着古人，将同样的事物，重新抄录一通，或将脑筋中同样的印象，翻个花样布置一下，自己却造不出什么。此三说，孰是孰非，且不必管。总而言之，古人做诗，能把自然界据为己有，后人却只有些技术。古人心中，能有充分的魄力与发明力，后人却只有些饰美力与敷陈力了。

"我甚喜作诗，且极望微名得与前此至有光荣之诸兄弟（指诗人）并列。波斯及阿剌伯诸名人诗集，我已悉数读过，又能背诵麦加大回教寺中所藏诗卷。然仔细想来，徒事摹仿，有何用处。天下岂有从摹仿上着力，而能成其为伟大哲士者。于是我爱好之心，立即逼我移其心力于自然与人生两方面。以自然为吾仆役，恣吾驱使，而以人生为吾参证者，俾是非好坏，得有一定之依据。自后无论何物，倘非亲眼见过，决不妄为描写。无论何人，倘其意向与欲望，尚未为我深悉，我亦决不望我之情感，为彼之哀乐所动。

"我既立意要作一诗家，遂觉世上一切事物，各各为我生出一种新鲜意趣来。我心意所注射的地域，亦于刹那间拓充百倍，自知无论何事，无论何种知识，均万不可轻轻忽过。我尝排列诸名山诸沙漠之印像于眼前，而比较其形状之同异。又于心头作画，凡森林中有一株之树，山谷中有一朵之花，但今曾经见过即收入幅中，岩石之高顶，宫阙之塔尖，我以等量之心思观察之。小河曲折，细流淙淙，我必循河徐步，以探其趣，夏云倏起，弥布天空，我必静坐仰观，以穷其变。所以然者，深知天下无诗人无用之物也。而且诗人理想，尤须有并蓄兼收的力量。事物美满到极处，或惨怖到极处，在诗人看来，却是习见。大而至于不可方物，小而至于纤眇不能目观，在诗人亦视为相狎有素，不足为奇。故自园中之花，森林中之野兽，以至地下之矿藏，天上之星象，无不异类同归，互相联结，而存储于诗人不疲不累之心栈中。因此等意思，大有用处。能于道德或宗教的真理上，增加力量。小之，亦可于饰美上增进其自然真确之描画。故观察愈多，所知愈富，则做诗时愈能错综变化其情景，使读者睹此精微高妙之讽辞，心悦诚服，于无意中受一绝好之教训。

"因此之故，我于自然界形形色色，无不悉心研习。足迹所至，无一国无一地不以其特有之印像见惠，以益我诗力而偿我行旅之劳。"

拉塞拉司曰，"君游踪极广，见闻极博，想天地间必尚有无数事物，未经实地观察。如我之偏处群山之中，身既不能外出，耳目所接，悉皆陈旧。欲见所未见，观察所未观察而不可得，则如何。"

应白克曰，"诗人之事业，是一般特性的观察，而非各个的观察。但能于事物实质上大体之所备具，与形态上大体之所表见，见着个真相便好。若见了郁金香花，便一株株的数他叶上有几条纹，见了树林，便一座座的量他影子是方是圆，多长多阔，岂非麻烦无谓。即所做的诗，亦只须从大处落墨，将心中所藏自然界无数印像，择其关系最重而情状最足动人者，一一陈列出来。使人人见了，心中恍然于宇宙的真际，原来如此。至于意识中认为次一等的事物，却当付诸删削。然这删削一事，也有做得甚认真，也有做得甚随便，这上面就可见出诗人的本分，究竟谁是留心，谁是贪懒了。

"但是诗人观察自然，还只下了一半功夫，其又一半，即须娴习人生现象。凡种种社会种种人物之乐处苦处，须精密调查，而估计其实量。情感的势力，及其相交相并之结果，须设身处地以观察之。人心之变化，及其受外界种种影响后所呈之异象，与夫因天时及习俗的势力，所生的临时变化，自人人活泼康健的儿童时代起，直至其颓唐衰老之日止，均须循其必经之轨道，穷迹其去来之踪。能如是，其诗人之资格犹未尽备。必须自能剥夺其时代上及国界上牢不可破之偏见，而从抽象的及不变的事理中判一是非。尤须不为一时的法律与舆论所羁累，而超然高举，与至精无上，圆妙无极，万古同一的真理相接触，如此，则心中不特不急急以求名，且以时人的推誉为可厌，只把一生欲得之报酬，委之于将来真理彰明之后。于是所做的诗，对于自然界是个天人联络的译员，对于人类是个灵魂中的立法家。他本人也脱离了时代与地方的关系，独立太空之中，对于后世一切思想与状况，有控御统辖之权。

"虽然，诗人所下苦工，犹未尽也。不可不习各种语言，不可不习各种科学。诗格亦当高尚，俾与思想相配。至措词必如何而后隽妙，音调必如何而后和叶，尤须于实习中求其练熟……"

分类白话诗选(一名:新诗五百首)

分类白话诗选

自 序

"诗"、"古诗"、"近体诗"、"新诗",这(诗学)的发达,要算我们中国顶早。诗的发源,原是古时的歌谣,散见在经书上的就是,这是人人都晓得的。不过在当时,还不能成一种独立的学科。自从(风雅颂)三百篇以后,(诗)的名义完全成立了,但是三百篇诗的通例,虽然四言的居多,内中却有一言的、二言的、三言、五言、七言、八言的,并不是同后来的律诗一样,死钉①着一种规格,就是谐声押韵,也并不拘定什么呆板的法律,不用韵的也很多,所以还算是(自然的)。"宋朝人硬定出一种叶韵的方法来,实是罪恶"。自从汉魏六朝,直到初唐,五言诗盛行,这算是改变了一种形式。然而,从此以后,诗的束缚和矫揉造作的弊病,却一天深似一天,所以在我看起来只好算是诗的退化。

隋唐以下的乐府和古体诗,比较汉魏六朝的四言、五言解放了许多,构造也大半用白描的笔墨,自是诗史上的进化。可惜大多数的诗人,做乐府和古体诗的很少,就中最流行、最传染、流弊最深的诗体就是律诗。律诗的平仄对偶,成了刻板的四方格子,谁也能一学就会。一

---

① "钉",音"定",四川方言,凝视叫作"钉",有看着出神的意思。

班诗人,大约都在律诗上博他风雅的虚名,又用那些又冷又涩,嚼不碎、不消化的典故做了对偶的资料,七碰八凑、似是而非,诌成了八句东西,教人看了越糊涂,他偏越说古雅典丽。我从前也在这个迷阵里转过几个圈子,后来自己觉悟了,狠①笑自己无谓。所以十年的光景,绝口不谈诗。有人问我,我便借了蒲榴仙②的一句滑稽话,说"从此不做诗,是藏拙之一道。"却想不到近来社会上的诗人,大文豪却应运而生,竟多得"不可思议"。什么某某诗集,某某诗稿,某某诗余,也有登在报纸上的,也有私家专刻的,"光怪陆离",闹得人家目迷五色。只可怜李玉溪的无题诗,被他们拿去做了幌子,王次回的《疑雨集》,竟造成了第十九重的地狱。无非是"粉香脂腻"、"瘦绿肥红"一种肉麻讨人厌的声音,或者故意装出牢骚抑郁的样子,学那"三闾大夫的憔悴行吟",或者钞些"梵语"、"玄词",参些"野狐禅",却自以为"亭亭物表,皎皎霞外"。又有几个老而不死无耻的词章家,戴着假面具,坐在高台上,壮他们的形势,把一种狠优美的文艺,糟到极点。我平时看了,很盼望再出来一个秦始皇,狠狠的坑他们一下才好。但是我也知道,我这种消极的思想,是毫无价值的。就是梁启超、蒋观云那一班人,所说的诗学革命,也是有名无实的。我尝想,把古代的歌谣乐府、唐宋的小令、元曲,简那白描的、纯洁的集成一种书,做一个诗界革命的"楔子"。又苦于奔走四方,做那寄生虫的活计,不能偿我的志愿。到了前年,看见胡适君的提倡新诗,心里欢迎的了不得,我就东鳞西爪的抄录了许多,觉得内中真有狠高尚的理想和优美的感情,也够得上说有"弦外之音"。

近来做白话诗的人,一天多似一天,我抄录的白话诗,也一天多一天。在这个草创的时代,虽不能说来(凡是白话诗)都是好的,然而,

---

① "狠",用同"很",副词,表示程度深。本书中存在"狠""很"并用的现象,均遵原文刊出。

② 应为"蒲留仙",蒲松龄(1640—1715)字留仙。

比较那些虚伪的偶像和剪彩为花的推敲，总觉得有贤不肖之感。为什么呢？因为做旧诗的人，十九都有雕琢堆砌的毛病。高等的，挽了"拟古"的成见，把他自然的神韵和真实的意义都掩藏起来，只求合着古人的步趋和种种的假面目，所以无论如何悲壮感慨或裔华典丽，总觉得是做作，是"假的诗"，不是"真诗"。白话诗的好处就是能够扫除一切假做作、假面目，有什么就说什么，所以形式上的美，虽不能十分满足，但是纯任自然，总觉得是"真实的"，不是"假做作"的。这就是新诗与旧诗精神上的优劣，明理的人自能领会，并非我一味偏袒白话诗哪……

我们要研究白话诗，要先晓得，白话诗的"原则"是"纯洁"的，不是"涂脂抹粉"、当作玩意儿的；是"真实"的，"不是虚的"；是"自然"的，不是矫揉造作的。有了这三种精神，然后有做白话诗的资格。有了这三种精神，然后一切格律音韵的成例都可以打破，而且功夫既深，自有一种天然的神韵、天然的音节合着人心的美感。比较那些死拘平仄，泥定韵脚的声音，总要高出万倍呢。所以，有人说新诗无韵如何算得是"韵文"，我说这个人不但不懂新诗，简直连古诗也不懂得罢。

白话诗的好处，就是上面所说的各种。虽然是我个人的"一孔之见"，似乎"是非尚不大谬"，不过现在正在创造的时代，总得要经过多数人的研究和多数精神的磨练，然后能够达到圆满的目的。要求经过多数的研究和磨练，第一步的办法须要把白话诗的声浪竭力的提高来，竭力的推广来，使多数人的脑筋里多有这一个问题，都有引起要研究白话诗的感想，然后渐渐的有"推陈出新的希望"。这个就是编这一部白话诗稿的本意。至于分门别类的编制，原不是我的初心。因为热心提倡新诗的诸君子，却没有这一个模范，我就学着步武，表示我同声相应的诚意。我更盼望白话诗的成稿与时俱增，居然达到圆满的目的。那时我国的文学想想看已到了什么程度？……呀，岂不快乐……

民国九年六月杪　吴兴许德隣序

刘半农诗序

我前面虽作了这篇序文，自己觉得学识狠浅，对于诗学（所以要革命）的理由，说来不十分满意。想着《新青年》三卷五号上，有一篇刘半农先生的诗论，①说的狠透彻狠明白。虽然有些激烈的语气，但是对于现在的一班诗人，真是一种当头棒喝。所以把他载在下面，请大家看看。

许德邻

朱熹《诗集序》曰："人生而静，天之性也。感于物而动，性之欲也。夫既有欲矣，则不能无言；既有言矣，则言之所不能尽，而发于咨嗟咏叹之余者，必有自然之音响节奏，而不能已焉，此诗之所以作也。"曹文埴《香山诗选·序》曰："自知诗之根于性情，流于感触，而非可以牵强为者，而彼尚戋戋焉比拟于字句声调间也，则曷反之于作诗之初心。其亦有动焉否耶？"袁枚《随园诗话》有曰："须知有性情，便有格律，格律不在性情外。三百篇半是劳人思妇率意言情之事，谁为之格，谁为之律？而今之谈格调者，能出其范围否？"可见作诗本意，只须将思想中最真的一点，用自然音响节奏写将出来，便算了事，便算极好。故曹文埴又说："三百篇者，野老征夫游女怨妇之辞皆在焉，其悱恻而缠绵者，皆足以感人心于千载之下。"可怜后来诗人，灵魂中本没有一个"真"字，又不能在自然界及社会现象中放些本领去探出一个"真"字来，却看得人家作诗眼红手痒，也想勉强胡诌几句，自附风雅，于是真诗亡而假诗出现于世。（现在做假诗的，大约占百分之九十七八，我们如何可以不求革新呢？）

《国风》是中国最真的诗，——《变雅》亦可勉强算得，以其能为

---

① 刘半农原文题目为《诗与小说精神上之革新——介绍约翰生樊戴克两氏之文学思想》。

野老征夫游女怨妇写照，描摹得十分真切也。后来只有陶渊明、白香山二人可算真正诗家，以老陶能于自然界中见到真处，老白能于社会现象中见到真处，均有绝大本领，绝非他人所及。然而三千篇"诗"，被孔丘删賸①了三百十一篇，其余二千六百八十九篇中，尽有绝妙的《国风》，这老头儿糊糊涂涂，用了那极不确当的"思无邪"的眼光，将他一概抹杀，简直是中国文学上最大的罪人了。（孔子删诗的疑问狠多，现在也没有工夫说。但是"思无邪"三个字，说他极不确当，似乎太含混了，不可不辨。）②

现在已成假诗世界，其专讲声调格律，拘执着几平几仄方可成句；或引古证今，以为必如何如何，始得对得工巧的，这种人我实在没工夫同他说话。其能脱却这窠臼而专在性情上用功夫的，也大都走了错路头。如明明是贪名爱利的荒伧，却偏喜做山林村野的诗；明明是自己没甚本领，却偏喜大发牢骚，似乎这世界害了他什么；明明是处于青年有为的地位，却偏喜写些颓唐老境；明明是感情淡薄，却偏喜做出许多极恳挚的"怀旧"或"送别"诗来；明明是欲障未曾打破，却喜在空阔幽渺之处立论，说上许多可解、不可解的话儿，弄得诗不像诗，偈不像偈。诸如此类，无非是"不真"二字在那儿捣鬼。自有这种虚伪文学，他就不知不觉与虚伪道德互相推波助澜，造出个不可收拾地虚伪社会来。至于王次回一派人，说些肉麻淫艳的轻薄话，便老着脸儿自称为情诗。郑所南一派人，死抱了那"但教大宋在即是圣人生"的顽固念头，便摇头摆脑说是有肝胆有骨气的爱国诗，亦是见理未真之故。"未尝谓中国无真正的情诗与爱国诗，语虽武断，却至少说中了一半。"近来易顺鼎、樊增祥等人，拼命使着烂污笔墨，替刘喜奎、梅兰芳、王克琴等做斯文奴隶，尤属丧尽人格，半钱不值，而世人竟奉为一代诗宗。又康有为作"开岁忽六十"一诗，长至二百五十韵，自以为前无古人，报

---

① 同"剩"。
② 经与刘半农原文比对，括号内为许德隣先生点评。

纸杂志传载极广。据我看来，即置字句之不通，押韵之牵强于不问，单就全诗命意而论，亦恍如此老已经死了，儿女□替他发□①通哀启。又如乡下大姑娘进了城，回家向大伯小叔摆阔。胡适之先生说，仿古文章，便做到极好，亦不过在古物院中添上几件"逼真赝鼎"。我说此等没价值诗，尚无进古物院资格，只合抛在垃圾桶里。痛快痛快。

我读了这一篇论诗的文，觉得有年限②底感触，一时也不知从那里说起。总而言之，要做诗，必须要有"高尚真确的意想"和"优美纯洁的感情"才有做新诗的资格。愿同志努力。

许德邻

白话诗的研究

（一）胡适先生提倡新诗的缘起

白话诗的第一个发起人，就是胡适先生。他有一部诗稿叫《尝试集》，就是他这几年来决心做白话诗的成绩。还有一篇序文，是他说明所以做白话诗的理由和经过的情形。我特意的把他载在下面，请诸君细细一看。一则，可以理会得做新诗的旨趣，二则，可以排泄种种怀疑的障碍物，是于白话诗的进行上，很有关系的。不过胡先生的原文很长，我只得择紧要的摘录下来，不但看了容易记忆，并且也可以有些思考的脑力。（邻）

胡适先生道：

我现在自己作序，只说我有什么要用白话来做诗这一段故事。可以算是《尝试集》产生的历史，可以算是我个人主张文学革命的小史。

---

① □，原书脱漏二字。
② 应为"无限"。

我做白话文学，起于民国纪元前六年。……到民国前二年，可算是一个时代。这个时代已有不满意于当时旧文学的趋向了。我近来在一本旧笔记里（名《自胜生笔记》）翻出这几条论诗的话。

作诗必使老妪听解，固不可，然必使士大夫读而不能解。亦何故耶？

东坡云"诗须有为而作"，元遗山云"纵横正有凌云笔，俯仰随人亦可怜"。

这两条上都有密圈，也可见我十六岁时论诗的旨趣了。

又跋自杀篇有一段云"…吾近来作诗，颇有不依人蹊径，亦不专学一家，命意固无从摹仿。即字句形式，亦不为古人成法所拘，盖颇能独立矣。"

答永叔①书一段"…适以为今日欲救旧文学之弊，预先从涤除文胜之弊入手。今人之诗，徒有铿锵之音，貌似之词耳，其中实无物可言。其病根在于重形式而去精神，在于以文胜质。诗界革命当从三事入手，一须言之有物，二须讲求文法，三当用"文之文字"时，不可故意避之。三者皆以质救文之弊也。"［以质救文，是当今文化革新的唯一要义，也就是自然的第一步。（璘）］

"诗之文字"一个问题也是很重要的，因为有许多人，只认风花雪月、蛾眉朱颜、银汉玉客等字是"诗之文字"做成的诗，读起来，字字是诗，仔细分析起来，一点意思也没有。（意思是诗的精神，但是一班诗人那里有真确的意思，简直是堆砌杂凑罢了。）所以这主张用朴实无华的白描工夫，如白居易的《道州民》，如黄庭坚的《题莲华寺》，如杜甫的《自京赴奉先咏怀》这一类的诗，诗味在骨子里，在质不在文。没有骨子里的滥调诗人，决不能做这类诗。所以我的第一条件便是

---

① 应为"叔永"，即任鸿隽，字叔永。

"言之有物",因为注重之点在言中的"物",所以用的文字,不问他是"诗的文字",还是"文的文字"。

　　文学革命在吾国史上,非创见也。即以韵文而论,三百篇变而为骚,一大革命也;又变而为五言、七言,二大革命也;赋变而为无韵之骈文,古诗变而为律诗,三大革命也;诗之变而为词,四大革命也;词之变而为大曲、为剧本,五大革命也。何独于吾所持文学革命论而疑之……德之文学革命至元代而极盛,其时之词也、曲也、剧本也、小说也,皆第一流之文学。①　其时吾国真可谓有一种"活文学"出现。倘此革命潮流……不遭明代八股之劫,不遭前后七子复古之劫,则吾国之文学已成俚语的文学,而吾国之语言,早成言文一致之语言,可无疑也。……惜乎,五百余年来,半死之古文、半死之诗词复夺此"活文学"之席而"半死文学"遂苟延残喘以至于今日。文学革命,何可更缓也?

　　梅觐庄来信大骂我,他说"读大作如听莲花落,真所谓革尽古今中外诗人之命者,足下诚豪健哉!盖今之西洋诗界,若足下之张革命旗者,亦数见不鲜。…皆喜诡立名字,号召徒众,以眩骇世人之耳目。"信尾又添两段说:"1 文章体裁不同,小说词曲固可用白话,诗文则不可。2 今之欧美狂澜横流,所谓'新潮流'者,耳已闻之熟矣。诚望足下勿剽窃此种不值钱之新潮流,以哄吾国人也。"

　　这封信使我很不心服,因为我主张的文学革命,只是就中国今日文学的现状立论,和欧美文学的新潮流并没有关系。有时借镜于西洋文学史,也不过是三四百年前欧洲各国产生"国语文学"的历史。因为中国今日,国语文学的需要,很象欧洲当日的情形,我们研究他们的成绩,也许使我们减少一点守旧性、增添一点勇气。觐庄硬派一个"剽窃此种不值钱之新潮流以哄国人"的罪名,我如何能心服呢?

　　永叔来信说……"白话自有白话用处(如小说演说等),然不能用之于诗。如凡白话皆可为诗,则吾国之京腔高调,何一非诗……吾尝默

---

① 胡适原文此处有"而皆以俚语为之"一句。

省吾国今日文学界,即以讨论,老者如郑苏盦、陈伯严辈,其人头脑已死,只可让其与古人同朽腐。其幼者如南社一流人,淫滥委琐,亦去文学千里而遥。……如吾侪欲以文学自命者。舍自倡一种高美芳洁之文学,更无吾侪厕身之地。……唯以此(白话)作诗,仆则期期以为不可…假令足下之文学革命成功。将令吾国之作诗者,皆京腔高调,而陶谢李杜之流,将永不复见于神洲,则足下之功,又何若哉?"

我答永叔说…"白话入诗,古人用之者多矣。(此下举放翁诗及山谷稼轩词为例)……总之白话之能不能作诗——此一问题,全在吾辈解决,解决之法,不在乞怜古人,谓古之所无,今必不可有,而在吾辈实地试验。一次(完全失败),何妨再来?若一次失败,便'期期以为不可',此岂科学的精神所许乎?"

答永叔诗很长,我且再钞一段①:

(1) 文学革命的手段,要令国中之陶谢李杜敢用白话京腔高调做诗……

(2) 文学革命的目的,要令白话京腔高调之中产出几许陶谢杜李

(3) 今日决用不著"陶谢李杜",若陶谢李杜生于今日,仍作当日陶谢李杜的诗,决不能有当日的价值与影响。何也?时代不同也。

(4) 吾辈生于今日,与其作不能行远、不能普及的五经两汉六朝八家文字,不如作家喻户晓的水浒西游文字。与其作似陶、似谢、似李、似杜的诗,不如作不似陶谢白话诗……吾志决矣,自此以后,不更作文言诗词。(这是胡适君第一次的决心)……新文学之要点约有八事:

(一) 不用典(并非成语)

(二) 不用陈套语(并非成语,乃是从前通行的滥调)

(三) 不讲对仗

(四) 不避俗字俗语

(五) 须讲求文法

---

① "答永叔诗很长,我且再钞一段"当属许德隣先生之言。

以上为形式的一方面，

（六）不作无病之呻吟

（七）不模仿古人，须语：语有个我在

（八）须言之有物

以上为精神（内容）的一面。

（参观《新青年》第二卷五号，《文学刍议》说的很详细）。

我的《尝试集》。……我初回国时，朋友钱玄同说我的诗词"太文了"，美洲的朋友嫌太俗，北京的朋友嫌太文，很觉奇怪。后来平心一想，这话真不错。……这些诗的大缺点就是仍旧用五言七言的句法。句法太整齐了，就不合语言的自然，不能不有截长补短的毛病，不能不时时牺牲白话文法来迁就五七言诗的句法。音节一层也受很大的影响。第一，整齐划一的音节，没有变化，实在无味。第二，没有自然的音节，不能跟着诗料随时变化。因此我到北京以后，认定一个主义，若要做真正的白话诗……和白话的自然音节，非做长短不一的白话诗不可。这种主义，可叫做诗体大解放。……就是把从前一切束缚自由的枷锁镣铐，一切打破。有什么说什么，要怎么说就怎么说，这样方才有真正的白话诗，方才可以表现白话的文学可能性。《尝试集》第二集的诗，虽不能做到这个目的，但大致都朝着这个目的做去。

以上说《尝试集》发生的历史，现在且说我为什么印行这本白话诗集。我的第一个理由是因为这一年来，白话散文虽然传播得很快、很远，但是大多数人对于白话诗仍旧怀疑。还有许多人不但怀疑，简直持反对态度。因此我觉得这个时候，有一两种白话韵文的集子出来，也许可以引起一般人的注意，也许可以供赞成和反对的人作一种参考的材料。第二，我研究白话诗，已经三年了，我很想把这三年的试验结果供献国人，作为我的报告。……第三，无论试验的成绩如何，我觉得…有一件事可以供献大家。……就是这本诗所代表的"实验精神"。近来稍稍明白事理的人，都觉得中国文学有改革的必要。即如我的朋友任永叔，他也说"呜呼！适之，吾人今日言文学革命，乃诚见今日文学，有不可不改革之处，非特文言与白话之争而已。"……我们认定，"死文字决不能产生活文学"，故我们主张若要造一种活的文学，必须用白话来做文学的工具。我们也知道单有白话，未必就能造出新文学。我们也知道新文学必须要有新思想做里子。但是我们认定白话实在有文学的可能，实在是新文学的唯一利器。我们对于这种怀疑、这种反对，没有别的法子可以对付，只有一个法子，就是科学家的试验方法。科学家遇著一种未经实地证明的理论，只可认做一个假设，须等到实地试验之后，方才用试验的结果来批评那个假设的价值。我们主张白话可以做诗，因为未经大家承认，只可说是一个假设的理论。（现在承认白话诗的人不少了，做白话诗的人，也一天比一天多了，这试验的成绩，是狠有希望的了。）

我们这三年来，只是想把这个假设，用来做种种实地试验——做五言诗，做七言诗，做严格的词，做极不整齐的长短句，做有韵诗，做无韵诗，做种种音节上的试验——要看白话是不是可以做好诗，要看白话诗是不是要比文言更好一点。这是我们这班白话诗人的"实验精神"……（下略）

（二）新诗略谈　　　　宗白华

我日前会着康白情君谈话，谈话的内容是"新诗问题"。因时间短促，没有做详细的讨论。但却引起了我许多对于新诗的感想，今天写出来请诸君的指教。

近来中国文艺界中发生了一个大问题，就是新体诗怎样做法的问题，就是我们怎样才能做出好的、真的新体诗。（沫若君说真诗、好诗是"写"出来的，不是做出来的。这话自然不错，不过我想我们要达到"能写出"的境地，也还要经过"能做出"的境地。因诗是一种艺术，总不能完全没有艺术的（学习与训练的）。现在我们且研究怎样方能做出或写出新体诗。

我想诗的内容可分为两部分，就是"形"同"质"。诗的定义，可以说是"用一种美的文字……音律的、绘画的文字……表写人底情绪中的意境。"这能表写的适当文字就是诗的"形",那表写的"意境",就是诗的"质"。换一句话说,诗的"形",就是诗中的音节和词句的构造,诗的"质",就是诗人的感想情绪。所以要想写出好诗、真诗,就不得不在这两方面注意。一方面要做诗人人格的涵养,养成优美的情绪、高尚的思想、精深的学识;一方面要做诗底艺术的训练,写出自然优美的音节,协和适当的词句,但是要达到这两种境地……即完满诗人人格和完满诗底艺术……有什么方法呢? 这个问题,我本没有做过具体的研究;不过昨天同康君谈话的当中,偶然得了些感想;自己觉得还有趣味;所以特写出来,请诸君看可用不可用?

现在先谈诗底形式的问题:诗形式的凭借是文字,而文字能具有两种作用。

(一)音乐的作用,文字中可以听出音乐式的节奏与协和。

(二)绘画的作用,文字中的可以表写出空间的形相与采色。

所以优美的诗中都含着有音乐,含着有图画。他是借着极简单的物质材料……纸上的字迹……表现出空间时间中极复杂繁富的"美"。

那么,我们要想在诗的形式方面有高等技艺,就不可不学习点音乐与图画,(及一切造形艺术如雕刻建筑)使诗中的词句能适合天然优美的音节,使诗中的文字能表现天然图画的境界,况且图画本是空间中静的美,音乐是时间中动的美,而诗恰是空间中间静的形式……文字的排列……表现时间中变动的情绪思想,所以我们对于诗,要使他的"形"能得有图画底形式的美,使诗的"质"(情绪思想)能成音乐式的情调。

以上是我偶然间想的训练诗艺底途径,不知道对不对。以下再谈点诗人人格养成的方法:

康白情君主张多读书,这话不错。我所说多与哲理接近,也有这个意思。不过我以为读书穷理而外,还有两种活动,是养成诗人人格所不可少的：

（一）在自然中活动。直接观察自然现象的过程，感觉自然的呼吸，窥测自然的神秘，听自然的音调，观自然的图画，风声、水声、松声、潮声，都是诗声的乐谱。花草的精神、水月的颜色，都是诗意诗境的范本。所以在自然中的活动，是养成诗人人格的前提。因"诗的意境"就是诗人的心灵，与自然的神秘，互相接触映射时造成的直觉灵感。这种直觉灵感，是一切高等艺术产生的源泉；

（二）在社会中活动。诗人最大的职务，就是表写人性与自然。而人性最真切的表示，莫过于在社会中活动……人性的真相，只能在行为中表示……所以诗人要想描写人类人性的真相，最好是自己加入社会活动，直接的内省与外观，以窥看人性纯真的表现。

以上三种……哲理研究，自然中活动社会中活动……我觉得是养成健全诗人人格必由的途径，诸君以为如何？

总结所谈，撮旨如下：诗有形质的两面，诗人有人艺的两方。新诗的创造；是用自然的形式，自然的音节，表写天真的诗意与天真的诗境。新诗人的养成；是由新诗人人格的创造、新艺术的练习；造成健全的、活泼的、代表人性、国民性的新诗。

以上宗君所说的，蓄理甚深，鄙人盼望诸同志，要细心研究里面的条件，时时修炼，养成新诗人的（人格）。那么，不但新诗的发育，可以与时俱进。并且于道德上、心理上、社会、风俗上都有极良善的结果。愿大众努力。

许德隣

（三）诗的音节　　　　　执信

神州日报登了胡怀琛先生《读胡适之〈尝试集〉》一篇，就音节一方面，来批评新诗。后来胡适之先生又在时事新报登了一篇，对于怀琛先生所改的表示不满足，同时解释《尝试集》里头的音节，这是很有益的事。因为现在的做旧诗的人，也不懂旧诗的音节，许多做新诗的人，也不懂新诗的音节，是很危险的事情，将来要弄到诗的破产。

去年在本志的纪念号，适之先生曾有一篇《谈新诗》，里头第四节专论音节。举出两个重要分子，一个是语气的自然节奏，一个是每句内部用字的自然和谐。但是他所举的"平仄自然""自然的轻重高下"，到底还是说得太抽象，领会的人恐怕不多。余外所举，尽管是双声韵例，令人家觉得似乎诗的音节就是双声叠韵。到现在说明《要想不相思》这一首，还是用双声叠韵来做理由，那差不多更容易惹起误解。

怀琛先生所批评，我实在不敢同意。他讲"当年会见先生之家书"要改作"当年见君之家书"，把"娟逸"改做"雄逸"，都是不懂新诗音节、不懂作诗人趣味的证据。把"多"字改做"再"字，尤其无理。因为"何可多得"说话，很像现在有这个人，而实在是没有，这人以后评论他的神气，这才是诗人的口气。如果用"何可再得"，本来是应该没有这个人以后的说话，却用在现在有这个人在前，而豫想到异时何可再得、拼命珍惜的时候，那才是诗人压榨出自己情绪的巧妙。试读古人的"宁不知倾城与倾国，佳人难再得"和"良时不再至，离别在须臾"，可以见得用"再"字的方法。如果用"当年"一定用"再"字，那是做试帖和八股小题的规矩，不是做诗的工夫。如果要这样照应，恐怕将来的诗，要弄到"案奉将军家书内开……等因奉此出来了。"

他改"也无心上天"做"无心再上天"，也是一样不懂音节的毛病。这话都留在后面讲。

但是适之先生的答复，只说明《也想不相思》一首，是用双声叠韵的尝试和句中用韵的尝试，却并没有说明这几句所以是自然轻重高下的缘故，所以虽然是讲了一大通，到底人家不懂。假如说双声叠韵就是好的，那李义山的"落日诸宫供观阁，开年云梦送烟花"就可以做声调谱的模型，苏黄游戏的口气诗，也算上等了。然而沈约讲究声病，他偏要避忌声韵相同的几个例，是什么缘故呢？适之先生《谈新诗》那一篇里头，已经表明把段、低七个阴声字和挡、弹等四个阳声字参错互用，可以显得出三位的抑扬顿挫，这就是不能识双声叠韵笼统解释的暗示。然而究竟无论用双声叠韵的字，抑或非双声叠韵的字，都应该另有一个标准。虽然是狠困难的（纵使非不可能），然而暗示他一个大略的框子架子，未必是做不到的事情。这研究新诗音节，正是一个阐明一切诗的音节的好机会。

我从起首懂得一点字义的时候，就有一个想头，是"音节断不能孤立的"。这个想头，到现在没有更改，然而我的学问一天退一天，看书所得的，比起所忘记的来，真是算不得数，所以这个想头，也一向不能再进步。只有十二三年前当教员的时候，曾经对学生发过一段议论，这个议论不是专为诗发的，然而在诗一方面，尤其显著，我说的是。

一切文章都要使所用字的高下长短，跟着意思的转折来变换。

我叫他做"声随意转"。譬如"西出阳关无故人"的"关"字是全篇所注意的，经过他这一个字才到"人"字，所以"关"字长而高，"人"字长而下。那上句"劝君更尽一杯酒"的"酒"字，因为是促起下句的，所以虽然用顶高音，不用长音，这是全首诗的意思流注倾向到这一路生出来的。如果是"两岸猿声啼不住，轻舟已过万重山"，上句的落字"住"，就较低较长，下句"过"字较低而"山"字就高且长。因为这个"啼不住"是直贯下去的，他的意思是在"过万重山"，而他的神理是在猿"啼不住"。所以要用这"住"字，这一种类的音，来煞上句，拖长上句的声音，却不令他过高，来挑起下句的不调和。下句用"山"字结一句，这"过"字不能停顿，所以不用高音的字。一个字在一句里，是不合自然音节，不能凭空拿字音来说，一定要从有这个音的字，在一句一章里头的位置，来判定他这个音，是不是合于音节。

然而用字绝不是如此束缚的，有许多时候，是应该注重在这一个义的效能，就把音的效能，来放在第二或者竟牺牲了。就如"池塘生春草"这个"春"字，如果照普通来讲，一定用"走"声的字，较低较长才好转折。和李长吉的"不知花雨夜来过，但觉池台春草长"的"春草"，一定要用清平才好，刚刚相反。然而"池塘生春草"的价值，并没有减少。因为这个"春草"位置在役格，受"生"字的动词作用，"春"字不过是役格的形容词。在一般人看"春草"，本来当一个字，所以"春草"还是结成一气，"春"字就跟着"草"字短了下来，而"生"字的音仍旧长。假使"生春"两个音表一个动作，光是"草"一个字表示受动作的物件，那这个说法就完全不能适用了。这一层叫做"音受义的干涉"。因为字在句中的职役不同，所以读他先有长短高下不同了，然而在每一个合成字的煞尾和一句之末，这个仍旧难通融。古人用韵所以渐渐弄到止有句末，又渐渐弄到止有偶数末用韵，都是这个原故。

以上所讲的，仍旧不过两条暗示，然而我已觉得很可以作为探路的一个小火把。我们先拿他来照照适之先生的《读新诗》里头所举的例。他说"我生不逢建章柏梁之宫殿"，如果换做"仄平仄平仄平平平平仄"，就不见得他的音节很好。所以举出逢宫梁章叠韵、不逢柏建宫双声来说明他。但是如果我们用注音字母，写起这一句来试读一下，就晓得还要拗口，不觉得音节很好。他这一句里头，适之先生把这个当做两节，我以为不然。拿"生不逢尧与舜禅"来比较，可以晓得这一句"尧"字独一字而成一节，应该注意。"之""宫"两个也是衬字，所以"不"字和"宫"字在句子里头发生的影响较少。他这句子"逢"字是注重的读长的音，却不要高。"梁""章"两个一浊一清，恰合他一顺叫下来的两个"殿"结煞。这个"殿"字，恰是受上头那一个"逢"字的动作，用较高而仍旧长的字来同下文"游"、"宴"相应。而下文"游"字声音太低，故此用"宫"字在上头来补救他。这一层可以拿

"人生不学李西平手枭逆贼清神京"来比较。如果把字义抹了去,这音节便不成立。

不特在一句里头,在全章里头,有一句是境意忽然变转的,他的音节,也要急变。上头适之先生那首蝴蝶诗"也无心上天"一句正是这个例。上头一路"不知为什么/一个复飞/还剩下那一个/孤单太可怜"四句,都是一路沉下去的。到这句一揭高了,便用"心"字接连用个"天"字,用"无""上"两个字来跌起他。因为句势先缓后急,所以前头还用"也"字。"也无心"三个字已经高了,"上"字折在中间,比较还是高的,促起下头这个"天"字,所以能副这一句的神气。若果改做"无心再上天",前头两个字觉得声还不縠,下头"再上天"着了"再上"两个低音,声音便加长了,成了平宕的句子,完全不能和这一句位置上所要求的音节相符合。所以音节不是一句一句可以讲的,到这句意思转了,调也要转。从前五古转韵的,如"青青河畔草"一章,转一个意思转一个韵。后来七古转韵,大概都是跟前例的。还有通篇一个平韵,照尾忽用两句仄韵来收的,尤其明显。姜白石说"篇终反通篇之意",实在如果已反通篇之意,当然也反通篇之调了。(韩退之喜欢拗气,有时不等讲完,忽然转韵,转了韵一两句后,再转意思,如"嗟哉董生行"便是一例。)

这个原则,从前的人,像没有提出,然而实在是人人践履的。所以要改"也无心上天"做"无心再上天"的,真是不晓得如何叫做音节和谐。我要学从前考书院的办法,批一句,"再求将旧诗的内容晓得清楚"。

至到《也想不相思》一首,适之先生虽然自己解释许多,在我看却不满足。这不满足有两层,一层是烹练的不足:他前两句"也想不相思,可免相思苦","免"字是韵,不能縠不在"免"字以前把全句意思送足。然而这个"可"字完全没有力气,检直[①]是一个多余的字。而

---

① 应为"简直"。

把这样高而且宏的音压在"免"字上，（所以令读的人不能感觉这"免"字是韵）弄到"免"字的效能到减少了。我想这句当初应该是"也想不相思，免却相思苦"，却因为韵的关系，把"来"改做"可免"。其实这个"想"字是想要如此如此，不是想象如此可以如此。"免相思苦"是所想的，"不相思"是手段，两句原是一句串下去的。用了"可"字，便神气不对，近于趁韵。这是一个短处；还有一层，就是音节太促迫单调：本诗四句，押两个"相思苦"，在末尾已是很单调的了。头一句"也想不相思"音节是很好的，第二句是"可"字的毛病。第三句本来是筋节，而"几次细思量"五字里弄了四个做叠韵，"次细思"三个字，音本来都是长的，硬碰到四个字叠韵下来，就单调得难堪。其势一定弄到缩短他的声音到"量"字才放这个音节配在这个地方，实在不相宜。因为和上头"也想不相思"的活泼音调不能取平均，况且底下"还愿"两个字也没有揭高，所以后半的音节变了很促迫、很单调的。这是用叠韵比用双声字更难的地方，所以我于适之先生这个解释，不敢说满足。

怀琛先生讲《送任永叔》那首诗，要把"送你"改做"送君"，"天意"改做"天公"，说是声音长整，方有天然的音节。其实这前一句"便又送你归去未免太匆匆"，韵押在"匆"字，上头的"送"字和他相呼应，自然不能再著一个"君"字。这样高而且长的音在中间，减杀"送"字的效能。如果是在"去"字押韵的，就可以改做"君"字了。那是到"去"字断句，"去"字以前不能不参一个高而较圆的音。（"归"字太扁）现在这句，惟恐人家读"去"字长了，下半句接不上，所以把上半句压到不能十分畅遂，才能毂整句的音节恰合。这个例如果拿我上头所讲两条来批评他，觉得很简单易解。

音节决不是就这样可以有刻板的规则定出来的，然而我相信，将来讲音节一定还要借这种规则的一部的帮助。将来能毂有比我所暗示的更明细、更包括的规则出来，就是我所最希望的了。

近来自命作旧诗的，往往拿很浅的意，用很深的字眼表现出来，这是艰深文浅陋，最可笑的。但是如果用狠浅的字眼来写出拿很浅牵无意味的意思，那就更不成话。我们要求用很浅的字眼、很少的字数，表出狠深、很复杂的情绪，所以看了好懂的，都是很难做的。这难做的原因，音节要占大部分。易懂的缘故，还有一部分在音节，所以明了音节，是这样一个情形，率尔操觚的总会少一点。

分类白话诗选卷一

写景类 许德邻编

● 暮色垂空 绎

《少年中国》一卷九期

暮色自垂空，
近景已迢递，
隐约耀霞辉，
明星初上时！
飞象在暗里浮沈，
薄雾在空际凄迷；
反映著暗影阴森，
湖水静来无语
俄见连边天际，
仿佛月明如火；
织柳细细如丝，
丝枝弄潮波，
姮娥底灵光委佗，
娟娟的夜景清和，

清和的情趣由眼到心窝。

● 江南 绎

康白情

（一）

只是雪不大了，

颜色还染得鲜艳。

赭白的山，

油碧的水，

佛头青的胡豆。

橘儿担着，

驴儿赶着，

蓝裤儿穿着，

板桥儿给他们渡着。

（二）

赤的是枫叶，

黄的是茨叶，

白成一片的是落叶。

坡下一个绿衣绿帽的邮差，

撑着一把绿伞——走着。

坡上踞着一个老婆子，

围着一块蓝围腰，

哼哼的吹得柴响。

（三）

柳椿①上拴着两条大水牛，

---

① 椿："桩"的繁体字。

茅屋都铺得不现草色了。
一个很轻巧的老姑娘,
端着一个撮箕,
蒙着一张花帕子。
背后十来只小鹅,
都张些红嘴,
跟着他,叫着。
颜色还染得鲜艳,
只是雪不大了。

●雪 绎

易漱瑜

　　(一)室中
天上变了银灰色,
那白砂糖似的东西,都是洒着,
大圈儿,纷纷的飞下。
对面森森的树影,一刻刻的,看不清白。
一对小雀儿站在屋檐边,
正找不着一个栖身的地方,
他们"可渥底斯可渥底斯"的商量了好一会,
忽向这银灰色的遥空里飞去,不见了。
巷子中间那株小树,
顷刻间添上了无数的花朵。
几个小孩子撑着雨伞,踹着高脚,
笑嘻嘻的走来走去,
好像没有比今天还有趣似的。

　　(二)路上

雪花一阵阵向我的脸上吹来，
但也不觉得怎么样冷。
只还着雪厚的路边走去，
靴上并不会染着一点儿污泥，
脚下还有一种趣谷趣谷的声音，
入耳十分的清脱。
两边的枯草，
都低着头儿，装出他们的羞涩。
两个工人推着一满车的货物，
忙忙的走去，
头也好，脚也好，任他雪花飞着，寒风吹着，
只口里你一句，我一声，
好像是说，
"谁啊谁啊，谁知道我们的苦楚啊？"
同路一个坐马车的，
很高兴的望着两旁，
又好像是说，"我今日一回家，园子里又添了许多的景致了！"

　　（三）窗外

鹅绒毯铺满地上了，
绣球花开满地上了，
金盖儿装满屋上了，——
昨日的尘寰，
今日的玉海！
怎么这们可爱哟，
你这天然的景致，
那松树一经装饰，
好像怕掉了珍珠似的，

连动也不敢动了。
云啊！你有这样艺术的天才，
为甚么却只一年一降？
但是——
说你像银子么？你又很德谟克拉西的，
到处都劳你布满了。
说你像棉花么？有人还穿着单衣。
说你像面粉么？有人还吃不饱青菜。
雪啊！难道你只能为他们装饰园亭么？

● 朝气　绎

康白情

窗纸白了，
镜匣儿亮了。
老头子也起来了；
小孩子也起来了；
娘们儿起来了；
好云霞哟！
好露水哟！
肩的肩锄头；
揩的揩背篼；
提的提篓篓；——
一伙儿"上坡"去。

石块儿也搬开了，
乱草也斩尽了，

所有荒芜的都开转来了。

挖上些窝窝,

种下些麦子。

把把的麦花,

蓬蓬的麦子。

看的也有了,

吃的也有了!

●黄昏 绎

左舜生

(寄我的一个小学生)

两道短堤,

密排着四五十株古斡①杈枒的柳树。

这边是清溜溜的深潭,

那边是活泼泼的小河。

时候黄昏了,远望去,

一处——两处——三处的炊烟——一缕一缕的。

天空的归鸦阵阵,

紧紧的自南向北。

那要落不落的夕阳,

衬着这九月的柳条,

映在他蔷薇似的面上,

作淡黄的颜色……

---

① 斡:当为"干"。

● 鸽子 绎

胡 适

云淡天高，
好一片晚秋天气！
有一群鸽子，
在空中游戏，
看他们，三三两两，
回环来往，
夷犹如意，——
忽地里，
翻身映日，
白羽衬青天，
鲜明无比！

● 月夜 绎

沈尹默

霜风呼呼的吹着，
月光明明的照着。
我和一株顶高的树并排立着，
却没有靠着。

暮登泰山西望

康白情

　　（一）

白日隐约，

暮云把他遮了：

一半给我们看，

一半留着我们想。

日的情么？

云的情邪？

谁遮这落日，

莫是昆仑山的云么？

破哟！破哟！

莫斯科的晓破了，

莫要遮了我要看的莫斯科哟！

　　（二）

那不是黄河？

那一条白带似的不是黄河？

你从昆仑山的沟里来么？

昆仑山里的红叶，

想已饱带着一身秋了。

　　（三）

斑斓的石色，

赭绿的草色，

和这红的、黄的、紫的、蓝的、白的松铺在一地的

山花相衬。人压在半天里。

这么一块扎细花的破袖——

花草都含愁，

争着落日，也为着秋。

我说："不用愁呵——

天地不老，我们都正在着花呵——"

● 日观峰看浴日

康白情

东望东海，

鲤鱼班的黑云里，

横拖着要白不白的青光一带。

中悬着一颗明珠儿，

凭空荡漾，

曲拆横斜的来往。

这不要是青岛么？

海上的鱼么？

火车上的灯？汽船上的灯？——

还是谁放的玩意儿么？

升了，升了，

明珠儿也不见了，

山下却出现了村灯。——一点——二点——三点。

夜还只一半么？

这分明是冷清清的晨风，

分明是呼呼的吹着，

分明是带来的几句鸡声，

日怎么还不浮出来哟，

要白不白的青光成了藕色了。

成了茄色了。

红了——赤了——胭脂了。

鲤鱼班的黑云，

都染成了一片片的紫金甲了。

星星都不知道那里去了，

却展开了大大的一张碧玉。

远远的淡淡的几颗平峰，

料必是那海陆的交界。

记得村灯明处，

倒不是几点村灯，

是几条小河的曲处，

湿津津的小河，

随意坦着的小河，

蜿蜒的白光——红光，

仿佛是刚过了几根蜗牛经过。

山呀，石呀，松呀，

只迷迷濛濛的抹着这莽苍的密处。

哦——一个峰边的两滴流晶，红得要燃起来了？

他们都火钻钻的只管汹涌。

他们都仿佛等着甚么似的只粘着不动。

他们待了一会儿没有甚么也就隐过去了。

他们再等也怕不再来了。

哦，来了！

这边浮起来了——

一线——半边——大半边——

一个凸凹不定的赤晶盘儿，只在一块青白青白的空中乱闪。

四围仿佛有些什么在波动。

扁呀，圆呀，动荡呀，……

总没有片刻的停住；

总活泼泼的应着一个活泼泼的人生；

总把他那些关不住了的奇光，

琐琐碎碎的散在这些山的，石的，松的上面。

● 玻璃窗

玄　庐

（一）

声息肃静，

空气全冰！

冷清清，似阴非阴，似晴非晴。

壁炉里生著活泼泼的火，斜映着玻璃窗儿红到明。

（二）

雪光！闪着浅红淡紫的朝阳。

似微微的跳动，似展开桃花纱渐渐铺到山上，屋上，地上，

一霎时光明万丈！

照眼透过了玻璃窗，

正映着壁炉子里活融融的火光。

（三）

好个玻璃窗——只可惜看见梅花闻不到香！

正在凝神想，

有一个脱笼鹦鹉，绕著满屋飞翔！

呀的一声，正撞在窗子上——

血淋淋的望著遮不断的光！——

但是谁给他当上?

● 西窗晚望

同德医学

晚霞飞。西窗外,
窗外家家种青菜。
天上红。地下绿。
夕阳落在黄茆屋。
屋顶的炊烟,丝丝、袅袅、团团、片片直上接青天,
天边归鸟阵阵旋,肃肃飞过屋山巅,落影纷纷满目前。
抬头红日没。新月一钩出。
钩着树梢头,树下烟流像水流。
菜田一半被烟漫,树影也像烟那么淡。
我也无心看,下楼吃晚饭。
再上楼来月已暗,满天但有那繁星烂,
这便是一晚。这便是一晚。
这一晚太仓皇。那一天又何曾不太匆忙。
茫茫……我只悔不该晚望。

● 无聊

刘半农

阴沉沉的天气,
里面一座小院子里,杨花飞得满天,榆钱落得满地,外面那大院子里,
却开着一棚紫藤花,
花中有来来往往的蜜蜂;有飞鸣上下的小鸟;

有个小铜铃;系在藤上,

春风徐徐吹来,铜铃叮叮当当;响个不止。

花要谢了;嫩紫色的花瓣,微风飘细雨似的,一阵阵落下。

●公园里（的二月蓝）

沈尹默

牡丹过了,接着又开了几栏红芍药,路旁边的二月蓝,仍旧满地的开着;开了满地,没甚稀奇,大家儿都说这是乡下人看的。

我来看芍药;也看二月蓝;在社稷坛里几百年老松柏的面前,露出乡下人的破绽。

●游丝

常 惠

一天,我到新世界——,上了那最高的一层楼。

夜已深了,楼上清净得很,没有别的人影;

往外面看去,灯光稀少,也听不见车马的声音,

一点濛濛的月亮,照在这最高楼的旗杆顶上;

沾着一缕游丝,那一头通得远远的,沾在天坛顶上。

——有个飞薄的东西,像铜元一样大,

在那游丝上,滚过来,滚过去,——只是不定。

●晓

刘半农

火车——永[①]远是这么快——向前飞进,

---

① 原书为"求",疑为"永"字。

天色渐渐明了，不觉得长夜已过，只觉车中的灯，
一点点的暗下来。
车窗外面：
起初是昏沈沈一片黑，慢慢露出微光，——
露出鱼肚白的天，——露出紫色、红色、金色的霞彩。
是天上疏疏密密的云？是地上的池沼？丘陵？
草木？是流霞？是初出林的群鸟？依旧模模糊糊，
辨别不出。
太阳的光线，一丝丝透出来，照见一片平原，罩着层白濛濛的薄雾，雾
中隐隐约约，有几墩绿油油的矮树。雾顶上，托着些淡淡的远山；几处
炊烟，在山圳①里徐徐动荡。
这样的景致，是我生平第一次见到。
晚风轻轻吹来，很凉快，很洁净，叫我不甘心睡。
回看车中，大家东横西倒，鼾声呼呼，现出那
干——枯——黄——白——死灰似的脸色！
只有一个三岁的女孩，躺在我手臂上，笑弥弥的，两颊像苹果，映着朝阳。

● 山中即景

李大钊

（一）

是自然的美，是美的自然——
绝无人迹处，空山响流泉。

（二）

云在青山外，人在白云内。
云飞人自还，尚有青山在。

---

① "圳"，为"坳"的异体字。

● 海滨

《新青年》五卷三号

（一）

在无尽世界的海滨上，孩子们会集着。

无边际的天，

静悄悄的在头顶上；不休止的水，

正是喧腾湍澈。

在这无尽世界的海滨上，孩子们呼噪，跳舞，会集起来。

（二）

他们用砂造房子；用蛤壳玩耍；

用枯叶做船，笑弥弥的把他漂浮在大而且深的海里。

在一切世界的海滨上，小孩子自有他们的游戏。

（三）

他们不知道泅水，他们不知道撒网。

采珠的没入水中去采珠；做买卖的驾着大船；

孩子们只是把小石子聚集拢了，又把他撒开。

他们不寻觅水底的秘宝；他们不知道撒网。

● 香山早起作寄城里的朋友们

沈兼士

天刚明，披了衣，拄了杖，

散步到石桥旁，

坐在箇石头上，

受的山水的供养。

静悄悄地，领略些带露的草香，
听一阵迎风的松响，
赤脚临水，洗光了肮脏。
这时候，自然的乐趣，
同那活泼的小孩子一样。
一忽儿，山头上吐出了太阳；
金闪闪的光，照得北京城隐约可望，
一般都是太阳照的地方，
何以城里那样烦熟，
乡下这样清凉？

• 山中杂诗

沈兼士

脑弱失眠宵洗脚，眼皮抛卷午浇头。
爱他冷冷清清的，傍着梅边自在流。

• 江山

胡　适

十一月一日大雾，追思夏间一景，因成此诗。
雨脚渡江来，
山头冲雾出。
雨过雾亦收，
江楼看落日。

● 十二月十五夜月

胡 适

明月照我床,卧看不肯睡。窗上青藤影,随风舞娟娟。
我爱明月光,更不想什么。月可使人愁,定不能愁我。
月冷寒江静,心头百念消。欲眠君照我,无梦到明朝。

● 一颗星儿

胡 适

我喜欢你这颗顶大的星儿,

可惜我叫不出你的名字。

平日月明时,月光遮盖了满天星,总不能遮住你。

今天风雨后,闷沉沉的天气,

我望遍天边,寻不见一点半点光明,

回转头来,

只有你在那杨柳高头依旧亮晶晶地。

● 沪杭道中

雨儿一丝一丝的下着,

亩亩的田园在雨里浴着,

一片青黄底颜色,越发鲜艳欲滴了!

青的新出的秧针,

一块块错落的铺着,

黄的割下的麦了,

一把把的叠著。
还有深黑色待种的水田，
和青的黄的间着，
好一张彩色的花毡啊！

一处处小河缓缓的流着；
河上有些窄窄的板桥搭着；
河里几只小船自家横着；
岸旁几个人撑着伞走着；
那边田里一个农夫，披着簑，戴着笠，
慢慢的跟着一只牛将地犁着，
牛儿走走歇歇，往前看看。

远处天和地密密的接了，
苍茫里有些影子，
大概是些丛树和屋宇罢？
但是他们都给烟雾遮了。
我们在烟雾里，花毡上过着，
雨儿还在一丝一丝的下着。

● 游西子湖

小　侣

（一）

久慕钱塘山水，
今日里才划一叶轻舟，
荡样西子湖头，令我好不欢喜；

国事蜩螗，糟到这般田地，
吾还有什么闲情逸致，
你对明湖谛视。

　　（二）
人说"六桥三笠，点缀得你绝美"，
吾说"你好好儿在烟波里"。
为什么有洋房建造？肮脏了你，
使游人反嫌你粗鄙。

（令我同声一哭）郯

　　（三）
吾这番看你，你是这样装束，
不知道十年廿年你又是什么样子；
世界国家，又弄到什么样子；
就是吾又什么样子；
你也不知吾，吾也不知自己。

　　（四）
湖啊！湖啊！你既是名了西子，
应该珍重你自己身体，
切莫要一颦一笑，媚那浪子，
把好好儿湖山，牵涉到兴亡里。

●游北山云林寺

小　侣

　　（一）
结伴登山欣然就道，
趁此风光大好；

攀山越岭，已说云林到了；

怪石奇峰，松斜枫倒，

四面云如抱。

　　（二）

一线天，理公岩，神工天造；

呼猿洞，通天洞，尽人探讨；

青山依旧人终老，

山灵多事应失笑。

　　（三）

饷我罗汉饭，（是日在寺进素斋饭）款我壁螺茶，

禅味亲尝，此福真几生修到；

我何日里洒脱尘埃，剪除烦恼，

带得三分仙骨，长唉仙人枣。

　　（四）

可爱的是多情小鸟，

说："你此时正巧，

花明柳暗春云绕，

领略了湖山多少？"

● 日出

沫　若

　　（一）

哦哦，环天都是大云！

好像是赤的游龙，赤的狮子，赤的鲸鱼，赤的象，赤的犀。

你们可都是亚坡罗 Apollo 底前驱？

（二）

哦哦，摩托车前的明灯！

20世纪底亚坡罗！

你也改乘了摩托车么？

我想做个你的运转手，你肯雇我么？

（三）

哦哦，光底雄劲！

玛瑙一样的晨鸟在我眼前飞纷。

明与暗刀切断了一样地分明！

明的是浮云，暗的也是浮云，

同是一样的浮云，为甚么有暗有明？

我守着看那一切的暗云……

被亚坡罗底雄光驱除尽。

我才知四野底鸡声别有一段底蕴意味深湛！

● 登临

沫　若

"终久怕要下雨罢？

快登上山去！

山路儿淋漓，

把我引到了半山的庙宇，"

听说是梅花名胜地。

哦，死水一地！

几片游鳞，

喁喁地向我私语：

"阳春还没有信来，

梅花还没有开意。"

庙中的铜马,
还带着夜来清露;
驯鸽儿声声叫苦,
驯鸽儿!你们也有甚么苦楚?

口箫儿吹着,
山泉儿留着,
我在山路儿上行着,
我要登上山去。
我快登上山去!
山顶上别有一重天地!

血潮儿沸腾起来了!
山路儿登上一半了!
山路儿淋漓,
枯蜕了我脚上的木屐,
泥上留个脚印,
脚上印着黄泥。

脚上的黄泥!
你请还我些儿自由,
让我登上山去!
我们虽是暂时分手,
我的形骸儿终久是归你有。

唉，泥上的脚印！
你好像我灵魂儿的像征！
你自陷了泥涂，
你自会受人蹂躏，
唤，我的灵魂！
你快登上山顶！

口箫儿吹着，
山泉儿流着，
伐木的声音丁丁着，
山上的人家早有鸡声鸣着。
这不是个 Olchestr 么？
司乐的人！你在那儿藏着？

啊啊！
四山都是白云，
四面都是山岭，
山岭原来登不尽！
前山脚下，有两个人在路上行，
好像是一男一女，
好像是兄和妹，
男的背着一梱柴，
女的抱着是甚么？
男的在路旁休息着，
女的在兄旁站立着，
哦，好一副画不出的画图！

山顶儿让我一个人登着,
我又觉着凄楚,
我的安娜！我的阿和！
你们是在家中么？
你们是在市中么？
你们是在念我么？
终久怕要下雨了,
我要归去。

● 过印度洋

周无若

圆天盖着大海,黑水托着孤舟。
也看不见山,那天边只有云头。
也看不见树,那水上只有海鸥。
那里是非洲？那里是欧洲？
我美丽亲爱的故乡却在脑后！
怕回头,怕回头,
一阵大风,雪浪上船头,
飕飕,吹散一天云雾一天愁。

● 生机

沈尹默

刮了两日风,又下了几阵雪。
山桃虽是开着,却又冷坏了夹竹桃的叶。
地上的嫩红芽,更僵了发不出。

人说天气这般冷,草木的生机恐怕都被摧折;
谁知道那路边的细柳条,他们暗地里却一齐换了颜色!

●初冬京奉道中 《曙光》一卷二号

王统照

(一)

丝丝的阳光,透出清冷的空气。

四望烟雾迷濛中,却隐藏着一个古旧奇诡神秘污浊的都市!我年来的生活是在此中!

我这片刻的光阴却脱杂了你。——

(二)

推窗四望——

但见坠落的枯叶,铺满了大地。

浅浅的几道清流,却是满浮了尘滓。

颓废的古刹。

荒凉的坟墓。

满眼里——

萧条,

残废,

都嵌入无尽的天边里!

(三)

萧条,

残废,

是世界上的天然景物;

也是新萌芽植根的潜伏势力。

但待到熙乐的春来,

有润泽的风雨,

有可爱的花树,

便点缀的眼前万物,都布满了美妙,惠爱,愉快,壮丽。

● 春水船

《新潮》一·四·俞平伯

太阳当顶,晌午的时分,

为春光寻遍了海滨。

微风吹来,

聒碎零乱,又清又脆的一阵。

呀!原来是鸟——小鸟的歌声。

我独自闲步沿着河边,

看丝丝缕缕层层叠叠,

浪纹如织,

反荡着阳光闪烁,

辨不出高低和远近,

只觉得一片黄金般的颜色。

对岸的店铺,人家,

来往的帆樯,

和那不尽的树木房舍,

摆列一线——

都浸在暖洋洋的空气里面。

我只管朝前走:

想在心头；看在眼里；
细尝那春天的好滋味。
对面来个纤人，
拉着个单桅的船徐徐移去。
双橹插在舷唇。
皱面开纹，
活活水流不住。

船头晒着破网。
渔人坐在板上。
把刀劈竹拍拍的响。
船口立个小孩，又憨又蠢，
不知为什么，
笑迷迷痴看那黄波浪。

破旧的船；
褴褛的他俩，
但这种"浮家泛宅"的生涯，
偏是新鲜，——干净，——自由，
和可爱的春光一样。

归途望，
远近的楼，
密重的帘幕。
仅低着头呆呆的想。

• 冬夜之公园

《新潮》一·二·俞平伯

"哑！哑！哑！"
队队的归鸦，相和相答，
淡茫茫的冷月，
衬着那翠叠的浓林，
越显得枝柯老熊①如画。
雨行柏树，
夹着蜿蜒石路，
竟不见半个人影。
抬头看月色，
似烟似雾朦胧的罩着。
远近几星灯火，
忽黄忽白不定的闪烁：——
格外觉得清冷。

鸦都睡了；满园悄悄无声。
惟有一个鸦。突地里惊醒，
这枝飞到那枝，
不知为甚的叫得这般凄紧！
听他仿佛说道，
"归呀！归呀！"

---

① 根据上下文，猜测此处"熊"字本作"態"，即"态"的繁体。

•除夕入香山

《新潮》一·三·罗家伦

阴风飒飒，寒日茫茫，
静悄悄的香山寺下，没有别一个游人。
抵①剩得半座空山，同我窸呀窸的脚步儿相和相应。
野草凋零，模糊了几条旧径；
颓垣下的残雪，——
高低历乱，——
装点出几处新坟。
缓缓的同前去，忽听得呼拍拍的一声，
知是一个小小的山鸟惊人。
鸟呀！我客里游山，何忍来惊动你。
鸟独无声，栖在枝上，
只见那被残雪洗过的松枝，又清又冷。

•老头子和小孩子　有序

《新潮》一·三·傅斯年

这是十五年前的经历；现在想起，恰似梦景一般。
三月的雨，
接着一日的晴。
到处的蛙鸣，
野外的绿烟儿濛濛腾腾。

---

① 根据上下文，推测此处"抵"字当作"祗"，意为"但、只"。

远远树上的知了声；

近旁草底的蛐蛐声(一)；

溪边的流水花浪花浪；

柳叶上的风声辟呖辟呖；

高粱叶上的风声吵剌吵剌；

一组天然的音乐，到人身上，化成一阵浅凉，

野草儿的香，

野花儿的香，

水儿的香，

团团的钻进鼻去，顿觉得此身也在空中荡漾。

这一幅水接天连，晴霭照映的画图里；

只见得一个六七十岁的老头子；

和一个八九岁的孩子，

立在河崖地上。，

仿佛这世界是他俩人的模样。

(一) 我们家乡叫"蟋蟀"做"蛐蛐"，叫"蝉"做"知了"。

●深秋永定门城上晚景

《新潮》一·二·傅斯年

我同两个朋友，

一起上了永定门西城头。

这城墙外面，紧贴着一湾碧青的流水；

多少颗树，装点成多少顷的田畴。里面漫渗的芦草，

镶出几重曲折的小路，几堆土陇，几处僧舍，

陶然亭，龙泉寺，鹦鹉邱，

城下枕着水沟，

里外通流。

最可爱，这田间。
看不到村落，也不见炊烟；
只有两三间房屋，半藏半露，影捉捉在树里边，
虽然是一片平衍，
树上却显出无穷的景色，
树里也含著不尽的境界，
从错，深秀，回环。
那树边，地边，天边，
如云，如水，如烟，
望不断————一线。
忽地里扑喇喇一响，
一个野鸭飞去水塘。
仿佛像大车音波；漫漫的工——东——当，
又有种说不出的声息若续若不响。

转眼西看，
日已临山。
初时离山尚差一竿；
渐渐的去山不远；
一会儿山顶上只剩火球一线；
忽然间全不见。
这时节反射的红光上翻。
山那边，冈峦也是云霞，云霞也是冈峦；
层层叠叠一片，
费尽了千里眼。

山这边，红烟含着青烟，

青烟含着红烟，

一齐的微微动转；

似明似暗：

山色似见不见；——

描不出的层次和新鲜，

只可惜这舍不得的秋郊晚景昏昏沉沉的暗淡；

眼光的圈，匆匆缩短。

树烟和山烟，远景带近景，一块儿化做浓团。

回身北望，

满眼的渺茫；

白苇渐渐成黄苇；青塘渐渐变黑塘。

任凭一草一木；都带着萎黄——颓唐，模糊模样。

远远几处红楼顶，几缕天灶烟，正是吵闹场，繁华地方：

更显得这里孤伶凄怆。

荒旷气象，

城外比不上他苍凉。

（一）西山去此有三十余里，故日甫下山，天已昏黑。

•山中

《新潮》一·四·顾诚吾

踟蹰乱山中，走完了欹巇的石路！

止在一重门口，此外别无去处。

太阳照着，没有遮蔽，脸儿红似火；

没奈何，轻敲微咳，私下探看，喜无人守护。

走进门来，只见半座小山补墙缺，千竿竹筱掩盖屋宇。

太阳淡淡，竹声萧萧，显得这里越静，——我再也不能离去。

不知这山何名？他主人何名氏？下面再游时，可能寻至？

整整的呆看两小时，只觉此心，澄清如水，飞动如丝。

●春意（二月作）

《新生活》十一·沈兼士

斜阳半院，松影遮廊，我在水廊上闲坐。

初春天气，渐觉暖和，

廊下半开冻的方塘，注入清冷冷的春水，冲动冰澌，时起微波。

一双白鸭，洗浴刚罢，站在冰块上，晒翅刷毛，快活不过。

活泼泼的小阿觐，对着这个景致，却也半响不动，一声不响的伴着我。

●冬夜

《社会新声》二·李书渠

满天布著黑漆似的乌云，

什么星儿？什么月亮？都被他紧紧密密的遮着。

只有稀稀的几盏晦涩惨淡的路灯，

将这漫沉沉的黑暗点破。

大北风起了，

吹着那电线树枝发呜呜的叫声。

好像几个怪兽在空中格斗。

还有几处的吠声。

一起一落的与他应和。

在这寒冷森严的夜里，一些人都早已睡了，

路上无一人行走。

那半明半暗的路灯也被风吹熄了几个。

只听得鸣声吠声，

连续震动人的耳膜。

忽然风中带来一阵战淋淋的嫩声音，

"盐水花生米哟。"

● 车行郊外

《新潮》 康白情

好久不相见了，

又长出了稀稀的几根青草；——

却还是青的掩不了干的。

几处做庄稼的男女，

踞的踞着；

走的走着；

挖的挖着；

铲的铲着，——

正散着在那里办他们的草地。

仿佛有些正笑着，

却远了也认不清楚。

呜呜！一溜我们就过了。

他们伸了伸腰，

都眼睁睁的把我们钉着。

（一）"踞"音"姑"，尻不着地而作坐形。

（二）"钉"音"定"，四川方言，凝视叫做"钉"，有看着出神的意思。

•千秋歌

《新潮》一·五·程裕清

一抹的夕阳淡淡，一片的浅草萋萋。

携手同来，搭上了秋千，大家做个半天戏。

脚儿站稳，手儿把紧。

才荡到东，又荡到西，上上下下，风吹我衣。

努力！努力！

要荡到墙儿一样齐。

来！来！来！我与你争个谁高低。

•登东唱城

《新潮》二·三·傅斯年

月光光的，

夜寂寂的，

天旷旷的，

当着冷切切时节，

草虫早避了我家四壁，

塞起嘴来，

埋头在化做泥的畦溪。

只剩了几个小鸟，

还未曾觅到枝儿安歇，

散些不耐寒的声气，

扰动这空空旷旷淡淡茫茫沉沉凝凝的空间——

更显得天高，景缴，气候凉结，

我被这景儿叫唤,
走上城墙,
一望泓漫。
城里灯火四散,
却被月色照着,
星星一般的乍隐乍现。
外面雪亮亮的白地一片,灰沉沉的霜堤还远远相环。
夜色明得好,
月影远景映得暗;
梦里的颜色就是这般,
不像清醒白醒时的清焕。
年来梦不断,
醒后每逸羡。
梦境息息刻刻变;
还记得他的景色,
不离了似明似暗。
拿今夕比他,
只差在一静一流,
行止一般的年牵连,无意愿。
孤伶伶的立着想,
心绪结成些团团。
赶紧回家,
经过树边,
惊了几处的栖鸟,
黄叶乱纷纷飘散。

●桑园道中

《新潮》康白情

我经津浦路往上海，午后热气薰腾，车上实在难受。所幸到了沧州，满天的阴云蜜①布起来，一阵阵的飘风冷吹起来，跟着大点大点的"偏东雨"乱打起来。一时秋气渳②空，脾冒为之开沁。约莫到了桑园的地方，雨就住了，太阳也渐渐的要落坡了。那一种晶莹清爽的风光，简直扑人眉宇，这真是可爱。——十分的可爱哟！

甚么尘垢都被雨洗空了，

甚么腻烦都被凉扫净了。

只剩下灵幻的人，

四围着一块灵幻的天。

山哪，岚哪，

云哪，霞哪，

半山的烟哪，

装成了美丽簇新的锦绣一片。

遍地的浓湿，

反映出灿烂的金色，

越显得他无穷的化力。

沟水不住活活的流着；

淡烟不住在柳条儿边浮绕；

暮鸦不住斜着肩儿乱飞；

人却随着他们，——心似流水般的浪转。

好一个动的世界！

---

① 用同"密"。宋周辉《清波别志》卷中："今薄法制，宽蜜不同如是。"
② 渳"弥"的异体字。

一个活鲜鲜的世界！

天——啊，

你是有意厚我们么？

是无意厚我们邪？

哦，——远了。

快不见了。

这样的自——然！

这样的人生！——

但他俩各走各道儿，

却一些儿也留恋。

●天安门前的冬夜

《新潮》二·一·罗家伦

（一）

黑沉沉的天，

紧贴着深灰色的土，

四处望不见一个人影，

好像我一身站在荒野里；——

渺无声息。——

心头所有的——孤寂，荒凉，恐怖！

光啊！你在何处？

（二）

一阵涩风，

送来满脸的浓雾。

雾里面忽然有一颗隐隐约约的微星，——

"叮——当！"

星前仿佛有个东西在动，——
那也是人吗？
一转念更起我心头无限的悽①楚！

---

① 悽：同"凄"。

分类白话诗选卷二

写实类
● 一个大工业中心地

译《少年中国》一卷九期

（一）

一条条尽是污秽不堪的街道；

每一条街上列著一眼望不透的屋，

你那走疲了的脚上，飍①满了黑色的灰尘。

你所过著的人，个个脸上都是灰尘，

恐怕他们心里也堆满了灰尘。

他们做梦的地方也堆满了灰尘。

（二）

恼人的春色靓妆浓抹的珊珊来迟了，

但此地没有一个人知道他的名字，

工作就是他们一生的目的。

工作，工作，工作！为他们的妻，为他们的子，工作

为一个人生——当已经受生做个人；——

为一个太阳底下，极愁惨的人生。

---

① 疑为"飍"，"飘"的异体字。风起貌。

（三）

工作——在一个昏暗无边枯涩寡欢的工场，

找不出一点甚么阳光；

工作，为丰富别人的享乐。

工作，为他们找出一点甚么开心。

工作，没有希望，没有休息，没有和平，

只有到死的那天才得安静。

（四）

兄弟们啊，你们饱食暖衣的兄弟们！

他们在黑夜里做工是为着何人？

上帝今要问你们干了些甚么事情，

他们的命——一个一个——都要问你们索。

因为他们一样的开心，一样的爱生活，

却为著了你们在地狱里！去工作！

●卖布谣（一）

大白

（一）

嫂嫂织布；

哥哥卖布，

卖布买米，

有饭落肚。

（二）

嫂嫂织布；

哥哥卖布，

小弟裤破，

没有补裤。

　　（三）

嫂嫂织布；

哥哥卖布，

是谁买布？

前村财主。

　　（四）

土布粗；

洋布细，

洋布便宜，

财主欢喜。

土布没人要，

饿倒哥哥嫂嫂！

●卖布谣（二）

　　　　前　人

　　（一）

布机轧轧；

雄鸡哑哑，

布长夜短，

心乱如麻。——

　　（二）

四更落机；

五更赶路，

空肚出门，

上城卖布。

(三)

上城卖布；

城门难过。——

放过洋货，

捺住土货。——

(四)

没钱完捐，

夺布充公，

夺布犹可，

押人太凶，——

饶我饶我；——

拘留所里坐坐。——

公园门口

光 佛

外国公园门口，

坦荡荡的一条马路；

一个黄包车夫，从西到东，刚刚的使劲向前奔；

车上坐的一位上流体面人的东方克鲁巴特金，

快跑——快跑——

没有括面的风，没有淋头的雨，也没有像火一般的太阳相照；

那凑人用力的天气呵！

总算是十分好，

车中人还好像是口中念念有词，

伸了一伸懒腰，把头向右肩一掉；

越显出岸然道貌。

嗤的一下掠过去了,
又一阵回风送转来;
仿佛是低低的几声人道——人道了……
……

● 工人乐

玄　庐

人说:"冷在风,穷在铜。"
我说,穷不在铜穷在工。
人说:"只要有铜便有工,温温饱饱富家翁。"
我说,我们棉袄夹裤过得冬,
他们红狐紫貂还要火炉烘。
我们十里八里脚步轻且松,
他们一里半里也要汽车送。
绞脑无汁体无力;——
何如一手锄头一手笔?
世界为有了他们,
无冬无夏无休息。
——若使没有了我们,
那里去找文明的行迹?
有衣大家穿,
有饭公众吃。
我们穿吃不白来,
手儿脑儿自己享受自己的成绩。
不要慌张不要忙,——
大家种花大家香,——

著个富翁做什么?

冷风头上哭天光。——

● 富翁哭

玄　庐

工人乐——

富翁哭——

富翁——富翁——不要哭，——

我喂猪羊吃你肉；你吃米饭我吃粥。

你做马，我做牛；

牛耕田，我吃谷。

马儿肥肥驾上车，

龙华路上看桃花。

春风三月桃花早，

道旁小儿都说马儿跑得好。

那里知道马儿要吃草。——

● 车毯（拟车夫语）

刘半农

天气冷了，拼凑些钱，买了条毛绒毯子。

你看通在车上多漂亮，鲜红的柳条花，映衬着墨青底子。

老爷们坐车，看这毯子好，亦许多花两三铜子，

有时车儿拉罢汗儿流，北风吹来，冻得要死，

自己想把毯子披一披，却恐怕身上衣服脏，保了身子，坏了毯子。

● 学徒苦

刘半农

　　学徒苦！学徒进店，为学行贾。主翁不授书算，但说"孺各当习勤苦！"朝命扫地开门，暮命卧地守户；暇当执炊，兼锄园圃！主妇有儿，曰：——"孺子为我抱抚"。呱呱儿啼，主妇震怒，拍案顿足，辱及学徒父母！

　　自晨至午，东买酒浆，西买菜豆腐，一日三餐，学徒侍食进脯。客来奉茶，主翁倦时，命开烟铺！又令门前应主顾，后门洗缶涤壶！夺走终日，不敢言苦！足底鞋穿，夜深含泪自补！主妇复惜油火，甲甲咒诅！

　　食则残羹不饱；夏则无衣，冬则败絮！腊月主人食糕，学徒操持血杵！学徒虽无过，"塌头"下如雨！学徒病，叱曰："孺子敢贪惰？作诳语！"清清河流，鉴别发缕，学徒淘米河边，照见面色如土！学徒自念，——"生我者亦父母！"

（塌头）屈食指以叩其脑也，或作"栗子"。

● 卖萝卜人

刘半农

一个卖萝卜人，——狠穷苦的，——住在一座残庙里。
一天，这破庙要标卖了，便来了个警察，说——
"你快搬走！这地方可不是你久住的。"
"是！是！"
他口中应着，心中却想——
"叫我搬到那里去！"
明天，警察又来，催他动身。

他瞠着眼看，低着头想，撒撒手，踏踏脚，却没说——
"我不搬。"

警察忽然发威，将他撑出门外。
又把他的灶也捣了，一只砂锅，碎作八九片！
他的破席，破被，和萝卜担，都撒在路上。
几个红萝卜，滚在沟里，变成了黑色！
路旁的孩子们，都停了游戏奔来。
他们也瞠着眼看，低着头想，撒撒手，踏踏脚，却不做声！

警察去了，一个七岁的孩子说：
"可怕……"
一个十岁的答道，
"我们要当心，别做卖萝卜的——"
七岁的孩子不懂；
他瞠着眼，低着头想，却没撒手，没踏脚。

• 妇人

康白情

妇人，
骑一匹黑驴儿。
男子拿一根柳条儿，
远傍着一个破窑边底路上走。
小麦都种完了，
驴儿也犁苦了，
大家往外婆家里去玩玩罢。

驴儿在前,

男子在后。

驴背上还横着些篾片儿；

篾片儿上又腰着些绳子。

他们俩底面上都皱着些笑纹。

春风吹了些密语到他们底口里来,

前面一条小溪,

驴儿不得过去了。

他们都望着笑了一笑。

好,驴子不骑了。

柳条儿不要了。

男子底鞋儿脱了,

妇人在男子底背上了,

驴儿在妇人底手里了,

男子在前,

驴儿在后。

●劳动歌

《星期评论》

（一）

你种田；

我织布；

他烧砖瓦盖房子,

哼哼——呵呵——哼哼——呵呵——

作工八点钟——休息八点钟——教育八点钟——

大家要求生活才劳动。

（二）

认识字，

好读书；

工人不是本来粗。

读书，识字，识字，读书。

教育八点钟——休息八点钟——作工八点钟——

大大要求教育才劳动。

（三）

槐树绿；

石榴红；

薄薄衣衫软软风。

嘻嘻——哈哈——嘻嘻——哈哈——

作息八点钟——教育八点钟——作工八点钟——

大家要求休息才劳动。

● 起劲

玄　庐

（一）

"起劲起劲！

起劲做工。"

泪珠儿似的麦，

汗珠儿似的米；

高高兴兴的收了起来，

哭哭啼啼的还了出去。

"起劲复起劲——"

起劲养活几个剥皮敲骨的富家翁。

（二）

"起劲起劲！

起劲做工。"

建筑些高堂大厦；

染织些绸缎呢绒。

"起劲复起劲！"

起劲打扮些少爷奶奶，多多穿些文明种！

（三）

"起劲起劲！

起劲做工。"

哥哥会赶马；

弟弟会拉车；

两个肩窝承轿杠，

一条穷命拼风波。

"起劲复起劲！"

起劲把老爷太太们抬到了，工钱虽少骂声多。

（四）

"起劲起劲！

起劲做工。"

粉笔和黑板，

从春天画到秋，秋天画到冬。

"起劲复起劲！"

起劲制造些资本家的好雇佣。

（五）

"起劲起劲！

起劲做工。"

起早做到黑，

十四五点钟!

"起劲复起劲!"

起劲做到"老"、"死"、"穷"。

　　（六）

"起劲起劲!

起劲做工。"

切断工人颈子上的锁链,

打破资本家所建筑的牢笼。

什么是现实的文明?

把他来"粉碎虚空"。

没有"富",

那有"穷"。

没有"私",

那有"公"。

腕力十分雄,

心花十分红!

"起劲复起劲!"

从来不做国家人种的糊涂梦。

●开差

季　陶

　　（一）

去年今日弄锄头,

今年今日驼炮走。

弄锄头,

得自由;

驼炮走,

赶东赶西不如狗——

　　（二）

家乡遭兵燹,

老娘爱妻被冲散——

一村房屋都烧完。

留下了一个烂泥堆成的土地殿——

　　（三）

桑叶空长树枝头,

没有女工采——

良田荒在东西乡,

没有农夫耕——

一村壮丁只剩三两人——

城头挂出招兵旗,

他也去当兵——

我也去当兵——

　　（四）

张大随营到四川,

听说不久便解散。

我们队长很勇敢,

占了一城又一县。

我也打过几次大冲锋,

抢着皮衣三五件。

可惜当典都当完——

　　（五）

昨夜梦见我的爱妻,

大声呼救在山林里,

下衣撕破上衣单,
头发蓬蓬乱如鬼。
我那七十多岁的老娘呵——
被谁人挪在大树上,
一身的衣服都剥去——
我急忙奔上前,
忽然一阵喇叭声,
吹到我的耳朵里。
原来是队长要开差去——

● 懒惰

季 陶

"老爷呵——大人——
你可怜我这苦命人儿呵;
给我一个铜元,
救我一天的狗命——"

一面语;
一面跑。
磕了几个头,
又爬了起来,
喘吁吁的叫,
急忙忙的奔。
要求老爷大人,
发一个慈悲心。
"蠢材——

你为何不作工?
不作工的人,
应该没有饭——
我有的是钱,
我却不给你好吃懒做的穷光蛋!"

"老爷呵!
我不敢懒惰。
可怜我要作工呵!
又没有人肯雇我!
一天磕了几百个头;
跪了几千步路;
叫了几万声的老爷大人;
这样的工谁愿意做!"

● 农家

玄 庐

"人多好做活,人少好吃食。"
农家村里口头禅,市上居人不识得——
市上有句话,"人多好吃食";
人少食多吃不完,馊缸米饭进猪栏。
猪重百斤值十千,
牵猪上市卖得钱。
农人为何不自吃?
因为完租舍不得。
租钱完了一身轻,

只剩犁头铁耙清清四堵壁!

一家老少駴駴立著坐著不作声,雪上空留钉鞋迹!

● 阿们

季 陶

　　（一）

牧师说:

"肉体的快乐,

不关人类的灵性,

只管作工;

只管忍耐;

困苦的艰难,

都是上帝的命令,

不该反抗。

只要服从;

待你临终时,

自有天使来接引——

阿们!"

　　（二）

出了教堂门,

进到工场里。

一天作了十二点钟的工;

滴了十二点钟的汗;

赚了两角小洋,

买得两升糙米。

这是上帝赐我的——

我应该感谢上帝——
"上帝呵！上帝！！
你这仁慈的恩，
我如何报答你——
只盼你允许我呵——
逃天国去伺候你。
阿们！"

　　（三）
一月、两月、三月；
一年、两年、三年。
吃不饱；
睡不足。
手足成了风湿麻木；
肺管儿充满了微生物；
从前那精壮肥满的肌肉呵——
只剩下几根瘦骨。
"上帝呵！上帝！
我那里敢违反命令，
可怜我浑身是病——
阿们！"

　　（四）
一天不作工，
没有了米；
两天不作工，
没有了衣。
那严厉的房东呵——
他还要硬赶我出门去。

这样繁华的上海呵——
只见许多华丽庄严的教会堂，
竟找不出一个破烂的栖流所——
"上帝呵！上帝！！
你快些儿来接引我呵——
进天国去伺候你！
阿们！"

钱

玄 庐

（一）

从前用的有眼钱，
钱眼中间世界小。
如今改用没眼钱，
一切世界都不见了。

（二）

"为何钱没眼？"
"只怕人心被钱见。"
从前为钱欺了心，
如今连钱都欺骗。

（三）

银枷金锁链，
为的是体面。
从前"有眼没有珠"，
如今有珠没了眼。——原来眼是生在脸上面——

（四）

人说："赚钱用。"

钱在一边笑!

从来只见钱用人,

那见人把钱用掉。

　　（五）

一个锤儿一个锄,

一动一作钱计数。

问他"所得的数给与谁?"

"给你两手空空一事无!"

　　（六）

锤儿东东了!

锄儿麦田翻过秧苗青!

只有钱儿一事不做等于零!

●夜游上海有所见

玄　庐

　　（一）

一个胖子说:

"一日三用力,吃饭用大力。"

一个瘦子说:

"无钱买衣食,困觉当将息。"

　　（二）

求布施! 求布施!

饭馆子前十字路,

汽车去,马车来;来也无数去也无数。

"眼饱肚中饥,口笃心里苦。"

只见得吃醉的人,

靠著车窗狂吐。

唉！"燕窝鱼翅。"

（三）

有讨、讨；有要、要；

三个铜元一顿饱。

冷尖尖的风，黑漆漆的庙，

背贴背儿当棉袄，

糊糊涂涂困一觉。

听说近来抢劫多，

大概他们不会梦见过强盗。

（四）

忽被冷风吹醒了，

瑟瑟缩又困著了！

那一边是谁家的小女儿，

"来嚛！""来嚛！"沿街叫！

（五）

风飕飕，叫声渐渐低，微微带著抖！

一个老婆子站在马路中间，恶狠狠东边张一张又低下头叹了一口气，再望西边溜一溜。

夜夜亮的电光，如何还不把他们的心照透！

此刻没有什么汽车马车出风头了！

只有红庙角里两个叫化子呼！呼！依旧！

● **竹叶** 绎

田　汉

竹叶和松枝，

满街吹得莎莎的响。

春日町的那头,
只看见有些人来往。

从春日町往水道桥,
是一条冷淡的街道:
正在炮兵工场的左边,
行客和街灯一样的少。

这时候有一辆拖货物的空车,
横傍着一间关了门的矮屋,
阶级边躺着一个劳动家,
只唏唏嘘嘘的在那儿痛哭。

只有一盏昏暗的街灯,
照着他那凄凉的面目。
这时候人家都忙着过年,
谁还来照管他的死活!

电车空窿窿的来,
他又空窿窿的去。
炮兵工场的里头,
还辟利啪啦的打个不住!

●种田人（用满江红词调）

玄　庐

（上）
朗朗青天,正好是插秧时节。

看一片平原碧绿、生机活泼。

不料狂风和苦雨，连宵连日无休歇。

把一春辛苦的工夫，完全夺！

（下）

改种罢！种儿缺！

眼睁睁望著天儿著急。

不是天公能作祟，算来都为人工缺。

望收成总要自家来、才能得。

新年词

红色的新年

《星期评论》

（一）

一九一九年末日的晚间，

有一位拿锤儿的，一位拿锄儿的，黑漆漆地在一间破屋子里头谈天。

（二）

拿锤儿的说：

"世间的表面、是谁造成的！

你瞧！世间人住的、著的、用的，

那一件不是锤儿下面的工程！"

（三）

拿锤儿的说：

"世间的生命，是谁养活的！

你瞧！世间人吃的、喝的、抽的，

那一件不是锤儿下面的结果！"

（四）

他们俩又一齐说：

"唉！现在我们住的、著的、用的、吃的、喝的、抽的，都没好好儿的！

我们那些锤儿下面作的工程，锄儿下面产的结果，

那儿去了！"

（五）

鼕！鼕！！鼕！！！

远远的鼓声动了！

一更！二更！好像在那儿说：

工！农！！

劳动！劳动！！

不平！不平！！

不公！不公！！

快三更啦！

他们想睡，也睡不成。

（六）

朦朦胧胧的张眼一瞧，

黑暗里突然的透出一线儿红。

这是什么？

原来是北极下来的新潮，从近东卷到远东。

那潮头上拥着无数的锤儿锤儿，

真要锤匀了锄光了世间的不平不公！

呀！映着初升的旭日光儿，一霎时遍地都红！

惊破了他们俩的迷梦！

（七）

喂！起来！起来！！

现在是什么时代？

一九一九年末日二十四时完结了，
你瞧！这红色的年儿新换，世界新开！

人力车夫

胡 适

"车子！车子！"
车来如飞。
客看车夫，忽然中心酸悲。
客问车夫，"你今年几岁？拉车拉了多少时？"
车夫答客？"今年十六，拉过三年车了，你老别多疑。"
客告车夫，"你年纪太小，我不坐你车。我坐你车，我心惨悽。"
车夫告客，"我半日没有生意，我又寒又饥"。
你老的好心肠，饱不了我的饥肚皮。
我年纪小拉车，警察还不管，你老又是谁？
客人点头上车，"说拉到内务部西！"

人力车夫

沈尹默

日光淡淡，白云悠悠，风吹薄冰，河水不流。
出门去，佣人力车。街上行人，往来很多；车马纷纷，不知忙些甚么？
人力车上人，个个穿棉衣，个个袖手坐，还觉得风吹来，身子冷不过。
车夫单衣已破，他却汗珠儿颗颗往下堕。

● 相隔一层纸

刘半农

（一）

屋子里拢着炉火，
老爷分付开窗买水果，
说"天气不冷火太热，
别叫他烤坏了我。"

（二）

屋子外躺着一个叫化子，
咬紧了牙齿，对着北风呼"要死！"
可怜屋外与屋里，
相隔只有一层薄纸！

● 雨

玄 庐

（一）

许久不下雨，我们正迁居；忙里凑着忙，好在住了雨。

（二）

一滴润道路，一滴润农圃；一滴车夫汗，一滴农夫汗。

（三）

车夫呀苦雨，农夫呀喜雨；只求化作汗，不可化作泪。

（四）

雨也下得好，雨也住得巧；忙里凑着忙，发得要公道。

荐头店 有序

玄 庐

我国没有确定的"职业绍介所",有,就只是"荐头店"一种,专荐妇女受雇佣的。上海的惯例,每荐一次,抽收佣值十分之二。竟有"女子出租,两块钱一日,贱卖不来"的广告,贴在书锦里。(玄记)

(一)

有貌荐貌!貌有手荐!多谢荐头,不贩人口?

(二)

主人爱少年!主妇爱老年!多谢荐头,随口颠倒。

(三)

有儿不哺!去做佣妇!荐头招价!奶娘难雇!乳期终于误!

(四)

童养媳妇,有姑无母。有了荐头门,没有还家路!两块钱一日出租!

云鬓

同德医学一卷一期

清晓整"云鬓"、清晓整"云鬓"。
日中犹未觉髻儿安。
小妹妹又拆开双辫,
等我替他篦头。
将黑压压一把青丝,正向风中吹散。
我颈儿僵,我双臂酸。
我实不耐朝朝费力来战这"云鬓"。
那东家太太、西家小姐,

梳头有娘姨，剔箆有丫鬟。

过午梦回开倦眼，

起傍妆台，细细腻腻直忙到晚。

到晚来还掠丝鬓，还修宝髻，还整花冠。

终年……只整了个"云鬟"。

男儿们一样长头发，

为什么他们一齐剪短。

看他们终年的秃头露顶何等萧闲。

像我们日日的盘鬆①掠鬓，

不必说颈儿僵臂儿酸。

就是每天的工夫，也空糟蹋了一半。

我便要一剪刀剪断这"云鬟"，

那老太婆说："你要做姑子么？这不成了女不女男不男。"

阿哥更说道：女人家横竖闲。

便化了一天半日臭工夫，有甚相干？

你不见欧美文明女子，黄烘烘也有个云鬟。

却是：东家大少！西家小官！

虽然短发，一样的生发水、凡士林、香暴花、梳刷得光油油耀花人眼。

原来头发供人玩，他方恨短一个"云鬟"。

可知道发长发短一样的不相干！

且整"云鬟"且整"云鬟"。

小妹妹！你来！你来！

我替你梳鬓，做你的娘姨。

你替我剔箆，做我的丫鬟。

---

① 鬆为松的繁体。

且整"云鬟"且整"云鬟"。

● 渡江

赵章强

（一）

横渡长江,

江面来了一只破船,

坐着的男女老幼五个人儿,

男的扳着双桨,

女的拿了竹竿,

竹竿上却挂着一个布的袋儿,

小儿有啼的,笑的,老爷哪！老爷哪！喊着的。

（二）

横渡长江,

我们都趁着没蓬盖的渡船,

满载了丘八老爷,

穿的有灰的,黄的,呢的,布的军衣,

戴的有破的,旧的帽儿,形式各有不同,

菜色的脸儿,萎靡的精神,却都是一个样儿。

（三）

横渡长江,

江心泊了一只军舰,

旭日的旗帜触接我的眼帘,

明是中国的内河,

却为何有外国的兵船？

明明是中华的主权,

却为何给外人侵占？
我要问政府，政府不我答！
我要问国民，国民自相杀！
自家不争气，外人何足责！

●敲冰

刘　复

下八度的天气，
结着七十里路的坚冰，
阻碍著我愉快的归路。
水路不得通，
旱路也难走。
冰——
我真是奈何你不得——
我真是无可奈何！

无可奈何，
便无撑船的商量。
预备着气力，
来把这坚冰打破！
冰！
难道我与你，
有什么解不了的冤仇？
只是我要赶我的路，
也不得不打破了你，
待我打破了你，

便有我一条愉快的归路。

撑船的说"可以！"
我们便提起精神，
合力去做——
是合着我们五个人的力，
三人一班的轮流着，
对着那坚苦的，不易走的路上走！

有几处的冰，
多谢先走的人，
早已代替我们打破；
只剩着浮冰在水面上的冰块儿，
轧轧的在我们船底下剡过。
其余的大部分，
便须让我们做"先走的"，
我们打了十搥①八搥，
只走上一尺八寸的路。
但是
打了十搥八搥，
终走上了一尺八寸的路！
我们何妨把我们痛苦的喘息声，
欢欢喜喜的，
改唱我们的敲冰胜利歌。

敲冰！敲冰！

---

① 搥：当为"槌"。下同。

敲一尺，进一尺！
敲一程，进一程！
懒怠者说：
"朋友，歇歇罢！
何苦来？"
请了。
你歇你的，
我们走我们的路！
怯弱者说：
"朋友，歇歇罢！
不要敲病了人，
刮破了船。"
多谢。
这是我们想到的却不愿顾到的！
缓进者说：
"朋友，
一样的走，何不等一等？
明天就有太阳了。"
假使一世没有太阳呢？
"那么，傻孩子！
听你们去罢！"
这就是感谢你。

敲冰！敲冰！
敲一尺，进一尺！
敲一程，进一程！
这个兄弟倦了么？——

便有那个休息着的兄弟来换他。
肚子饿了么？——
有黄米饭，
有青菜汤，
口渴了么？——
冰底下有无量的清水；
便是冰块，
也可以烹作我们一好茶。
木槌的柄敲断了么？
那不打紧，
舱中拿出斧头来，
岸上的树枝多着，
敲冰！敲冰！
我们一切都完备，
一切不恐慌，
感谢我们的恩人自然界。

敲冰！敲冰！
敲一尺，进一尺！
敲一程，进一程！
从正午敲起，
直敲到漆黑的深夜。
漆黑的深夜，
还是点着灯笼的敲冰。
刺刺的北风，
吹动两岸的大树，
化作一片怒涛似的声响：

那便是威权么？

手掌麻木了，

皮也剀破了；

臂中的筋肉，

伸缩渐渐不自由了；

脚也站得酸痛了；

头上的汗，

涔涔的向冰冷的冰上滴。

背上的汗；

被冷风从袖管中钻进去，

吹得快要结成冰冷的冰；

那便是痛苦么？

天上的黑云，

偶然有些破缝，

露出一颗两颗的星，

闪闪缩缩，

像对着我们霎眼：

那便是希望么？

鼕鼕不绝的木槌声，

便是精神进行的鼓号么？

豁剌豁剌的冰块剀船声，

便是反抗者的冲锋队么？

是失败者最后的奋斗么？

旷野中的回声，

便是响应么？

这都无须管得：

而且正便是我们；

不许我们管得。

敲冰！敲冰！
敲一尺，进一尺！
敲一程，进一程！
鼛鼛的木槌，
在黑夜里不绝的敲着，
直敲到野犬的呼声渐渐稀了；
直敲到树中的猫头鹰，
不唱他的死的圣曲了；
直敲到雄鸡醒了；
百鸟鸣了；
直敲到草原中，
已有牧羊儿歌声！
直敲到屡经霜雪的枯草，
已能在嘻微的晨光中，
表暴他困苦的色！
好了！
黑暗已死，
光明复活了！
我们怎样？
歇手罢？
哦！
前面还有二十五里路！
光明啊！
自然的光明，
普遍的光明啊！

我们应当感谢你,

照着我们清清楚楚的做。

但是,

我们还有我们的目的;

我们不应当见了你便住手,

应当借着你的力,

分外奋勉,

清清楚楚的做。

敲冰!敲冰!

敲一尺,进一尺!

敲一程,进一程!

黑夜继续着白昼,

黎明又继续着黑夜,

又是白昼了,

正午了,

正午又过去了!

时间呵!

你是我们唯一的,真实的资产。

我们倚靠着你,

切切实实,

清清楚楚的做,

便不是你的戕贼者。

你把多少分量分给了我们,

你的消损率是怎样,

我们为着宝贵你,

尊重你,

更不忍分出你的肢体的一部分来想他,
只是切切实实,
清清楚楚的做。
正午又过去了,
暮色又渐渐的来了,
然而是——
"好了!"
我们五个人,
一齐从胸臆中,
迸裂出来一声"好了!"
那冻云中半隐半现的太阳,
已被西方的山顶
掩住了一半。
淡灰色的云影,
淡赭色的残阳,
混合起来,
恰恰是——
唉!
人都知道的——
是我们慈母的笑,
是它痛爱我们的苦笑!
它说:
"孩子!
你乏了!
可是你的目的已达了!
你且歇息歇息罢!"
于是我们举起我们的痛手,

挥去额上最后的一把冷汗；
且不知不觉的，
各各从胸臆中，
迸裂出来一声究竟的
(是痛苦换来的)
"好了！"

"好了！"
我和四个撑船的，
同在橙光微薄的一张小桌上，
喝一杯黄酒，
是杯带著胡桃滋味的家乡酒。
人呢？——倦了。
船呢？——伤了。
木槌呢？断了又修，修了又断了。
但是七十里路的坚冰？
这且不说，
便是一杯带着胡桃滋味的家乡酒，
用沾着泥与汗与血的手，
擎到嘴边去喝，
请问人间：
是否人人都有喝到的福？
然而会有几人喝到了？

"好了！"
无数的后来者，
你听见我们这样的呼唤么？

你若也走这一条路,
你若也走七十一里,
那一里的工作,
便是你们的。
你若说:
"等等罢!
亦许也有人来替我们敲。"
或说:
"等等罢!
太阳的光力,
即刻就强了。"
那么,
你真是糊涂孩子!
你竟忘记了你!
你心中感谢我们那七十里么?
这却不必,
因为这是我们的事。
但是那一里,
却是你们的事。
你应当奉你的木槌为十字架,
你应当在你的血汗中受洗礼。

你应当喝一杯胡桃滋味的家乡酒,
你应当从你胸臆中,
迸裂出来一声究竟的"好了!"

•快起来！

险　绵

"鸡叫了！

天亮了！

快起来！"

一个半老的农夫，叫着他的儿子说：

"快到田里去！勤苦才有饭吃，懒惰怎样的还债？"

"鸡叫了！

天亮了！

快起来！"

一个简朴的妇人对着他的丈夫说：

"早饭已经熟了，吃过，你还要到街上去做买卖！"

"鸡叫了！

天亮了！

快起来！"

一个人力车夫立在坑①上对他的伙伴说：

"咱们该拉出去了！但愿今天运气好，莫像昨天那样坏！"

"鸡叫了！

天亮了！

快起来！"

一个青年的学生用清脆的声音叫醒他的兄弟说：

---

① 原书为"坑"，据上下文，应为"炕"。

"赶快上学去！不要误了！你我要知道光阴过去不再来！"

"鸡叫了！
天亮了！
快起来！"
一个灰白脸儿的富官僚同着几家姨太太打牌，
厉声喊着一个爬在椅背上睡觉的可怜女孩：
"死东西！曹太太段太太要走啦！快去叫车夫预备！"
他们临别时，同说"今晚来"。
官僚向着自己的姨太太说：
"宝贝！咱们也该睡了！嗐！我最爱你这将睡未睡的娇态！"

● 三弦

沈尹默

　　中午时候，大一样的太阳，没法去遮阑，让他直晒着长街上，静悄悄少人行路，只有悠悠风来，吹动路旁杨柳。

　　谁家破大门里，半院子绿茸茸的细草，都浮着闪闪的金光，旁边有一段低低土墙，挡住了个弹三弦的人，却不能隔断那三弦鼓荡的声浪。门外坐着一个穿破衣裳的老年人，双手抱着头，他不声不响。

● 山中杂诗

沈兼士

西风大作，温度斗降，桥边散步，写所见。
五更山雨振林木，晨起凉意先上足。
野猫亲人去又来，残蝉咽风断难续。

赤膊小孩抱果筐，晌午桥头彳亍彳亍。
为言"今日天气凉，满筐果子卖不出。
卖不出，不打紧，肚里挨饿可难忍！"

●威权

胡　适

威权坐在山顶上，
指挥一班铁索锁着的奴隶替他开矿，
他说："你们谁敢倔强？"
"我要把你们怎么样就怎么样！"

奴隶们做了一万年的工，
头颈上的铁索渐渐的磨断了。
他们说："等到铁索断时，我们要造反了！"

奴隶们同心合力，
一锄一锄的握到山脚底。
山脚底挖空了，
威权倒撞下来，
活活的跌死！

●周岁——祝晨报一年纪念

胡　适

唱大鼓的唱大鼓，
变戏法的变戏法。

彩棚底下许多男女宾，
挤来挤去热闹煞！

主人抱出小孩子，——
这是他的周岁，
我们大家围拢来，
给他开庆祝会。

有的祝他多福，
有的祝他多寿。
我也挤上前来，
郑重祝他奋斗。

"我贺他这一杯酒，
恭喜你奋斗了一年，
恭喜你战胜了病鬼，
恭喜你平安健全。"

我再贺你一杯酒，
祝你"奋斗到底：
你要不能战胜病魔；
病魔战胜了你！"

●愿意

左学训

莫愁湖边，

华严庵的门前,
一轮破烂的马车在那儿等候。
马是那般消瘦,
腹部两旁撑起无数的骨头,两个眼珠也瞎得几乎没有。
一会儿他的主人往车上一走!
那赶车的人,便拿起鞭儿,向他身上狠狠的抽!
走!走!
可怜的马!你本该走!

● 耕牛

沈尹默

好田多,多黏土;只是无耕牛的苦。
难道这地方的人穷,连耕牛都买不起?
听说来了许多人,都带着长刀子,把这个地方的耕牛,个个都吓死。
吓死几个蓄①生,算得甚么事?
不过少种几亩地,少出几粒米。
好在少米的地方也少人,那里还愁有人会饿死?

● 湖南小儿的话

李剑农

(来函代序)吾兄那首"你莫忘记"的诗实在狠好。因为你那首,我也试作了一首,题曰"湖南小儿的话",是套袭你的那一首的架子并意思。略参些湖南的话,写在后面;请你指教指教。中国诗我向来不能作;外国诗而从没有读过一首。这首诗是我第一回开荒土的产物。你

---

① 蓄:当为"畜"(音 chù)。

若肯切实指教，或者我将来也随诸位诗翁时常胡诌几句。

你看？这个小牙俐（即小孩子），真有些憨气！

我说，我们总要爱国，他就问我：爱国作么哩？

他说那穿黄衣的国军，拷坏了他的爹爹（读如的的），

他说那穿黄衣的国军，吓死了他的挨姐（挨音哀，湖南人呼祖母为挨姐），

他说那穿黄衣的国军，杀了他的哥哥，又逼死了他的姐姐。

我呵他道：

"你不要糊说，

这个你那里怪得——我们的国？"

他又抢说：

他单剩了一个嫂子，又被那穿黄衣的抢着跑了；

他们的院子，都被穿黄衣的烧了；

他的一条命，都是外国人救出来的；

他如今还住在外国人的家里。

我正要把话去驳他，

忽听他哇的一声"呵呀！"

"先生！我们赶……赶……赶快躲！

那对面的街上又发……发……发了火！"

● 幸福的福音

一首新歌，一首甜歌，

朋友们！让我唱把你听：

我们要在地球这块儿建立了我们希望的天堂。

我们要在地球这块儿快乐，

不再忍饥受饿；

忙手所造的,
懒人不得靠着过活。
在地球这块儿有许多面包,
争着人类个个生灵,
也有许多香花与甜果,
还有许多美情与乐趣。

●漂泊的舞蹈家

田 汉

　　前罗吗洛夫王家所属音乐家斯铁巴丽亚夫人（三四）与吕拿小姐（十三）两母女,当革命以前。以 Pianist 与 Dancer 的资格深得俄皇室宠爱。革命后漂泊于西伯利亚广漠之野。旅资且不继,追思昔日圣彼得堡的生活,恍如春梦。昨始于敦贺上陆（到日本）将寻与彼等同事罗吗洛夫皇室的同僚者,两三日前经下关向长崎,所欲托之同僚渺不可见,乃拟向东京,二十六朝到下关,午前九时半东上云。

　　（一）
漂泊！是诗人的生活,是琴师的生活,
是歌女的生活,是舞蹈家的生活,
是一切艺术家生活！
你们是艺术家,
你们营了这种生活——
这种漂泊的生活！
　　（二）
你们经过了西伯利亚？
你们经过了那个广漠之野？
你们是不是母女相扶？迎着那发发的北风？

踏着那漫漫的积雪？

你们穿的衣多不多？

穿的靴热不热？

我呀，你们提取都是苦的记忆？

我这话不该向你们说。

　　（三）

你们从彼德格勃来的？

甚么时候动身的？

你们动身的时候，

俄国皇帝怎样的？

民众运动怎样的？

想那时仓皇兵火之间，

你们吓昏了……也记不起？

　　（四）

想那时候：民众要求的是面包，石灰，

皇室要求的是舞蹈，音乐。

这个两种要求，一生冲突，

想起你们两个，这般沦落！

昨日冬宫的恩宠，

却增了今日难过。

　　（五）

可是，夫人，艺术家的夫人！

艺术的神圣，

是不是在美化（Beautity）人类的心情？

与其以艺术奉事贵族，

何如以艺术救济平民！

民众虽呼："把面包把我们！"

单止有面包也不能生存！！

● 罪恶

田 汉

永安公司的楼头，
吴楚东南的一角——
前不见古人，
后不见来者。
这般辽阔？
虫声，鸟声，人声，电车声，气筒声，万声合奏，
成一种宇宙的音乐。
塔影，树影，屋影，江影，鸟影，烟筒影，
虫影，鸡影，禽影，兽影，人影，非人影，
万影憧憧，
都被那暗沉沉的烟雾裹着。
嘎！你这沉沉的烟雾里，
埋藏着许多罪恶！！
东方已张了黑幕，
西方是夕阳如火，
恐怕夕阳菩萨，
也分不出此间谁是罪恶，谁是自我！
待投将烟雾里去！
看还是罪恶战胜我？
我战胜罪恶？

人力车夫

沈尹默

日光淡淡，白云悠悠，
风吹薄冰，河水不流。
出门去，佣人力车。街上行人，往来很多；
车马纷纷，不知忙些甚么。
人力车上人，个个穿棉衣，个个袖手坐，还觉得风吹来，身子冷不过。
车夫单衣已破，他却汗珠儿颗颗往下堕。

画家

《新青年》 周作人

可惜我并非画家，
不能将一枝毛笔，
写出许多情景。——

两个赤脚的小儿，
立在溪边滩上，
打架完了，
还同筑烂泥的小堰，

窗外整天的秋雨，
靠窗望见许多圆笠，——
男的女的都在水田里，
赶忙著分种碧绿的稻秧。

小胡同口，
放着一副菜担——
满担是青的红的萝卜，
白的菜，紫的茄子；
卖菜的人立着慢慢的叫卖。

初寒的早晨，
马路旁边，靠着沟口，
一个黄衣服蓬头的人，
坐着睡觉，——
屈了身子，几乎叠作两折。
看他背后的曲线，
历历的显出生活的困倦。

这种平凡的真实的印像，
永久鲜明的留在心上；
可惜我并非画家，
不能用这枝毛笔，
将他明白写出。

• 穷人的怨恨

《平民道报》 孙祖宏

（一）
穷人为什么要怨恨呢？
这个富人问我——

我讲道:"你来,我们出去同行,
我将要答你的问。"

　　(二)
现在是晚上,冰冻着街道,
看看是很凄凉——
我们衣服穿得是很完全的了,
但是我们还是觉得冷。

　　(三)
我们遇到了一个老而秃头的人,
他的头发是很少并且是很白;
我问他你为什么要站在外面?
在这种冬天的寒夜。

　　(四)
他讲道:"天气是很利①害的了——
但是在家里又没有火,又没有食;
所以要跑出来,讨一点东西吃吃。"

　　(五)
我们遇着了一个赤足的女孩子,
伊求乞的声音高而壮;
我问伊你为什么站在外面,
在这种大冷风的天?

　　(六)
伊讲伊的父亲在家里,
生病睡在床上;
所以要跑出来,
讨一点面包回家。

————————
① "利",当为"厉"。

（七）

我们遇到了一个妇人，

坐在一块石上休息；

一个婴儿爬在伊的背上，还有一个靠在伊的胸前。

　　（八）

我问伊你为什么要在这里，

当这种冷的天气？

伊回转头来叫那个孩子，

静着不要躁！

　　（九）

后来伊讲伊丈夫的职务，

在远处当一个兵。

现在伊要到那块地方去，

所以沿路的求乞。

　　（十）

然后我回头对着富人看，

他站着了不说话——

你问我穷人为什么怨恨，

这许多人已经答复了你的问！

● 糊涂账

《新生活》一·辛白

七月一日，忽然地五色旗收藏，龙旂①飘荡。

十二天中午，所闻所见的，无非是甚么老臣微臣，甚么天恩圣上，

那滑稽的枪炮，虽然是响了几点钟，这四百万的年金，却依然无恙，

---

① 旂，旗的异体字。

我听说，俄国的枪毙，德国的逃亡，奥国的流放。
同是一样的东西，为什么这个这样，那个那样？
我真算不清这一本二十世纪皇帝问题的糊涂账。

●路上所见

《新青年》六·三·周作人

北长街的马路边，
歇着一副卖豆汁的担；
挑担的老人坐在中间，
拿着小刀慢慢的切萝卜片。
一个大眼睛，红面颊，为双了髻的。
四五岁的女儿，望在他侧面；
面前放着半碗豆汁，
小手里捏了一双竹筷，
张眼看着老人的脸，
向他问些甚么话。
可惜我的车子过得快，
听不到他们的话。
但这景象常在我眼前，
宛如一幅 Raphael 画的天使与圣徒的古画。

●先生和听差

《新潮》一·三·康白情

听差的手和脚，是先生的手和脚；
先生们的事，就是听差的事。

东屋子的先生叫加煤；

西屋子的先生叫淘米；

南屋子的先生叫送信到邮政局；

北屋子的先生又叫扫地。

听差忙乱了一会儿。

西屋子的先生可不乐意了，——

"听差！淘米呢？

闹的干么去了！"

听差回说：

"加着煤呢！

一会儿就去。"

"加煤是事，淘米不是事？

真不是东西！

干不了就去罢！"

有软软的声儿说，

"两只脚！……两只手！……

不要也只索去！"

"去么？——你去！

我有钱买得了鬼挑担！

你去！你去！……"

停了一会儿，只听见厨里浙呀浙的米响，——

再没听见一些些儿人的声气。

●两个扫雪的人

《新青年》六·三·周作人

阴沈沈的天气，

香粉一般白雪,下的漫天遍地。

天安门外白茫茫的马路上,全没有车马踪迹。

只有两个人在那里扫雪,

一面尽扫,一面尽下:

扫净了东边,又下满了西边,

扫开了高地,又填平了洼地。

粗麻布的外套上,已结积了一层雪,

他们两人还只是扫个不歇。

雪愈下愈大了;

上下左右,都是滚滚的香粉一般白雪。

在这中间,仿佛白浪中浮著两个蚂蚁,

他们两人还只是扫个不歇。

祝福你扫雪的人!

我从清早起,在雪地里行走,不得不谢谢你。

●铁匠

《新生活》三·寒星

(一)

叮当!叮当!

清脆的打铁声,

激动夜间沉默的空气。

小门里时时闪出红光,

愈显得外间黑漆漆地。

(二)

我从门前经过,

看见门里的铁匠。

叮当！叮当！

砧上的铁，

闪作雪也似的光，

照见他额上淋淋的汗，

和他宽阔的（是裸着的）胸膛。

　　（三）

我走远了；

还隐隐的听见，

叮当！叮当！

朋友！

你该留心听着这声音，

他永远在沈沈的自然界中激荡！

你若回头过去，

还可以看见几点火花，

飞射在漆黑的地上！

● 雪

《新潮》一·二·罗家伦

往日独登楼，

但见惨淡寒烟，满城昏黑。

如何隔夜推窗，

变得这般清白！

难道是"大老"爱银子的精诚，

感动"老天"把世界变成这样颜色。

还是"老天"不忍地狱沉沉，

也教他有片时的改革。

遥想畅观楼中，陶然亭下，
有人带酒披裘，称心赏雪；
那知道地安门前，皇城根底，
还有人穿着单衣，按着肚皮，震着牙齿，断断续续的叫。

●女丐

《每周评论》三十·辛白

一个三十来岁的妇人，跟着我的车子跑，
口中喊道："老爷！给我一个大！可怜！可怜！"
他一手拿著一枝香烟，一手伸着要钱，
两腿跑个不歇，跑几步，叫一声老爷，吸一口烟。

●两种声音

《新生活》十一·子壮

我住在隆福寺街上，天天听见两种声音。
街前是杀猪，街后是什么兵营。
天明了，两种声音起来了：
一种哀鸣的声音里头，不知道天天要送掉多少性命！
那种浏亮的号声我更是怕听！
因为这几年的荒乱，都是这种呜都都的号声造成！
唉！何日何时，这两种声音才能渐渐的减。

●乡下人

《民国日报》沈玄庐

秋风起，娘儿要添衣，哥儿肚里饥。

忍饥挑了一担菜,

黑早挑向街头卖。

卖菜本来不犯罪。

那里知道要完税?

收税作何用?

罚则翻比菜价贵。

巡丁虎,司事牛,卖菜乡人是只狗,那里用得你开口,不如撇却担儿走!

未到十步便回首,

频频回头看,脚步渐渐慢!

脚步虽慢不敢停,只想强盗发善心,

哥儿真是乡下人。

● 昨日今日

《新生活》四·辛白

（一）

景山之东,御河之北。

我昨日晌午,经过此地,所见的,

粪车,汽车,疲驴,瘦马,

粉面小脚的妇人；翎顶长辫的男子,

井边饮水的车夫,道旁磕头的乞丐,

挂吓人刀的警察,背杀人枪的军人,

又烈日烧肤,狂尘打面。

（二）

景山之东,御河之北。

我今日清晨,经过此地,所见的,

轻云,微雾,残月,疏星,

景山上，翠柏，苍松，杂花，丰草，
御河里，莲叶，莲花，菱芡，苹藻，
几个离巢小鸟，在空际飞鸣，
我一个闲寂的闲人，在树阴缓步。清香扑鼻，凉风吹衣。

（三）

景山之东，御河之北。有昨日晌午？有今日清晨？
我愿我，此生此后若干年，年年若干日，日若干时，时时处处，都是今日清晨，不再有昨日晌午。

●辍了课的第一点钟里

《时事新报》　沫若

（一）

"先生辍课了！"
我的灵魂拍着手儿叫道：好！好！
我赤足光头，
忙向那自然的怀中跑。……

（二）

我跑到松林里来散步，
头上沐着朝阳，
脚下濯着清露！
冷暖温凉，
一样是自然生趣！

（三）

我走上了后门去路，
我们儿……呀！你才紧紧锁着。
咳！我们人类为甚么要自作囚徒？

啊！那门外的海光远远的在那向我招呼！

（四）

我要想翻出墙去；

我监禁久了的良心，

他才有些怕惧。

一对雪白的海鸥正在海上飞舞。

啊！你们真是自由！

咳！我才是个死囚！

（五）

我踏双脚在门上，

我正要翻出监墙。

"先生？你别忙！"

背后的人声

叫得我面儿发烧，心发慌。

（六）

一个扫除的工人，

挑担灰尘在肩上。

他慢慢的开了后门，

笑嘻嘻的把我解放……

（七）

我在这海岸上跑去跑来，

我真快畅。

工人！我的恩人！

我感谢你得深深。

同那海心一样！

•牛

《新潮》一·四　康白情

草儿在前,

鞭儿在后,

那喘吁吁的耕牛,

正担着犁鸢,

贴着白眼,

带水拖泥,

在那里"一东二冬"的走。

"呼！——呼……"

"牛吔,你不要叹气。

快犁快犁,

我把草儿给你。"

"呼！——呼……"

"牛吔,快犁快犁。

你还要叹气,

我把鞭儿抽你。"

牛呵！——

人呵！

草儿在前,

鞭儿在后。

•罗威尔 Lowell 的诗

《时事新报》　吴统续

（一）

有钱人的儿子承受了大厦高楼金银和土地,

他也继承了柔软白白的手，

和怕寒荏弱的身体，

他也弱不胜衣：

我想一想，

这样的遗产，

谁也会不想要的。

　　（二）

有钱人的儿子承受了忧虑；

银行会破产，工场会烧毁，

一朝微风吹起，会社股份归了泡影里；

他的柔软白白的手不能营生计。

　　（三）

贫穷人的儿子承继些什么哩？

强的筋肉强的心，

巩固的气概，同巩固的身体！

两手的力，尽他的本分，

做他有用的劳动和工艺：

我想一想，

这样的遗产，

谁也会想要的。

● 湖南的路上

《平民教育》　俍工

　　（一）

路边的房子，烧的烧，倒了的倒了；

房子里头的人，不知道那里去了；

有许多的田没有耕,有许多的园没有种;

唉,可惜荒废了。

  (二)

"哎哟!……老总,你老人家不要动手,凭你要挑到那里?我总依从你。"

一挑狠重的担子,放在大路边;

两个穿灰衣的,扭住一个小百姓在那里打。

●杂诗两首

《新潮》一·四　顾诚吾

  (一)

我到乡下去,看我家的扩;

觉得山色湖光,在在可爱。

到了坟丁家;他主人却不在;

只见一个孩子,约十二岁的左右。

我同他讲话:"你到过城里么?"

他说:"我到过已有三次了。"

"好玩么?"

"真好玩!来来往往的人,连连络络的不断。"

"我做了城里人,到羡慕你乡下的景致;想来住下。"

他说:"哑,乡下人要耕田;要背柴;你会做么?"

"你怎见得我不会?"

他笑着说道:"你们城里人,只会吃吃白相相。"

  (二)

我到杭州去,恰坐了省长回衙门的一次车;

沿路站了许多的兵警,举着枪,吹着喇叭;

小站小接,大站大接,车行远了,还听见呜呜的余音。

许多同车的体面人,聚作一团,互相谈论!

甲说:"我们今天真是附骥尾!"

乙说:"我们今天可谓自备资斧接省长!"

丙说:"我们怎能够有这样的一日荣!"

丁说:"我也看见举枪;也听见喇叭;便算他们迎接的只是我。"

对面有一个妇人,拿抱在臂上的小孩,耸了两耸说:"好看呀!"

远远的一个座上,也有个妇人说:"那些吹喇叭的,真像个痴子。"

● 鸡鸣

《新潮》一·五　康白情

"哥哥呵!……哥哥呵!……"

几句鸡声,几家从梦中催起。

嫂嫂起来煮饭。

婆婆起来打米。

哥哥起来上坡。(一)

妹妹起来梳洗;

他却老望着镜内要明不白的影儿,

——懒懒地。

又听一声道:"哥哥呵,哥哥呵,"

他说:"天下也有叫不醒的哥哥,——

那里都像我们一家子!"

(一)　四川方言出门农作统叫做上坡。

分类白话诗选卷三

写情类

● 新婚杂诗

胡 适

（一）

十三年没见面的相思，于今完结。

把一桩桩伤心旧事，从头细说。

你莫说你对不住我，

我也不说我对不住你，

且牢牢记取这十二月三十夜的中天明月！

（二）

回首十四年前，

初春冷雨，

中村箫鼓，

有个人来看女婿：

匆匆别后，便轻将爱女相许。

只恨我十年作客，归来迟暮，

到如今，待双双登堂拜母，

只剩得荒草新坟，斜阳凄楚！

最伤心，不堪重听，灯前人诉，阿母临终语！

  （三）

与新妇自江村回至杨桃岭上望江村庙首诸村，及其北诸山。

重山叠嶂，

都似一重重奔涛东向！

山脚下几个村乡，

百年来多少兴亡。

不堪回想！

更不须回想！

想十万万年前，这多少山。这都不过是大海里一些儿微波暗浪！

  （四）

记得那年，

你家办了嫁妆，

我家备了新房，

只不曾捉到我这个新郎！

这十年来，

换了几朝帝王，

看了多少世态炎凉！

锈了你嫁奁中的刀剪，

改了你多少嫁衣新样；

更老了你和我人儿一双！

只有那十年陈的爆竹，越陈偏越响！

（吾自定婚仪，本不用爆竹。以其为十年前所办，故不忍弃。）

  （五）

十几年前的相思，刚才完结。

没满月的夫妻，又忽忽分别。

昨夜灯前絮语,全不管天上月圆月缺。

今宵别后,便觉得这窗前明月,格外清圆,格外亲切。

你该笑我,饱尝了作客情怀,别离滋味,还逃不了这个时节!

● 老洛伯 译

胡 适

(一)

羊儿在栏,牛儿在家,

静悄悄地黑夜,

我的好人儿早在我身边睡了,

我的心头冤苦,都迸作泪如雨下。

(二)

我的吉梅他爱我,要我嫁他。

他那时只有一块银元别无什么;

他为了我渡海去做活,

要把银子变成金,好回来娶我。

(三)

他去了没半月,便跌坏了我的爹爹,病倒了我的妈妈;

剩了一头牛,又被人偷去了。

我的吉梅他只是不回家!

那时老洛伯便来巴结我,要我嫁他。

(四)

我爹爹不能做活,我妈妈他又不能纺纱,

我日夜里忙着,如何养得活这一家?

多亏老洛伯时常帮衬我爹妈,

他说:"锦妮,你看他两口儿分上,嫁了我罢。"

（五）

我那时回绝了他,我只望吉梅来讨我。

又课知海里起了大风波,——

人都说我的吉梅他翻船死了!

只抛下我这苦命的人儿一个!

（六）

我爹爹再三劝我再嫁;

我妈不说话,他只眼睁睁地望着我,

望得我心里好不难过!

我的心儿早已在那大海里,

我只得由他们嫁了我的身子!

（七）

我嫁了还没多少日子,

那天正孤孤悽悽地坐在大门里,

抬头忽看见吉梅的鬼!——

却原来真是他,他说:"锦妮,我如今回来讨你。"

（八）

我两人哭着说了许多言语,

我让他亲了一个嘴,便打发他走路。

我恨不得立刻就死了,——只是如何死得下去!

天啊!我如何这般命苦!

（九）

我如今坐也坐不下,那有心肠纺纱。

我又不敢想着他,

想着他可是一桩罪过。

我只得努力做一个好家婆,

我家老洛伯他并不曾待差了我。

● 春水

俞平伯

（一）

五九与六九，抬头见杨柳。
风吹冰消散，河水绿如酒。
双鹅拍拍水中游；众人缓缓桥上走，
都说："春水来了，真是好气候。"

（二）

过桥听儿啼，牙牙复牙牙。
妇坐桥边儿在抱，向人讨钱叫"阿爷！"

（三）

说道："住京西，家中有田地。
去年决了滹沱口，丈夫两儿相继死；
弄得家破人又离，剩下半岁小孩儿。"

（四）

催军快些走，不听再多听。
日光照河水，清且明！

● 听雨

刘半农

我来北地将一年，今日初听一宵雨。
若移此雨在江南，故园新笋添几许？

•苦——乐——美——丑

林 损

乐他们不过,同他们比苦!
美他们不过,同他们比丑!
"穷愁之言易为工",毕究苦者还不苦!
"糟糠之妻不下堂",毕竟美者不如丑!

•新月与晴海

（一）
儿见新月,
遥指天空。
知我儿魂已飞去,
游戏广寒宫。

（二）
儿见晴海,
儿就学号。
知我儿心正飘荡,
血随海浪潮。

•"不加了……"

康白情

泪呀,血呀,
就是这爱底水。

醉人在爱底河上，
用瓢加水，眼巴巴的望着，
"给我一个波哟！"
但加一瓢，
又加一瓢，
加了无量数瓢，全不见半点儿波起。
水太薄么？
河太广么？
醉人底不才么？
但泪也要干了；
血也要尽了；
醉人仿佛也醒了。
"唉！不加了！"

●南京

左舜生

（一）

南京，
我要和你小别了！
我和你两年的恋爱，
多谢你送给我许多自然的美：
莫愁湖边的柳，
复城桥上的月，
古道的台城，
暮色的钟山，
柳啊，

月啊,

我愿你永久恋着你的湖,

照着你的桥,

我要和你小别了。

　　（二）

南京,

我要和你小别了!

我和你两年的恋爱,

多谢你送给我许多亲爱的朋友:

有的似雨花台畔的石,

有的似扬子江上的水,

有的叫我不能忘记,

有的拖住我的脚了。

让你系着,

让你拖住,

我要和你小别了。

　　（三）

南京,

我要和你小别了!

我和你两年的恋爱,

多谢你送给我许多亲爱的烦恼;

你把烦恼完全交付给我了,

我要和你小别了。

● 别后

郑伯奇

天已大明了,

客已去了,
别后的心情,
何等寂寥!

那繁华热闹的七条五条,
静沈沈的好像死去了;
要没有那三两个少女,
冷清清的在门前打扫。

上八扳,登图山,
早来到喷水池前;
远远的山巅树巅,
射着初日的光线。

林间的树;
带着叶上的朝露,
面着太阳,
微笑吐他的珠玉。
太阳也笑了,
乱吐出清辉的光线,
一半燃着我的心弦,
一半跑上地面。
地面的芳草,
竟像是狂了,
横波,媚着太阳,
含笑,惹人清想。

心花开了！
灵魂笑了！
举头望着太阳；
低头埋着杂想。
我说："太阳！
生命的父亲！
没你的光，
谁还能生存？"

"太阳的光哟！
太阳的热哟！
太阳的 Energie 哟！
重把世界改造哟！"

我的默祷还没有完，
太阳已飘然出林端，
一阵阵的晨风，
吹去断云片片。

那不是冈崎园的广场？
那不是一群青年？
惊破"平安"的长眠；
生命的弹在那里飞扬？

风儿吹着，
树梢儿摆着；
一阵声响了；

弹儿飞了。

飞了，飞上半天空。
好像与太阳竞争，
哗然喊的人声！
迸然坠的球影！

球儿哟！力哟！
生的表现哟！
飞入怀中来哟！
与我接吻来哟！

打破幻想的
钟声远远吹来了。
惊飞诗趣的
现实渐渐展开了。

●送会友魏时珍王若愚陈剑修许楚僧赴欧留学

黄仲苏

宇宙不是生命的海么？
我们都是他的骄子，——
同在那汹涌澎湃的海里驰骋。
这一堆一堆怒溅的浪花中，
恐怕有你，有她，或他，也许有我。

我信，并敢说你们都相信：

友谊的爱力是万能的，
精神是不灭的，
地球的面积也只有这般大，
任凭你们，或我，走遍天涯，那里还有什么"离别"？

世界何尝破晓！
新月已没了，星日也全落了，
她滚起山似的滔天白浪在深厚的黑暗里狂啸。
喂！怎样才打得破这沉闷的寂寞？
人类侮辱的罪恶又如何方能洗涤？

咦！这是什么微光？
原来是她，手里擎着真之灯光在空中摇曳。
听，他呜咽的泣声；看，她羞愧的面容。
这是美的灵魂在那儿颤栗罢！
唉！你们怎样去安慰她的忧愤？
走啊，朋友！……

● 感情之万能

《少年中国》一卷九期

你若于此感情之中全然觉着荣幸，
你可任意地命他一个名，
名他是幸福！名他是心！名他是爱？名他是神！
我看他是名不可名！
感情便是一切；
名号只是虚声，

只是迷绕着天光的一抹烟云。

● **太戈尔** 译
黄仲苏

(一)

当她快步走过我面前的时候，她的裙边碰着我。

从那颗心的无名海岛里来了一阵春之暖气。

轻忽的接触拂过我，一会儿便消减了，好像一片谢了的花瓣在和风里飘荡。

他落在我的心上，如同是她身之叹息和心之低吟一样。

(二)

我跑着好像一只疯了的麝，带着他的香，在树荫里跑。

夜是五月中旬的夜，风是轻和的南风，

我迷了我的路，我彷徨，我寻我所不能得的，我得着我所不寻的。

我的希望之影像，从我心里出来跳舞。

闪耀的幻景流荡不定，

我想牢牢的捉着他，他逃避我，使我迷了路。

我寻我所不能得的，我得着我所不寻的。

(三)

你是薄暮的云，在我梦的天里飘动。

我常用我爱的热诚将你描画，图形。

你只是我的，我独有的，在我无止的梦里寄居人！

你那双足是用我心里希望的霞光染成的玫瑰红色，我斜阳欹斜的拾彀人！

你苦而且甜的唇，是带着我痛苦之酒味，

你只是我的，我独有的，我寂寥的梦里居人。

我用我情欲的荫影，黑了你的眼睛，

我爱我已将你擒著，藏在我音乐的网里。

你只是我的，我独有的，在我不死梦里的寄居人。

  （四）

我不需要索什么，只站在那林边的树后面。

沉闷还是在晨光的眼上，空中的露里。

湿草的懒臭，浮在地上的薄雾里。

至在榕树底下用你的手构着牛乳，温柔新鲜和牛油一样。

至于我只是静静的站着。

我未曾说一句话，这是看不见的鸟在那深林里歌唱。

檬果的花儿落在村间的路上，蜜蜂一个个嗡嗡的唱着来了。

在那塘边，夏肥庙的门开了，讚①佛的人已开始唱他的歌。

盘儿放在你的膝上，你正构着牛乳。

我拿着我的空罐子站在那儿。

我未曾走近你的身旁，

天与庙里的钟声同醒了，

路上的灰尘被牛羊的蹄儿扬起了。

带着他们腰旁唉唉作声的水桶；妇女们从那河边来了。

你的手钏儿钉钉铛铛的响着，乳沫满到瓶外了。

清晨恢复了，我未曾走近你的身旁。

  （五）

一天朝晨在花圈里，一个盲女赠给我一串包在荷叶里的花圈。

我将这花圈挂在颈上，泪儿便到我的眼里来了。

---

① 讚，赞的异体字。

我与她接吻，说道，"你瞎了，任凭花是怎样。
你自己就不知道，你的赠品是多么美丽啊。"

（六）

天已破晓，为什么这彷徨的少年赶着到我的门上来？

我每次进来，出去，走过他面前，我的双眼竟被他的脸儿擒住了。

我不晓得可该和他说话，或是应守沉默，为什么他赶着到我的门上来？

六月的云夜是黑的，天色在秋季里总是软软儿蓝着，春日只是不停的吹着南风。

他每用新鲜的音韵，编他的歌儿，

我完了我的工作，我的双眼已含满了云雾，为什么他赶着到我的门上来？

●除夕

沈尹默

年年有除夕，年年不相同：不但时不同，乐也不同。记得七岁八岁时，过年之乐，乐不可当，——乐味美深，恰似饴糖。

十五岁后，比较以前。多过一年，乐减一分；难道不乐？——不如从前烂漫天真。

十九娶妻，二十生儿：那时逢岁除，情形更非十五十六时，——乐既非从前所有，苦也为从前所无。好比岁烛，初烧光明，霎时结花，渐渐暗淡，渐渐销磨。

我今过除夕，已第三十五，观喜也惯，烦恼也惯，无可无不可。取些子糖果，分给小儿女，"我将已前所有的欢喜，今日都付你。"

● 除夕

胡 适

除夕过了六七日,
忽然有人来讨除夕诗!
除夕"一去不复返",
如今回想未免已太迟!
那天孟和请我吃年饭,
记不清楚几只碗;
但记海参银鱼下饺子,
听说这是北方的习惯。
饭后浓茶水果助谈天,
天津梨子真新鲜!
吾乡"雪梨"岂不好,
比起他来不值钱!
若问谈的什么事,
这个更不容易记。
像是易卜生和白里欧,
这本戏和那本戏。
吃完梨子喝完茶,
夜深风冷独回家,
回家写了一封除夕信,
预备明天寄与"他"!

● 除夕歌

陈独秀

古往今来忽然有我,

岁岁年年都遇见他。
明年我已四十岁,
他的年纪不知是几何?
我是谁?
人人是我都非我。
他是谁?
人人见他不识他。
他为何?
令人痛苦令人乐。
我为何?
拿笔方作除夕歌。
除夕歌,歌除夕。
几人嬉笑几人泣;
富人乐洋洋,
吃肉穿绸不费力。
穷人昼夜忙,
屋漏被破无衣食。
长夜孤灯愁断肠,
团圆恩爱甜如蜜。
满地干戈血肉飞;
孤儿寡妇无人恤。
烛酒香花供灶神,
灶神那为人出力。
磕头放炮接财神,
财神不管年关急。
年关急,将奈何;
自有我身便有他。

他本非有意作威福，
我自设网罗自折磨。
转眼春来，还去否？
忽来忽去何奔波。
人生是梦，
日月如梭。
我有千言万语说不出，
十年不作除夕歌。
世界之大大如斗，
装满悲欢装不出他。
万人如海北京城，
谁知道有人愁似我？

●除夕

刘半农

（一）

除夕是寻常事，做诗为甚么？
不当他除夕，当作平常日子过。
这天我在绍兴县馆里；馆里大树甚多。
风来树动，声如大海生波，
静听风声，把长夜消磨。

（二）

主人周氏兄弟，与我谈天；
欲招缪撒（1），欲造"蒲鞭"（2），①
说今年已尽，这等事，待来年。

---

① 原书如此，应为在选入时漏排原诗注释。

夜已深，辞别进城。
满街军马纷扰；
远远近近，多爆竹声。
此时谁最闲适？——
地上只一个我！天上三五寒星！

●三色花

玄　庐

桃花红，
梨花落。
有人向著桃花笑；
我们却对桃花哭。
从前白旗底下看梨花，
一白如雪万人家；
如今不见梨花面！——
只见桃花含媚向朝霞。
一阵雨，一阵风；
桃花落地便无踪。
"五月一日"天气好，
来看榴花血样红。

●往前门车站送楚僧赴法

志　希

（一）
烁亮的电灯底下，

映着几道闪闪的刀光；
颤巍巍的重门，
对着一片阴悽悽的围场；
楚僧——这是什么地方？
五四以后的一夜，
你在门里，我在场中；
三六以前的一夜，
我进门去，你在场中；——
这都是昏黑的晚上。
可怕的矮树，供我们的藏身；
可怜的带刀人，做我们的侍卫；
那是什么景况；
楚僧！我们今夜相别。——

  （二）

车站的汽灯，
夺去了地上一圈圈朦胧月影；
可恨的汽笛儿声声催人离别。
你握着我的手，
我握着你的手，
却没有半句话说。
放了手，睁睁的凝着眼睛，
睁到车慢慢的移，
那车箱外相招的帽影儿也渐渐淡下去了。
惟见那平常看过去漆黑的烟痕，
远远映着北京城上现出深红的颜色。
楚僧！我们今夜相别！

在上海再送楚僧

志 希

（一）

碧滃滃的天，

按着浑涂涂的水，

中间衬出一缕黑一缕白的烟痕。

白舵士呵！你逆着一阵阵奔涛西向；

楚僧呵！那便是你的前程。

（二）

听说海水能洗爱情，

楚僧呵！愿你净净的一洗，

把你脑筋里龌龊纷扰的祖国影片儿淘去，辨不分明！

落个清新。

（白舵士系楚僧所乘船名）

吊板垣先生

季 陶

（一）

我正拿着一张报纸看，

忽然"板垣退助逝世"几个大字，

接到了我的视线。

瞬刻间的神经，

都被悲哀的感情绕遍。

（二）

可怜你奋斗了六十年，

你的人道精神,

都被那些恶魔践踏完。

我想起你门前冷落的情形,

我很代你不平。

　　（三）

你为的"土百姓",

你要援助"秽多",

你要搭救"非人"。

只造成了一个军国主义的日本。

　　（四）

黑越越的芝公园,

冷清清的旧洋房,

静寂寂的月光,

阴沉沉的钟声,

孤单单的白发老先生。

　　（五）

你的耳聋了！

你的发白了！

执权官人，发财商人,

他们热轰轰的享福,

谁记念你这无权无势的白发老先生！

　　（六）

你是一定要的板垣,

"自由"终是不死的"自由"！

"与"的自由,

不如"求"的自由——

且看：——死的板垣，活的自由。

● 想

玄 庐

（一）

平日我想你，

七日一来复。

昨日我想你，

一日一来复。

今朝我想你，

一时一来复。

今宵我想你，

一刻一来复。

（二）

予的自由，他不如取的自由。

取得的自由，才是夺不去的自由。

你取你的自由，他夺他的自由。

夺了去放在那里；

依旧朝朝暮暮：在你心头，在我心头。

● 悼周淡游

玄 庐

挟带著粉碎虚空的勇气，和创造的可能性。

经一番失败，一番挫折，一番猛进。

前途总是光明，你与我和几个朋友，都能自信。

从你去后：水一程，山一程，

许多周折！许多消息！

只凭那两三封邮信！

大不料纷纷不开的成都城里，忽然一个电报传来，说是淡游毕命！

你当真取完了所需？尽完了所能？

我不信！

只是人世间没有你了！这话更向谁问？

不过我理想中的你是不死的——

死的还是他们那些人！

● 悼黎仲实

执 信

人家说：——

"人人只晓得时间就是金钱；

到了风刀欲断，

丝喘犹悬，

坐垂堂纵有千金，

都买不转百年如电。"

你看四大何曾值一钱，

虽然糟蹋了事业千秋，

到底没有卖也，

你这光茶的贫贱；

你也不要再买也；

这乌兔匆匆几十年。

你除开了看得破的功名，

难道有忘不了的恩怨。

任你享乐怎样凡猥，

神智怎样颓唐，

我知道你一会子吐茧丝缠，

霎时间抽刀水断；

你这吐不出忍不来的痛苦，

都拼摆在你泪涸神枯的两个眼。

你抛弃了将来，

来保护你的从前。

到了今天；

我眼里享自由的仲实早已死了！

心里闹革命的仲实从此冉无更变——

还有那活著便卖了从前的，

比你更可怜！——

●问心

黄仲苏

心啊！你只管着我身体的血之循环，

那儿还该有什么意志和情感，

但是你偏偏又有些知觉？

唉！你的功用究竟是什么？

就是海，他也有一时寂寞！波平浪静，

何能似你这般思潮汹涌，没个安定。

有什么不平：

风也似的长啸在心上飞过，引起了你那不忍听的哀吟！

就是琴，他也要人弹着方才透些弦音；

何能似你这般悲声大放——不绝的长鸣？

你莫非念着那些和你一样烦恼的众生？
但是你力竭声嘶，也要他们肯听！
・・・・・・・

就是月：他也有短时期的完满，
何能似你这般意象亏缺——于"美"不足？
你何所念恋，
一味的对着这物如的世界啼，笑，乞怜？
就是鸟：他倦了，也停了歌唱，止了飞翔。
何能似你这般引吭高歌，长征不倦？
唉！你唱些什么？
你飞向何方？
雪花这样大，你又不是枫叶，
那儿来的秋风便将你吹着战慄？

你可看见那耐寒的老梅，他，
还笑着开花？

我要打破烦闷之狱，你为什么不助？
我未曾狂饮"青春之酒"，你何由而醉？

你病了么；但是光儿还亮着，遍烛宇宙，
你无病么？何苦呻吟？

唉！心啊！
你找着了你的伙伴！〔动，〕
可曾得着你的情人！〔静？〕

•太戈尔 译

黄仲苏

太戈尔是做多情的诗人,他爱他祖国印度,他醉心于东方的文明。他看自然界的花草虫鸟、日月星辰、风雨山水等等如同是不能描写的,纯洁的,隽妙的美之无穷表示,世间唯有这种美,可以引起我们人类于宇宙诚挚而雄厚的爱情。因为太戈尔能观察了解宇宙,并能用音韵描写万象,所以他便成了宇宙的情人,同时也成了宇宙的诗人。他说"美不是语言所表示的,只有音乐是美的语言",但是他的诗可美到极点,可惜我译诗的能力,未能将原诗的美,显出万分之一来。读者如能求之字句之外,或是因着我所译的十几首诗,而引起了研究太戈尔原歌的兴趣,那就使我喜出望外了。

(一)

正当我床边的灯熄灭的时候,我和晨兴的鸟儿都醒了。
我蓬着我的头发,傍着我的窗坐着。
那少年游客在那清晨的玫瑰色雾里正向着这条路走来。
一串珠链挂在他的颈上,太阳的光线射在他的花冠上,他走到我的门前便止了步,并且带着一个迫切的呼声问道:"她在那儿?"因为我十分羞愧,我不能说,少年的游客啊,她便是我。

天已昏暗了,灯还莫有燃着。我随意掠起我的头发。
那少年游客在斜阳的红光里坐着,兵车来了,
他的马在嘴里,喷出许多白沫,他的衣上也有了些灰尘。
他在我门前停了车,并且用他疲乏呼声问道:"她在那儿!"
因为十分羞愧,叫我不能说,"她便是我,困倦的游客啊,她便是我?"

那是个四月的夜里，灯正在我房里点着，

清凉的南风，轻轻的吹过来，多言的鹦鹉，在他的笼里睡着了。

我的衬衣是孔雀喉的颜色，我的外衫是和青草一般绿。

我傍着窗坐在地板上，注目望着那荒凉的街道。

经过那黑夜，我只是低低的吟道："她便是我，失望的游客啊，她便是我。"

　　（二）

一天又一天，他来了就走。

去，我友，从我发上取朵花给他。

如其他要问谁送这朵花，求你不要将我的名儿告诉他，

因为他只是来了就走。

他坐在树下的尘土上，

我友，请你铺一个花和叶的座位在那儿，

他的双眼饱含忧愁，他们也送了些忧愁到我心里来。

他不说他心里有些什么，他只是来了就走。

　　（三）

"到我们这儿来，少年，诚实告诉我们，为什么在你眼睛里有了狂醉？"

"我不晓得我领了什么野莺粟的酒，所以我眼睛里有了狂醉。"

"哦，看啊！"

"是啊，有些人聪明，有些人蠢，有些人注意，有些人毫不留心。自有那眼睛笑，也有那眼睛哭！我的眼睛里有了狂醉。"

"少年，你为什么还站在那树荫底下？"

"我的双足是被我那心的重负拖住了，我底站在那树荫底下？"

"哦，羞啊？"

"是啊，有些人奔走他们的前程，有些人迟钝，有些人自由，有些人受困，——我的双足是被我那心的重负拖住了。"

　　（四）

你不要将你心里的秘密自己严守着，我友，

告诉我，你只秘密的告诉我。

你那样轻笑低吟，不是我的耳，只有我的心能听。

夜深了，屋子也静了，鸟巢里都盛着些美睡，

从可疑的泪里，犹豫的笑里，甜蜜蜜的羞愧和痛苦里，将你心里的秘密告诉我。

（五）

哦，世界啊！我摘你的花，

我将他压在我的心上，那刺戳我痛，

当白昼完毕，天黑了的时候，我才发现那花已痿了，只是痛还留存着。

哦，世界啊！还有许多含着香和骄的花儿到你那儿来。

但是我摘花的时期已过了，黑夜一过，我便没有我的玫瑰花，只有痛还留存着。

（六）

他低声说道："我爱你，抬起你的眼来。"

我轻轻叱他说"你走！"但是他动也不动。

他立在我面前，握着我的手，我说，"离开我！"但是他不走。

他拿着他的脸儿靠近我的耳，我望了他一眼，说声："羞啊！"但是他不动。

他的唇触着我的颊，我战慄①而说道："你太大胆了！"但是他不以为丑！

他插一朵花在我发上，我说，"这是无用的！"但是他还不动。

他从我的颈上取了我的花圈就走，我哭着问我的心道，"为什么他便不回来了？"

（七）

我在路旁散步，我不知道为什么午昼一过，竹枝儿在风里摇曳作响。

斜欹的影儿，用他们伸张的臂膀，挽留那迫促的尾光。

---

① 原文为"慓"，按上下文义应为"慄"。

"可儿斯"也歌唱得倦了。
我在边路散步，我不知道为什么。

水边的茅屋，是被一株高悬的树荫儿遮没了。
有个人正在忙着他的工作，她的手钏儿在那屋角里作音乐的声响，我立在那茅舍前面，我不知道为什么。

狭小的曲路直穿过了许多菜田和许多檬果的树林，
这条路经过那村里的庙和河边的市场。
我立在那茅舍前面，我不知道为什么。

数年之前，那天是个和风三月天。正当那泉水汩汩的声音流得厌倦的时候，檬果花儿落满了一地。
波动的水跳跃，并且打着立，且那在阶旁铜盘。
我想着那个和风三月天，我不知道为什么。

黑影儿深了，牛羊都慢慢的回到他们的圈栏里去。
光儿灰灰的照着那寂寞的草地，村人都立在河边等着摆渡。
我慢慢回转我的步，我不知道为什么。

　　（八）
"你要信托爱，任凭他带了愁来，不要将你的心儿关闭了。"
"哦，否，我友，你的话语是暗昧，我不能懂啊。"

"我爱，心只能带着泪和歌付给别人。"
"哦，否，我友，你的话语是暗昧，我不能懂啊。"

"快乐易消如同是一滴露水，他一笑，便灭了。只有忧愁是坚实而耐久；

让你那含愁的情爱在你的眼睛里醒来。"

"哦，否，吾友，你的语言是暗昧，我不能懂啊。"

"水莲在太阳的光天开了，也就全行谢了，他不能在恒久的冬天雾里保存着花葩。"

"哦，否，吾友，你的语言是暗昧，我不能懂啊。"

　　（九）

告诉我，吾爱！说给我听，你唱些什么。

夜是黑了，星在云里失了，风在树叶里叹息。

我愿散开我的发，我的蓝衫如同夜一般围绕着我，我愿抱着你的头在我怀里，在那甜蜜的沈静里有你心上的忐忑声息，我愿闭着眼听，我将不看见你的脸。

当你的话说了的时候，我们将坐在那儿静静的不动，只有树在黑暗里低声密语！

夜将白了，天将晓了，我们互相注视，便去走我们不同的路。

告诉我，吾爱！说给我听，你唱些什么。

　　（十）

我爱你，吾爱；请你赦了我的情爱。

我像一只迷了路的鸟，被人捉着了。

当我心摇动的时候，他失却他的帷幕，赤条条的无索挂，请你用怜悯遮盖他。吾爱，请你赦了我的情爱。

如其你不能爱我，吾爱，请你赦了我的痛苦。

不要远远的横波盼着我，

我将偷偷的跑到墙角里，坐在那黑暗里。

我将用我的两只手盖没我清白的羞。

请你回过脸去，吾爱，请你赦了我的痛苦。

倘使你爱我,吾爱,请你赦了我的愉快。

当我的心被乐河载走了的时候,请你不要笑我危险的纵情。

当我坐在宝位上用吾爱的专制管束你的时候,当我像个女神用我的傲慢福佑你的时候,吾爱,请你赦了我的愉快。

　　(十一)

在一个梦的黑路里,我去寻找我前生的情人。

她的住屋是在那荒凉街道的尽头,

在那薄暮的轻风里,她疼爱的孔雀,倦倦的立在他的架上。那些鸽子全静悄悄在那墙角里。

她扭小那大门边的灯,立在我的面前。

她抬起她的大眼,望着我的脸,哑声问道:"吾友,你好么?"

我想回答,但是我们的语言已经丢了,忘了。

我想了再想,我们的名字总不到我的心里来。

泪在她的眼里出来,她举起她的右手给我,我握着那手静静的站在那儿。

我们的灯在薄暮的轻风里摇曳,便减①了。

　　(十二)

虽然是黄昏慢步来到,递出记号,停止歌唱,

虽然是你的伴儿已去休息,你也倦了。

虽然是恐惧在黑暗里生育,天的脸儿也将面幕下了。

然而鸟,哦,我的鸟啊,听我讲,不要收叠你的翅膀。

---

① 根据目前泰戈尔通行译本可知此处表达为"熄灭",因此此处"减"字当作"灭"之繁体"滅"字。

那不是林间树叶的荫影,那是海水汹涌,好像是条深黑的蛇。

那不是茉莉花丛的颤抖,那是突起的浪沫。

啊,何处是那有日光的绿岸,何处是你的鸟巢?

鸟,哦,我的鸟,听我讲,不要收叠你的翅膀。

为你没有希望,也没有恐惧。

没有言语;没有叹息,也没有哭泣。

没有家室,也没有安息的床。

只有你自己的一副翅膀,和无路的云天。

鸟,哦,我的鸟,听我讲,不要收叠你的翅膀。

　　(十三)

"我从你那愿意的手得着什么,我不多求别的,"

"是的,是的,我晓得你,虚谦的乞丐,你索取人所全有的,"

"假使有朵定情花,我愿将他佩带在心上。"

"但是如其有刺呢?"

"我愿忍受啊。"

"是的,是的,我晓得你,虚谦的丐,你索取人所全有的。"

"假使你一度举起你的情眼向我望一望,这就使我生命到死后都甜蜜。"

"但是如其只有无情的白眼呢?"

"我愿保存着他们,去碎裂我的心。"

"是的,是的,我晓得你,虚谦的乞丐,你索取人所全有的。"

　　(十四)

你多疑的眼睛是很忧闷,他们想了解我的意义,好像是月要测量海有多么深一样。

我自始至终一点儿不隐藏,不吝啬,裸露我的生命在你的眼前,这就是你不知道我的原故。

如其他只是一块钻石，我能将他打成一百方碎片，穿成一条链儿挂在你的颈上。

如其他只是一朵圆小的香花，我能从他的茎上摘下，插在你的头发里。

但是，无奈他是颗心，我爱，何处是他的界岸，和他的底呢？

你虽然不知道这个天国的界限，你还是他的女王。

如其他是一时的愉快，他能在微笑里开花，你便立刻能看见他，考察他。

如其他单单只痛苦，他将溶化在泪点里，不着言语，反映到最深的密愿里。

但是，他无奈他只是情爱，我爱。

他的痛苦与快乐，都是无边的，他的需要与富源都是无穷的。

他靠近你，如同你的生命一样，但是你从来不能完全了解他。

　　（十六）

这是什么灯熄了？

我怕被风吹灭了，用外衫罩着他，所以灯便熄了。

为什么花瘦了？

我带着热诚的情爱，将他牢牢压在我的心上，所以花便瘦了。

为什么泉干了？

我要用这水，便是泉中设了一个水闸，所以泉便干了。

为什么琴弦断了？

我试弹了一段，他力不胜任的节奏，所以琴弦便断了。

　　（十七）

游客，你该走么？

夜静了，黑暗晕倒在树林里。

灯在窗台里亮着，花还新鲜活泼的眼睛，仍旧清澈。

这是你离别的时候到了么？
游客你该走么？

我们并没有用我们恳求的手臂抱着你的脚，
你的门全开了，你的马备好了，鞍辔在门外等着。
如其我们要阻碍你的行程，只用我们的歌。
我们可会挪你回来，只是我们的眼。
游客啊，我们无法留住你，我们只有眼泪。

什么不灭的火在你眼里作烧？
什么不止的热在你血里狂跳？
什么呼唤从黑暗里来催促你？
黑夜带着封锁的秘密消息，寂静新奇来到你的心里，你在天空的星里考察到什么严肃的符术？

假使你不留意于那些欢会，假使你应有安乐劳瘁的心啊，我们将灭了我们的灯，止了我们的琴。
我们还要在黑暗的碎叶声里，疲倦的月亮，还要射出操白的光线映在你的窗上。
哦，游客，那是什么常醒的精神从半夜的心里来触动你？

● 有希望么

黄　玄

（一）

我忘不了他的美，
但是难于描写。

只记得：他是勇敢，他又是温柔，

他们旷达，他又是多愁。

　　（二）

他别我经年不给音信，

这其间的相思我只有泪洗心。

他忽然归来向我微笑，与我接吻。

他安慰我，他勉励我，一去无踪影。

　　（三）

他是爱的结晶，绝世的美人，宇宙的情！

没有他，谁还能生存？

我正待向着西风问他的归程，

只听得窗外吹起一片秋声……

● 有希望咧！

　　　黄　玄

　　（一）

他说：我来也忽忽，去也忽忽。

何消迎送？

我本不是偶像，

也用不着虔奉。

你们！奔赴前程，努力珍重！

　　（二）

我曾独立空中，

高声大呼，只是唤不醒他们的酣梦；

我如今不撞碎了自由钟，

才听得一片声喧。

叹着说:"痛苦呀!苦痛!"

●赠别魏时珍

黄胜白

穷光棍!我们是无条件的恋爱,
世间哪个不穷?我们到底能爱。
你承认我只有个穷;你又说我浑身可爱。
是否爱的必穷?
是否穷才能爱?
穷光棍!我们元是无条件的恋爱。

●隔海送时珍赴德

黄胜白

(一)

时珍!我敬爱的时珍!
你住在黄海底西岸,
我在黄海底东头,
我们别来早已八年了!
你说你念到我们前日底旧情,
你自暗暗地流了许多眼泪……
哦,神圣的眼泪呀!
我哭我从前做错了人,
你说你只想今后怎样去做人,
你教我把从前的事情抛撇在大西洋海外,
你教我从今以后更创造出个我们的新我来。
哦,这是何等的热爱横溢的赠言呀!

（二）

时珍！敬爱的时珍！

我被你的爱，我被你的热，融化了；

我们当中还有个甚么黄海存在呀！

我们永久是狠真实的好朋友！

我们永久是认快乐的小孩儿！

我们永久要如从前一样地眉飞色舞！

我们永久要如从前一样的露胆披肝！

我们怎么会疏阔？怎么会歧视？

我们的当中何曾会有八年底契别存在呀！

（三）

时珍！我敬爱的时珍！

我正远远地望送着你呀！

你坐船到德国的时候，

那黄海里面底涛声，南洋里面底涛声，印度洋里面底涛声，红海里面底涛声，苏彝士运河里面底涛声，地中海里面底涛声……

都是我送别底涛声呀！

我的灵魂远远地随伴着你，

祝你的健康，祝你的平安，祝你的成功，

祝你做个我国底，全世界底未来的莱蒲泥池。

皋时黑谟和志，阿时特瓦德，

祝你在数学中，自然科学中，哲学中，焕发一段新异底光彩，

祝你在数学史中，自然科学史中，增添出个"时珍"底名字，

时珍！你的前途真是浩荡呀！

大海一样地，学海一样地，浩荡呀！

（四）

时珍！我敬爱的时珍！

你过巴黎，你在前面见着那位沈毅的"思想者"的时候，
你请替我问候他，你说：
"你在怀疑些甚么？踌躇些甚么？等待些甚么？
我们的地球，好像才从母胎里跳出的一般，
已变成了个烈光灿烂的，激动磅礴的，炽热融镕的一团火块。
你快奋起！你快去来！
你快做个二十世纪底新盘古，新耶火华，
努力，开辟，创造呀！"
时珍，我想起你在那时候，
慕韩同太玄一定是在你左右，
你还替我告诉慕韩，告诉太玄，你说：
"我负了他们！
我这个无意识的，
已变成了个人体底原始细胞，
正在分裂着，增殖着，演化着，
看看地要有成个'人'的希望了！"
时珍！你同慕韩太玄相会的时候，
那欢爱底团圆当中，也有我的灵魂存在呀！

• 月

沈尹默

明白干洁的月光，我不曾招呼他，他却有时来照着我；我不曾拒绝他，他却慢慢的离开了我。
我和他有什么情分？

• 四月二十五夜

胡 适

吹了灯儿,卷开窗幕,放进月光满地。

对着这般月色,教我要睡也如何睡!

我待要起来,遮着窗儿,又觉得有一点对他月亮儿不起。

我终日里讲王充,仲长统,阿里士多德,爱比苦拉斯,……几乎全忘了我自己。

多谢你殷勤好月,提起我过来哀怨,过来情思。

我就千思万想,直到月落天明,也甘心愿意!

怕明夜云密遮天,风狂打屋,何处能寻你?

• 他们的花园

唐 俟

小娃子,卷螺发,

银黄面庞上还有微红,——看他意思是正要活。

走出破大门,望见邻家:

他们大花园里,有许多好花。

用尽小心机,得了一朵百合?

又白又光明,像才下的雪。

好生擎了回家,映着面庞,分外添出血色。

苍蝇绕花飞鸣,乱在一屋子里——

"偏爱这不干净的花,是胡涂孩子!"

忙看百合花,却已有几点蝇矢。

看不得；舍不得。

瞪眼看天空，他更无话可说。

说不出话，想起邻家：

他们大花园里，有许多好花。

●窗纸

刘半农

天天早晨，一梦醒来，看见窗上的纸，被沙尘封着，雨水渍着斑剥①陆离，演出许多幻象：——

看！这是落日余晖，映着一片平地，却没人影。

这是两个金字塔，三五株棕榈，几个骑骆驼，拿着矛子的。

不好！是满地的鲜血，是无数肮脏，是赤色的毒蛇，是金色的夜叉！

看！乱轰的是什么？——拍卖场；正是万头钻②动，

人人想出廉价，收买他邻人的破产物！

错了！是只老虎，怒汹汹坐在树林里，想是饿了！

不是！是一蓬密密的髭须，衬着个的面孔，——

好个慈善的面孔。

又错了，他已死，究竟是个老虎！

还不是的；是个美人，美极了。

看！美人为什么哭？眼泪太多了——看！——一滴！——两滴！——一斛！——两斛！竟是波浪滔滔，化作洪水！

看！满地球是洪水，方船也沉没了——水中还有妖怪，吞吃他尸首！

看！好光明！天边来了个明星！——唉！——是个彗星！

---

① 此处应为"驳"。
② 此处应为"攒"。

"朋友！别再看，快发疯了！"
"怎么处置他？"
"扯去旧的，换上新的。"
"换上新的，怕不久又变了旧的。"

• 不过

《新青年》五卷三号

（一）

不过一个小儿罢了；
今天压死在场市的，
但是无涯的天国，
宿他在小心里。

（二）

不过一粒沙罢了；
海的波浪静的，
但是他总占着一个地方，
保持大陆的平衡。

（三）

不过一分钟罢了；
现在想是无用了。
唉！没有这一分钟的链环，
便免去永劫的炼。

• 赠君蔷薇

《新青年》五卷三号

（一）

临别赠君蔷薇一朵，

你快忘了那光景么?

月光照到河上,

露珠宿在花心,

那声音是充满了温柔的爱情;

但是,唉!你的声音错了!

蔷薇是像你的约,

刺是像你的行为。

●冬天

胡 适

冬天是萧萧瑟瑟的来了;

光景自然是暗淡的;

但是比到你的冷酷无情,

这冬天还像夏天一样。

雪遇着了日光;

一刻儿,就融解得没痕迹;

把你的誓约来比较,

那易融的雪,这感看他耐久。

●两个女子

《新青年》五卷三号

(一)

两个女子倾耳听着海涛的声音;——

妹说:"波浪可喜,

碎散时歌着的浪。"

姊说:"那悲音到我耳朵里来,狠觉凄惨。"

　　(二)

两个女子看那坟墓——

一个微笑说:"这是长眠的幸福地;

我能得长眠了,那真是幸福。"

他妹子哭着说道:"呀!救出你的希望;

这样的寂寞!这样的沉郁!"

　　(三)

两个女子注目到人生——

妹说:"这样的美丽,温雅,光明,爱情,意气,真好。"

姊说:"我看争斗得烦恼,太冷酷无趣了。"

　　(四)

两个女子面对面的遇着死神——

姊说:"我心安着,把头放在死神胸间。"

妹说:"他亲一个嘴,就断了我的呼吸;

我一定要跟着那死神吗?"

● 吊姊

　　(一)

三十年你来抚育我,有如慈母。

四年前,求学海外时,

临别语,还在耳;

今日归家,只剩遗影。

追往迹,泪如雨。

　　(二)

记得当时同在申江;

星期日当到校中来：
细问我："要什么？"
　　（三）
独身主义，你今贯彻。
独叹我十九年华，
愁眉未尝一展！
　　（四）
你忍心离了我，
你怎么忍心离了老父！
我想你是不忍去的，
我也不信你真去，
恍惚间，你伴着同坐……

● 如梦令

胡　适

　　（一）
几次曾看小像，几次传书来往，
见见又何妨，休作女孩儿相。
凝想，——凝想，——
想是这般模样！
　　（二）
天上风吹云破，月照我们两个。
问你去年时，为甚闭门深躲？
"谁躲？谁躲？
那是去年的我！"

悼曼殊

刘半农

（一）

这一个死了，

我与他，只见过一次面，通过三次信。

不必说什么"神交十年""嗟惜弥日"，

只觉得他死信一到，我神经大受打击；

无事静坐时，一想到他，便不知不觉说——

"可怜！——"

（二）

有人说他痴，我说"有些像"；

有人说他绝顶聪明，我说"也有些像"；

有人说他率真，说他做作，我说"都像"；

有人骂他，我说"和尚不禁人骂"；

更有人说他是"奇人"，却遭了"庸死"，我说——"庸死未尝不好。"

（三）

只有一个和尚，

百千人看了，化作百千个样子。

我说他可怜，只是我的眼光；

却不知道他究竟可怜不可怜！

（四）

记得两年前，我与他想见，

同在上海一位朋友家里。

那时候：室中点着盏暗暗的石油灯，

我两人靠着窗口，各自坐了张低低的软椅。

我与他谈论西洋的诗,
谈了多时,他并不开口,只是慢慢的吸雪茄。
到末了,忽然高声说:——
"半农——这个时候,你还讲什么诗,求什么学问!"
　　(五)
"犹是阿房三月泥,烧作未央千片瓦。"
这是杭州某人的诗句。
我两人匆匆别了,他有来信说,
"这两句诗做得甚奇。"
又约我去游西湖说:——
"雪茄尚可吸两月,湖上可以钓鱼,一时不到上海了。"

● 恋爱

自然的恋爱,你在什么地方?
明明的月光,对着海洋微笑。

● 虞美人　有序

胡　适

朱经农来书云:"昨得家书,语短而意长;虽有白字,颇极缠绵之致。晨间复得一梦,于枕上书成两词,录呈适之,以博一笑。"经农去国才四月,其词已有"传笺寄语,莫说归期误"之句,于此可以窥家书中之大意也。因作此戏之。

先生几日魂颠倒,他的书来了!虽然纸短却情长,带上两三白字又何妨?可怜一对痴儿女,不惯分离苦;别来还没几多时,早已书来细问几时归!

●病中得冬秀书

胡 适

（一）

病中得他书，不满八行纸。全无要紧话，颇使我欢喜。

（二）

我不认得他，他不认得我。我说常念他，这是为什么？
岂不因我们，分定长相亲。由分生情意，所以非路人。
海外"土生子"，生不识故里。终有故乡情，其理亦如此。

（三）

岂不爱自由？此意无人晓。情愿不自由，也是自由了。

●关不住了 译

胡 适

我说："我把心收起，
像人家把门关了，
叫爱情生生的饿死，
也许不再和我为难了。"

但是屋顶上吹来：
一阵阵五月的温风，
更有那街心琴调，
一阵阵的吹到房中。

一屋里都是太阳光，

这时候爱情有点醉了,
他说:我是关不住的,
我要把你的心打碎了!

"应该"

胡 适

  我的朋友倪曼陀死后,于今五六年了。今年他的姊妹把他的诗文钞了一份寄来,要我替他编订。曼陀的诗本来是我喜欢读的,内中有奈何歌二十首,都是哀情诗,情节很凄惨,我从前竟不曾见过。昨夜细读几遍,觉得曼陀的真情有时被词藻遮住,不能明白流露。因此,我把这里面的第十五,十六两首的意思合起来,做成一首白话诗。曼陀少年早死,他的朋友都痛惜他,我当时听说他是吐血死的,现在读他的未刻诗词,才知道他是为了一种很为难的爱情境地死的。我这首诗也可以算是表章哀情的微意了。

他也许爱我,——也许还爱我,——
但他总劝我莫再爱他。
他常常怪我;
这一天,他眼泪汪汪的望着我,
说道:"你如何还想着我?
想着我,你又如何能对他?
你要是当真爱我,
你应该把爱我的心爱他,
你应该把待我的情待他。"

他的话句句都不错!——
上帝帮我!

我"应该"这样做。

• 送叔永回四川

胡 适

　　叔永走时，我曾许他送行诗。后来我的诗没有做成，他已在上海上了船。不料那只船开出吴淞，忽然船底坏了！只好开进船厂修理。他写信告诉我，说还要住几天。我的诗可不能不做了，遂做成这首诗，寄到汉阳杏佛处等他。

　　（一）
他还记得绮色佳城，我们的"第二故乡"：
山前山后，多少清奇瀑布，
更添上远远的一线湖光；
瀑溪的秋色，西山的落日，
还有那到枕的湍声：夜夜像打秋林一样？

　　（二）
你还记得：
我们暂别又相逢，正是赫贞春好？
记得江楼同远眺，云影渡江来，惊起江头鸥鸟？
记得江边石上，同坐看潮回，浪声遮断人笑？
记得那回同访友，日冷风横，林里陪他听松啸？

　　（三）
这回久别再相逢，便又送你归去，未免太匆匆！
多亏得天意多留你两日，使我做得诗成相送。
万一这首诗赶得上远行人，
多替我说声"老任珍重珍重！"

• 小诗

胡　适

　　有一天我在张慰慈的扇子上，看了两句话："爱情的代价是痛苦的，爱情的方法是要忍得住痛苦。"陈独秀引我这两句话，做了一条随感录，（《每周评论》二十五号）加上一句按语道"我看不但爱情如此，爱国爱公理也都如此。"这条随感录出版后三日，独秀就被军警捉去了，至今还不曾出来。我又引他的话，做了一条随感录，（《每周评论》二十八号）后来我又想这个意思可以入诗，遂用了《生查子》词调，做了这首小诗。

也想不相思，
可免相思苦。
几次细思量，
情愿相思苦。

• 自题《藏晖室札记》十五册汇编

胡　适

从前有怡荪爱你们，
把你们殷勤收起，深深藏好。
于今怡荪死了，谁还这样看待你们？
我怕你们拆散了，故叫钉书的把你们装好。

你们不是我一个人做的：
因为怡荪爱看你们，夸奖你们，
故你们是我为怡荪做的，——
是我和怡荪两个人做的。

怡荪死了，你们也停止了。
可怜我的怡荪死了！

• 十二月一日奔丧到家

胡 适

往日归来，才望见竹竿尖，才望见吾村，
便心头乱跳，遥知前面，老亲望我，含泪相迎。
"来了？好呀！"——更无别语。
说尽心头欢喜悲酸无限情。
偷回首，揩干眼泪，招呼茶饭，款待归人。
今朝，——
依旧竹竿尖，依旧溪桥，——
只少了我的心头乱跳！——
何消说一世的恩未报！
何消说十年来的家庭梦想，都一一云散烟销！——
只今日到家时，更何处能寻他那一声：
"好呀！来了！"

• 送存统赴日本

孙祖基

　　（一）
黄梅时节的雨儿，
黄浦江头的潮儿，
都压迫着叫你去！
你从万恶丛中脱离，

忧闷得遍，

烦恼受尽。

存统——这不是失望！

蔚蓝的天气候着云里！

和缓的波浪停在水底！

　　（二）

黄梅时节的雨儿，

黄浦江头的潮儿，

都压迫着叫你去！

你脱离万恶就是和乐么？

你尝遍苦痛就享福利么？

存统——这也何尝得意！

强盗的军阀候着杀你！

掠夺的财奴停着囔你！

　　（三）

存统——你脱离一切，你总脱离不了世界！

"新社会，就建设在旧组织上，"

你何必失望，

你又何必得意！

你何必停留，

你又何必脱离！

●送存统赴日本

哲　民

黑沉沉的海水，

挟着怒涛：

仿佛怒你，恨你。

碧悠悠的青山，

对着你看，笑容可掬；

他在前面欢迎！

在后面送你！

静悄悄的地球，

南极到北极，看不见一点自然界的美。

东洋，西洋，美在那里？

你到扶桑去游，

是不是目的在求美？

红灼灼的花儿，

把全般的世界映得都通红了。

你行了：排山倒海的革命潮，

好像挟着"血和泪"送你一程。

●送虞裳赴英伦

棘 野

（一）

这沉闷冷酷的社会，好叫人难受。

虞裳！你走了！我也要走了！

南北东西，你先我后；

不知道那年月日又在那儿聚首。

（二）

甚么南洋？甚么欧洲？什么离别？什么聚首？

只可恨我们走了，这社会还是依旧。

听呀！这是甚么声音。

无聊……痛苦……难受……

(三)

我们虽然走了,应该时时刻刻把可怜的呼救,嵌在心头。

奇怪!这呼声,却变了意义了,仿佛是:

努力……奋斗……

●怅惘

柏 柏

只如今我像失了什么,
原来伊不见了!
伊的美在沉默底深处藏着,
我这两日便在沉默里浸着。
沉默随伊去了,
教我茫茫何所归呢?
但是伊的影子却深深印在我心坎里了!
原来伊不见了,
只如今我像失了什么?

●夜

田 汉

旋律的世界?
沉默的大海?
嗫嗫的是甚么声音?
悠悠的是甚么情绪?
我自己也难索解!

像一枝芦叶临风,
时而歌舞,
时而悲哀,
时而惊骇。

● 雁语

田 汉

　　(一)

唉!我飞也飞倦了,
呻呻!我叫也叫哑了。
暗暗的长天,我到何处导一线光明?
漫漫的大地,我到何处寻一宵栖宿?

　　(二)

我今夜还是落在散沙洲?
我今夜还是落在沾土带?
散沙洲,尽在眼帘前,
沾土带,远在青天外!
听说"散沙无情,沾土有爱。"
我不落眼帘前,宁落青天外!

　　(三)

润一润叫哑了的喉,
整一整飞倦了的翼,
叫破这个长空,
飞穿这个大气。
向有爱的地方,寻我的光明。
向有爱的地方,寻我的宿地!

春月的下面（题画）

田 汉

岩头乱垂的落叶，
映着多情的好月；
岩下正临着苍波，
波上也带些儿月色。

岩上如茵的碧草，
坐一个翩翩的年少，
着一件淡红色的衬衣，
罩一身天鹅绒的夹袄。

花是这么热烈的，
他是这么纯洁，
了不觉春寒，
露出胸儿如雪。

独自凄凉的月下，
手抚流青的柔发，
像歌德的访南欧？
像摆伦的哀希腊？

莫提歌德的意国记，
莫歌摆伦的希腊歌，
愿将渺渺的情怀，

托之脉脉的微波。

波面春风片片，
吹动爱神的琴线，
仿佛一声声，
"相见争如不见。"

●电火光中

沫　若

（一）

怀古！Baikal 湖畔之苏子卿

电灯已着了光，
我的心儿却怎这么幽暗着？
我一人在市中徐行，
我恍惚想到了汉朝底苏武。
我想象他身披一件白羊裘，
毡巾覆首，毡裳，毡履，
独立在苍莽无际的西北利亚荒原当中。
背后有雪潮一样的羊群随着。
我想像他在个孟春底黄昏时分，
正待归返（穹庐），
背景中贝加尔湖上的冰涛，
与天际底白云波连山竖。
我想象他向着东行，
遥遥地正望南翘首；
眼眸中含蓄着无限的悲哀，

又好像犹有一毫的希望燃着。

　　（二）

观画——Millet 的《牧羊少女》

电灯已着了光，

我的心儿还是这么幽暗着！

我想像着苏典属底乡思，

我步进了街头底一家画贾。

我赏玩了一回四林湖畔底风光，

我又在加里弗尼亚州观望瀑布……

哦，好幅理想的画图！理想以上的画图！

画中人！你可不便是苏武？

一个野花烂缦①的碧绿的大平原，

在我面前展放着。

平原中也有一群归羊，

收羊的人！你可便是苏武么？苏武！

你左手持着的羊杖，

可便是你脱了旄的汉节么？苏武！

你背景中也正有一带水天相连的海光，

可使是贝加尔湖，北海么？苏武！

　　（三）

赞像！Peethouen 底肖像

电灯已着了光，

我的心儿也觉得这么光灿着！

我望着那弥尔奔底画图，

我又在 Cosmos Pictures 中寻检着！

圣母，耶稣底头，抱破瓶的少女……

---

① 今作"烂漫"。

在我面前翩舞。
哦，悲多汶！悲多汶！
我怎么却把你来寻着？
你乱发蓬蓬，力泉流着。
你白领高张，雪涛涌着！
你额如狮，眼如虎！
你好像是"大宇宙意志"底具体表著！
你右手持着铅笔，左手持着音谱。
你笔尖头上正在倾洒"音之雨"。
悲多汶呀！你可在听写甚么？
我好像是在听着你的Sympnonieo。

● 哭儿

侣　琴

我这首诗可以算是无韵诗，也可算是"讲白话"。"秋"是吾儿的小名，他在一九二〇年三月念一日死于外家。

（一）

秋！
你张着眼去的，
为什么闭着眼回来！
你去的时候笑盈盈，
为什么回来的时候只听得一路哭声？
我从前因为要看书作文；
你来问字，我常讨厌。
到如今我要你来问字，
教我那儿来找你？

（二）

秋！

记得去年在中学授课的时候，我尝对学生说：

"你们这些字还不记得！

我的儿今年不过六岁，

英文虽没有学过，却是 D，O，S 等都可识得；还说得出 Shapehond；

还懂得 Moon 与 Bat 是什么……"

去年寒天，我和你借同川读书；

我作文，你写字；

你读中华新国文，我读斯巴哥与托尔斯太的著作；

我天天说几句简单的说话，你把他作成了句子抄在练习簿上面。

记得有一天，你的舅舅来看我，

你正独自抄书。

他看见了，就对我说：

"小学生总要到三四年级才可以独写，

秋生读书还不满一年，已经可以自动啊！"

我把你的练习簿翻给他看，

他还称赞你一回。

　　　（三）

秋！

你的死，有人说是天命；

有人说是恶鬼作祟；

有人说是神道无灵。

我却不骂神，不怨鬼，也不信天命。

你的死决不是神，鬼，和天命的责任；

只是人的责任。

不是父母养护的不周，

便是医生的耽误；

虽是炼丹求仙，

总得不到不死之药；

然而不到衰老时期，决没有必死之病。

我不恨神和鬼，

也不怪医生，

我只恨现在的社会！

　　（四）

秋！

你真是死了没有？

还是我做梦吗？

如果是梦，这梦却恨长了。

这梦中的情形我还十分清楚，

好像我午前十时从吴江回同里，

晚上十时你已死了；

好像我和你舅舅，

半夜里哭回章家浜，敲开家门；

好像接你还来的时候，

阖家大小哭个不了；

好像隔了两日，

你就棺殓了；

好像你棺殓的时候，

我还检出玩物七八样装汝棺内；

好像临殓的时候，

我还亲你的颊，觉得温润柔软一如平时；

好像头七，二七，

明天已经是你死后的第三七了；

好像清明日我和汝叔伴汝睡眠的老妈子,
到你的殓舍来哭你;
好像我真当你死,
哭儿诗也作好了。
究竟是梦呢?
非梦呢?
巴不得睁眼一看,
我和你仍在一块!
巴不得逃脱这个梦境,
还到真实的世界!
天!
我真心要,并且十分愿意要脱离这个梦的世界,
还到我本来的真实的世界!

●送若愚时珍赴柏林剑翰赴巴黎

舜 生

你们去,你们都去,你们去看;
看卑斯山前,莱茵河畔,
现在是什么天地?
深深的战壕里,还有没有死者底血与骨?
繁华的巴黎市,有没有孩子们想着他的哥哥对着他那妈妈哭?
残废的壮夫,凄凉的少妇,
可是憔悴呻吟满街走?
唉!你们在这种愁惨的天地,
不要忘了自己家里苦难的姊妹兄弟!

你们去，你们都去，
我耐不过枯寂，我也将去，
但我今年还不去，
请你们把我这捏着一团子的相思带将去！

● 窗外

康白情

窗外的闲月，
紧恋着窗内密也似的相思。
相思都恼了，
他还涎着脸儿在墙上相窥。
回头月也恼了，
一抽身儿就没了。
月到没了，
相思倒觉得舍不得了。

● 风的话

俞平伯

白云粘在天上，
一片一团的嵌着堆着。
小河对他，也板起灰色脸皮不声不响。
枝儿枯了，叶儿黄了；
但他俩忘不了一年来的情意，
愿厮守老丑的光阴，安安稳稳的挨在一起。
白漫漫云飞了；

皱叠叠波起了；

花喇喇枝儿，叶儿掉了。

听哪！那边！

呼呼，呼呼，

不做美的！……不做美的！……

叶儿花花的风前乱转，

还想有几秒钟的留恋；

只是灰沙卷他，车轮碾他，马蹄儿踹他，

没有法儿懒洋洋的跟着走，

推推拥拥住住行行越去越远。

几枝瘦骨光光的枝儿，留在风中摇动。

他心里直想：

好时光远了，披风拂水的姿容久已消散，

就是几瓣黄叶儿也分手别离。

风啊！无情的你！

我要问你，为什么？

好朋友！我是永远如此的；

没有恨着谁，没有爱着谁，

只一息不息的终年流转。

向前！向前！

我的事！我和你——他们大家的事！

河岸头几尺高的枝杈我天天见你，

现在成了似伞般的大树；

不该谢我吗？

我曾经催你发新，助你成长，

才有今天的你；

忘了我吗？

我本无心也不为你,
你莫谢我莫怨我。
只那无穷尽的自然,运转周流的造化,
高高笼罩我和你。
你谢——谢他!
怨——怨他!
痴人!想守着你的朋友,
终老在枯槁的生涯。
真能够?真愿意?
前边。——摆列着无尽的春夏,无尽的秋冬。
努力去呀!莫误了自己的生长!
我走我的路;你走你的。
朋友!再见!
风儿呼呼的,
枝儿索索的。

● 爱情

《新潮》一·五·骆启荣

大雪满天飞,路上行人绝。
贫妇抱儿道上行,儿在母亲怀里泣。
贫妇向儿道,"宝宝没要哭,爸爸给你买饼吃。"
孩子停住哭,向着妈妈笑。
贫妇见儿笑,低头和儿亲个嘴。
他们虽穷苦,终有母子的爱情。

送客黄浦

《新潮》二·一·康白情

(一)

送客黄浦：
我们都攀着缆——风吹着我们的衣裳，——
站在没遮栏的船楼边上。
黑沉沉的夜色，
迷离了山光水晕，就星火也难辨白。
谁放浮灯？——仿佛是一叶轻舟。
却怎么不闻挠响？
今夜的黄浦，
明日的九江。
船呵，我知道你不问前途，
尽着直奔那逆流的方向！
这中间充满了别意，
但我们只是初次相见。

(二)

送客黄浦：
我们都攀着缆——风吹着我们的衣裳，——
站在没遮栏的船楼边上。
看看凉月丽空，
才显出淡妆的世界。
我想世界上只有光；
只有花；
只有爱！
我们都谈着——

谈到日本二十年来的戏剧，

也谈到"日本的光，的花，的爱"的须磨子。

我们都相互的看着，

只是寿昌有所思，

他不曾看着我，

也不曾看着别的那一个。

这中间充满了别意，

但我们只是初次相见。

　　（三）

送客黄浦：

我们都攀着缆，——风吹着我们的衣裳，——

站在没遮栏的船楼边上。

四围的人籁都寂了，

只有他缠绵的孤月，

尽照着那碧澄澄的风波，

碰着船毘里绷垅的响。

我知道人的素心；

水的素心，

月的素心———一样。

我愿水送客行，

月伴我们归去。

这中间充满了别意，

但我们只是初次相见。

分类白话诗选卷四

写意类

● 一念 有序

胡 适

今年在北京，住在竹竿巷。有一天，忽然由竹竿巷想到竹竿尖。竹竿尖乃是吾家村后的一座穷高山的名字，因此便做了这首诗。

我笑你绕太阳的地球，一日夜只打得一个回旋；

我笑你绕地球的月亮，总不会永远团圆；

我笑你千千万万大大小小的星球，总跳不出自己的轨道线。

我笑你一秒钟走五十万里的无线电，总比不过我区区的心头一念。

我这心头一念；

才从竹竿巷，忽到竹竿尖，

忽在赫贞江上，忽到凯约湖边；

我若真个害刻骨的相思，便一分钟绕遍地球三千万转！

● 鸽子 译

沈尹默

空中飞著一群鸽子，笼里关著一群鸽子，街上走的人，小手巾里还兜著两个鸽子。

飞著的是受人家的指使，带着哨儿翁翁央央，七转八转绕空中飞，人家听了欢喜。

关着的是替人家做生意，青青白白的毛羽，温温和和的样子，人家看了欢喜；有人出钱便买去，买去喂点黄小米。

只有手巾里兜着的那两个，有点难算计。不知他今日是生还是死；恐怕不到晚饭时，已在人家菜碗里。

●最后的请愿　　译

《少年中国》一卷九期

（一）

知道我们的要求，却不知道我们的能力。

我们的兄弟啊！听我们怎么说：——

自然的兄弟，冲动的兄弟，情热的兄弟，痛苦的兄弟，

你们的脉管藏我们的罪，我们的脉管流你们的血。

或者第一在你的琼宫，或者最后在我的茅屋。

至贫也好，极贵也罢，我们通是人类！

永却的正义，代我们宣告！

这们的要求是不是极少；

"我们弄饭把你吃，

我们弄钱把你使，

请你分给我们的成，

请你还一还我们的礼。"

（二）

你们岸上有田身上有钱，我们舍死挣得来的"新富"又归你们得，

我们就只得了这点儿可怜的"施与"，

支持这副精神的身体和凄怆的精神吗？

当我们的精神一天天的狂暴起来，

又常常为这个"明日如何到"的面包问题，所苦的时候，

我们只有死亡之一法——像我们许多朋友所做的一样，

否则便只有奋勇当先杀出个死地，

向你们高声叫道：

"我们弄钱把你们使，

我们弄饭把你们吃，

请你分为我们的成！

请你还一还我们的礼！"

　　（三）

我们的要求决不会涉于激急！

你只给我们应得的食粮和土地：

给我们的权利使我们平等，自由，——

莫让我们像现在这个样子，只看应该如何而已。

倘若我们多得一点儿钱，你们少造一点儿罪孽。

我们的男孩子一定很正经，女孩子一定很纯洁！

哦，我觉得你们是束缚我们的心思，

遂你们的大欲，

你且听我们暴烈的主张，颠狂的告诉；——

"我们弄钱你们使，我们弄饭你们吃，

请你们分给我们的成！

请你们还一还我们的礼！"

　　（四）

现在虽然"时间"是你们的朋友，

请你们听，听了请答复！

否则到了世界末日上帝会答复我们的；

否则上帝一忍不住气，
我们便是他削就了的武器；——
否则上帝的脚踏在你的颈根上，
不许你再来利诱威压，
宣告你的命运告终，
依上帝的裁判叫你死在人民报怨的鞭下！
"我们弄饭你们吃，
我们弄钱你们使，
请你们分给我们的成！——
请你们还一还我们的礼！"

● 骂教会

*《少年中国》*一卷九期

这们多人没地方睡去，
你们教会有甚好？
他们的怨恨这们深，
谁还能听你们的祷告？
我所以流我的血舍我的身，
愿望他们一律都有面包和美酒；
你们得了的厚赐还不了，
并我赐他们的，都归了你所有！

　　（二）

你们怎么不知道，你们已经知道，
你们应该为你们的兄弟去作工，
正像我为你们作工一样，
因为：既然你们都是兄弟，

那么，便"明若观火"；
就每人应该为别人作工；
不应该千百人为着一个；——
那些懒入骨髓的高等游民：
如果要我听他们的祷告，
只有去"凿井而饮，耕田而食"！
便是天下第一条的正道！
我也没有甚么新奇的话和你们说，
都是我平日常说过的话；
但是你们把教堂建筑在人家的白骨上，
又偷了他们的美酒面包你们来吃，
你们这些扯谎的叛徒恶汉，
"额壳上却捧着我的名字，
只顾在你们兄弟的死上去生。
却不知我曾为救你们兄弟去死！"

● 黄蜂儿 译

周无若

一个黄蜂儿，跌在水里。
他挣扎着飞；飞起来，还是跌在水里。
水流得很慢，很得闲，夹着一叠一叠的树影。
黄蜂儿很着急，只是挣扎着望上飞；但只在水里。
翅子已湿了，再也飞不起来，只在水里乱转。
脚上的花糖儿，是他们盼望的。
他觉着很痛心，都已经被水冲散了。
虽然望着见岸，他却只在水里乱转。

不知道他为甚么？——生命么？工作么？

可怜水推着他走，经过了一叠一叠的树影。

他歇一歇又挣扎，但他还是在水里。

呵，好了！前面排立着许多水草了。

但是，黄蜂儿，他却不动了。

●春又来了　译

黄仲苏

近午的时候，我独自坐在一块草地上，面对着那画里的钟山不晓得想些甚么；明媚是苍天，软软儿铺着几片娇嫩（懒）的白云；太阳很和暖的晒着我；——蔼然可亲的望着我；一阵阵清凉的东风，掠着我的头发，轻轻的吹过去。

那边来了三个穿破衣的小孩子，竞走，跳跃，跑到那路旁抢着去拾煤屑。一个最小的孩子被他们挤着朝天倒了，露出他那玫瑰似的面庞，映着红艳的阳光。他一壁哭着，一壁慢慢的又重行爬起来，拭着泪微笑。一个经冬复苏的小虫儿，斜着翅膀，缓缓的飞来。不巧风大了，他支持不住，便撞在我的手上，落在地上乱跳。

自由的画眉儿，躲在一株靠近我坐处的树上，便尽他悦耳的声腔，唱些赞美自然的歌儿，他忽然纵身飞去，一根干梢的枝儿，就被他折断了，落在我的腿边。

我抬头望去，看见那树上的嫩枝儿已在茁芽了。枯黄的草地，也一样杂了几堆青草了。

●送许德珩杨树浦　译

康白情

（一）

打呀！罢呀！

呼声还在耳里。
但事还没做完,
你不要去了。
但世界上那里不应该打?
又何必一处?
"暴徒"是"破坏"底娘;
"进化"是"破坏"底儿,
要得生死,
除非自己做娘去!
奋斗呵!——
努力,加工,永久!

　　(二)

"有征服,无妥协。"
我们不常说么?
牺牲的精神;
创造的生命。
哦!你不要跟着;
你但领着;
他们终归会顺着!
奋斗呀!——
努力,加工,永久!

　　(三)

送你一回;
送你一回;
又送你一回。
前门外细腻的月色,
水榭里明媚的波光,

怎敌得杨树浦这么悲壮的风雨!
笛呀,轮呀,喧声呀,
都仿佛在烟嶂里雄着嗓音喝道,
"好呀!别呀!"
楚僧
前途!珍重!
"楚僧!
楚僧!楚僧!
斯——唪——"

●题女儿小蕙像 译

刘半农

你饿了便啼,饱了便嬉,
倦了思眠,冷了索衣;
不饿不冷不思眠,我见你整日笑嘻嘻。
你也有心,只是无牵记;
你也有眼耳鼻舌,只未着色声香味;
你有你的小灵魂,不登天,也不堕地。
啊啊,我羡你!我羡你!
你是天地间的活神仙!
是自然界不加冕的皇帝!

●苹果树

夫 公

南山里一棵大苹果树,

树上聚了一群猴子，

唧唧喳喳好像在那里会议。

老猴子说：

"这树结了无数的果子，

我们占住他，

不让别人来。

一辈子还愁没有吃的吗？"

忽然一日飓风到了，

大树连根拔起。

轰然一声，

一群猴子都落地。

老猴子又说：

"他倒了由他倒，

北山里也有这样的树；

我们快些找去罢。"

●宰羊

沈尹默

羊肉馆，宰羊时，牵羊当门立；羊来芈芈叫不止。

我念羊，你何必叫芈芈？有谁可怜你？

世上人待你，本来无恶意，你看古时造字的圣贤，说你"祥"，说你"义"，说你"善"，说你"美"，加你许多好名字，你也该知道他的意：他要你，甘心为他效一死！

就是那宰割你的人，他也何尝有恶意！不过受了几个金钱的驱使。

羊！羊！有谁可怜你？你何必叫芈芈？

你不见邻近屠户杀猪半夜起，声猪凄惨，远闻一二里，大有求救意。那时人人都在睡梦里，那个来理你。

●落叶

沈尹默

黄叶辞高树，翩翩翻翻飞，大有惜别意。
两三小儿来，跳跃东西驰，捉叶叶堕地。
小儿贪游戏，不知怜落叶；旁人冷眼看，以为寻常事。
天公不凑巧，雨下如流泪，一雨一昼夜，叶与泥无异；黏人脚底下；践踏无法避。
如叶有知时，旧事定能记。未必愿更生，春风幸莫至。

●老鸦 有序

胡 适

六年十二月十一日，重读伊伯生之《国民公敌》戏本，欲作一诗题之。是夜梦中作一诗，醒时乃并其题而忘之。出门，见空中鸽子，始忆梦中诗为"咏鸦与鸽"。然终不能举其词，因为补作成二章。

（一）

我大清早起，
站在人家屋角上哑哑的啼。
人家讨嫌我，说我不吉利；——
我不能呢呢喃喃讨人家的欢喜！

（二）

天寒风紧，无枝可栖，
我整日里飞去飞回，整日里挨饥。——
我不能替人家带着鞘儿翁翁央央的飞，

也不能叫人家系在竹竿头，赚一撮黄小米！

● 大雪

沈尹默

小雪封地，大雪封河。
封河无行船，封地无余粮。
无行船，乘冰床。
无余粮，当奈何？

● 灵魂

刘半农

　　（一）
灵魂像飞鸟，世界像树枝；
枝在世界中，鸟啼枝上时。
　　（二）
一旦起罡风，毁却这世界；
枝断鸟还飞，半点无牵挂！

● 雪

沈尹默

丁巳腊月大雪，高低远近，一望皆白；人声不喧哗，鸟鹊绝迹。
理想中的仙境，"琼楼""玉宇""水晶宫阙"，怕都不如今日的京城清洁！
人人都嫌北方苦寒，雪地冰天，我今却不愿可爱的红日，照我眼前。
不愿见日，日终当出。红日出，白雪消，粉饰仙境不坚牢！可奈他何？

●梦

唐　俟

很多的梦，趁黄昏起哄。

前梦才挤却大前梦时，后梦又赶走了前梦。

去的前梦如墨，在的后梦墨一般黑；

去的在的仿佛都说，"看我真好颜色"，

颜色许好，暗里不知，

而且不知道，说话的谁是？

暗里不知，身热头痛，

你来你来！明白的梦！

●爱之神

唐　俟

一个小娃子，展开翅子在空中，

一手搭箭，一手张弓，

不知怎么一下，一箭箭射着前胸。

"小娃子先生，谢你胡乱栽培！

但得告诉我：我应该爱谁？"

娃子着荒，摇头说："唉！

你是还有心胸的人，竟也说这宗话。

你应该爱谁，我怎么知道。

总之我的箭是放过了！

你要是爱谁，便没命的去爱他；

你要是谁也不爱,也可以没命的自己去死掉。"

●桃花

唐 俟

春雨过了,太阳又很好,随便走到园中。
桃花开在园西,李花开在园东。
我说:"好极了!桃花红,李花白。"
(没说:桃花不及李花白。)
桃花可是生了气,满面涨作"杨妃红"。
好小子!真了得!竟能气红了面孔。
我的话可并没得罪你,你怎的便涨红了面孔!唉!花有花的道理,我不懂。

●"赫贞旦"答叔永　有序

胡 适

　　叔永昨日以五言长诗见柬,"已见赫贞夕,未观赫贞旦。何当侵晨去,起君从枕畔"之句,作此报之。
"赫贞旦"如何?听我告诉你:——昨日我起时,东方日初起。返照到天西,彩霞美无比。赫贞平似镜,红云满江底。江西山底小,倒影入江紫。朝霞渐散了,腾有青天好。江中水更蓝,要与天争姣。休说海鸥闲,水冻捉鱼难。日日寒江上,飞去又飞还。何如我闲散,开窗面江岸。清茶胜似酒,面包充早饭。老任倘能来,和你分一半。更可同作诗,重咏"赫贞旦"。

心影

光　佛

（一）

太阳没了"月亮爸爸"，拜也拜不出。
疏疏淡淡闪闪烁烁的几个星儿，
硬要把人射住。
呀！你的光太小了。
透不过我的窗眼儿，照不进我的心坎儿。

（二）

我那"爱之神"只有"面团团的圆饼"，
除了他我也再没有第二个灵魂。
无论是天南地北，四海九州，
我遇着他总是连忙招手，
他见着我也是微微一笑点头，
我是半点儿不觉得含羞。

（三）

我爱——你来了！
我浑身通亮，全是借得你的光；
就是有时候我化成无数的粪灰尘，
我永远忘不掉你那可爱的面庞。
你快儿上——你慢慢儿晃——
你多变几个花样——
我热腾腾的甜心总不会冰凉。
喂！——你为什么一声儿不响？

（四）

陡的一阵狂风，一朵乌云，重重卷起；

又加上半空中一个霹雳，

震得人肝胆都碎；

我看不见你，

是你用不着我？是我顾不得你？

（五）

呀——这是甚么地方？

四围都是血一般的浪。

太平洋？印度洋？大西洋？……

是不是你闹的玩意？

是不是你变的把戏。

你到真有趣。我呢？

（六）

我到底舍不得你，我四处找你。

我不知道奔过了几千万里；

好容易到那里：

仍然是找不着你的半点踪迹。

你元来到处有人欢迎；

我想你一定在此地，

这是顶热闹的伦敦！

这是顶艳丽的巴黎！……

（七）

风也息了，云也散了，浪也退了，电也不闪了，

你还是找不着。

连一线儿亮都不肯给我。

这样空洞洞黑漆似的房子呵，——

四面都是高墙厚壁。

那来的血腥气？那来的汗臭气？

但是我一想到你：

这腥臭都变成世界上真善美，

你是我的救主上帝。

  （八）

我分明在那红潮大海中，——

这里又是些什么胡同？

是不是你用魔术幻我来？

是不是我正在病"单相思"做"春婆梦"？

那不是金晃晃晶湛湛的一颗"宝星"？

为什么一刹那变成了"珊瑚顶"？

绣上"嘉禾"又刻上"虎斑文"！

咳！我知道——这都是你的化身！——

  （九）

我几回梦里听见你唤我的小名。

说我爱：——你不要痴迷，你且罢休。

爱之神是平等的，是博爱，是自由。

不是你一个人能够私有，能够消受。

你若是真爱我呵，——

我的化身是"八个钟头"……

  （十）

我急忙想话来答应：

无奈我头不能摇，口不能开。手也不能伸，一身冷汗将我惊醒。

元来我是睡在一个破鼓中呵！

但是我心头总永久留着你的团圆影……

（注：湖州人叫银元作"月亮爸爸"）

●烦闷的烦闷

光　佛

（一）

从一千九百十二年起热烘烘闹到于今，

到底是怎么一回事？

有人说："我们只是争闲气。"

有人说："争闲气还是第二层，

那第一件只是要抢面包吃。"

我想面包也吃不了几何，闲气也争不尽。

到平白接连陪了许多人，断送了许多性命。

但是大家都向这条路上狂奔，拼命前进不朝后退。

这中间定有一番道理。

（二）

许多活着的上帝说："死了快乐，生的苦恼……"

苦恼是人人都能感觉，都能领略。那快乐，除了死的，更有谁人知道？

不管是轰轰烈烈，是惨惨凄凄，是缠绵宛转，是痛快淋漓……那莫须有的灵魂，总归是一样的。

（三）

他的大梦没有醒，

你又来闭眼朦胧的睡，

昏昏沉沉一声也唤不应。

那赤烈烈的光呵，——

几时才化作千点万点的明灯，

照见眼前的十八层八百由旬[①]！

[①] 由旬，古印度量度名词。梵文 Yojana，以帝王行军一日的距离为一由旬，据《大唐西域记》记载，一由旬大约三十华里。

(四)

这是人生的究竟！新陈代谢的必然！
生了总归要活，活了总归要老，
老了总归要死，死了就万事都完。
用不着号啕痛哭！用不着眷恋流连！
尽管放手踏步，做极乐世界的先锋，
那后面还有多少新鲜活泼的青年，
却是从来有什么人能够回头看？

(五)

看！看！那空中飞雁；
一阵阵春来北向，秋后又归南。
他也似乎知道，"人间到处有青山。"
却为着赶热趋炎，终不得安闲；
这便是他的更可怜。

(六)

甚么长青苔的石碑上，绿班的铜像，全是假的！
那里是他？那里又是你？
一口气不来，大家都是赤条条地。
那里会见着世界虚空？那里会踏着山河大地？
那里去争闲气？那里去找面包吃？

(七)

但是这样一死，就完了事。
为什么大家还要面包吃？
为甚么大家还要争闲气？
到底是怎样一回事？
到底是怎样一番道理？

•冰雪的终局

平　陵

一泓悠悠的清水，
在那小池子里灙灙的流。
时时皱起绿波，
荡来荡去，真个自由——

蓦他①里起了一夜的北风，
池面上铺满了一层的冰，
水是自由惯了，那堪被冰盖住，
在下压得好气闷——

抵抗不能；
呼冤无门。
没有法子，被征服了；
可怜那自由的清魂——
一刹那间，天公起了新变化；
大雪下来，又盖住了冰。
好呵！压服你的也来了，
这真是上帝底好报应！——

"冰！你这微弱的粉片，也想来干涉我吗？"
雪却微微的笑道：
"你放肆极了！

---

① 根据上下文，此处疑"地"错排为"他"。

受些我底管束也好!"
咦! 虽是强硬,也没奈何!
反被那微弱的东西,压服得——乒乓——咭喇——继续地在下哀号。
那自由的清魂,受着那重重的压迫。
又欢喜! 又苦脑①!

俄而太阳来了,救死的光明来了!
射在那黑越越地球上,把势力圈里头底黑幕,
照得烁亮,熔得雪消冰解。
冰啊! 雪啊! 你到那里去了!
只见那一泓悠悠的清水,
仍在那小池子里灇灇的流,
时时皱起绿波,
荡来荡去,还你自由。——

在旁有株瘦骨珊珊的老梅看破了这个圈套;
不禁叹口气道:
"痴呵! 痴!
你们本是同根生;
何必如此! 何苦如此!"

● 偶像

玄 庐

一个凶神恶煞,
一个笑眯眯的观音菩萨,

---

① 此处应为"恼"。

你说他两个相貌两样——

应当各有心肠？

原来两个都是偶像，

两个偶像在那里说话？

你何必管他说什么？

只要把偶像打破，

呵！呵！！偶像打破。

云与波

蔚 南

母亲住在云里的人唤我道：——

"我们从醒的时候玩起，直到一天完了，

我们与太阳玩耍，还要与月亮玩耍。"

我问道："但是，我怎么能到你们这块儿呢？"

他们答道："到地球的边来，伸起了你的手，向着空中，

你就可以升入云中了。"

我说："我的母亲在家里等着我的，我怎么好离了他来呢？"

他们就笑笑浮去了。

但是我知道有比那再好的游戏。母亲：

我做云，你做月亮，

我将双手，来遮没你，那么我们的屋顶便是青天。

住在水里的人唤我道：

"我们一天到晚唱着歌，我们一路过去不知经过了什么地方。"

我问道："但是，我怎么能与你们一块儿呢？"

他们对我说道："到海边来，立着，紧闭你的眼睛，那么你就能在波上走了。"

我说:"我的母亲常望我夜间坐在家里——
我怎么可离了他走呢?"
他们就笑着去了。
但我知道比这种游戏再有好的。母亲:
我做波浪,你做了不知名的海岸,
我便冲着卷来,混着笑声冲碎在你的膝上。
那么,世上没有人知道我们两个正在那里?

● 淘汰来了

大　白

　　（一）
回头一瞧,淘汰来了!
那是吞灭我的利害东西哪!
不向前跑,怎的避掉!
待向前跑,也许跌倒!
唔!就是跌倒:
挣扎起来,还得飞跑!
要是给他追上:
怎禁得他的爪儿一抓,牙儿一咬!

　　（二）
唉!淘汰阿淘汰!
你为什么苦苦的追上来!
你要是追得慢点儿,
我还不妨偷点儿懒。
你如今追得这样紧,
我没法儿只有努力的向前进。

唉！都是你苦苦的追上来，
累得我欲罢不能，
还要惹人家称奇道怪！

　　（三）

淘汰说：——
"你别怪我！
你还得谢我拜我！
要不是我苦苦的追上来，
你进步怎的这样快！——
啊！我却要怪你了！
要都像你这样的拼命向前跑，
我怎的得一饱！"
你瞧：
"倒是那倒行逆施迎上我来的糊涂东西好！"

●石头和竹子

康白情

莹净的石头，
修雅的竹子，
他们在一块儿：
一般的可爱，分不出甚么高下。
但有时竹子的秀拔，还胜过石头的奇峭。

哦，看呀！
拜哟！拜哟！
竹子都拜到风的脚下！

不拜的是石头。
他头上的细草摇摇吹动,
越显出他轩昂的气度。

接着一阵的雨,
欢喜冷浴的石头,
竹子倒可怜得不像了。

翻了晴了,
太阳出来了,
他们仿佛又都抿着嘴笑了。

●毁灭 有序

执 信

　　读胡适之先生诗,忽忆天文学家言:吾所见星光有数千年前所发者,星光入吾人眼中时,星或已灭矣。戏成此诗。

一个明星离我们几千万亿里;
他的光明却常到我们的眼睛里;
宇宙的力量几千年前把他毁灭了,
我们眼睛里头的光明还没有减少。

你不能不生人,
人就一定长眼睛。
你如何能够毁灭,
这眼睛里头的星!

一个星毁灭了，
别个星刚刚团起。
我们的眼睛昏涩了，
还有我们兄弟我们的儿子！

●忏悔的人格　有序

　　一个旧朋友，从前本是为人道进过几多贡献的人，可怜后来因为许许多多的复杂原因，走到人格堕落的个路上去。因为人格的堕落，又感受了许许多多的痛苦。近来忽然有一封信给我，当中有几句话说："近一年来，大有觉悟：誓愿此生竭力尽量，改造社会。无论能力够不够，效果有没有，总抱定宗旨努力向前做去。绝不再做政客的生涯。"我接到这封信，心里十分的感谢，十分的快活。也不免了十分的感伤。我把这封信给一个朋友看，他说："这固然很好，但是还要看他的将来如何。"我听了这位朋友的批评，再把那位旧朋友的信一字一字的又看了几遍，我总狠赞美很感谢很敬重他这忏悔的人格。我默默的祝福他，希望他努力显现他忏悔的人格，同时就可以用徼格的显现力，荄除这位朋友所加的那种批评。他还有一首诗，我觉得也很深刻很沉痛，现在把他写在下边。季陶。

黑沉沉的房屋，
四围上下不见一星儿光。
我似睡非睡似醒非醒的，
眼前不知道是什么境界：
只觉得孤寂，速闷，恐怖，凄凉。
我待要翻身，
好像有个毛茸茸的怪物在身上压著。
拼尽力量，与他底抗，

挣扎①了好半天,
一动也动不得!
血管也胀满了,
汗珠也出来了。
铛!铛!铛!铛!铛!
壁上的钟正敲了五响;
方才压住我的东西那里去了,
翻过身来,定神一看,
牌子上已微微的现著白光。
太阳呵!你快些出来呵!
有你的光明照着:
可怕的黑暗境界,也就再不敢出现了。

● "姓"甚

玄 庐

（一）

问他:"姓甚么?"
他说:"我姓三画王。
我母姓黄,祖母汤!
曾祖母唐,高祖母梁!
还有高高曾祖母他姓张!
太高祖母是姓章。"
问他:"为何不姓王章张梁唐汤黄?"
他说:"我父我祖曾祖都姓王。"
原来他是宗父姓,

---

① 根据上下文,推测此处"札"疑为"扎"。

不知有母亦天性？

若是依人身体之"血本"，

究竟一人该姓甚？

　　（二）

"杀父犹可乃杀母？"

比之禽兽犹不如；

不废父姓废母姓，

难道女子血与人殊？

项伯赐姓刘，

郑成功姓朱，

同姓有寇仇，

异姓或兄弟。

"图腾"符号谁能记？

人间转眼千百年，

何以解绎现在的国旗？

●狂风

赵章强

　　（一）

狂风呼！呼！呼的到，

好像很得意的怒号。

黄浦江中，

苏州河上，

来来去去的小船，

东歪又西倒；

"伙计们！快点靠！加劲的摇！"

（二）

狂风呼！呼！呼的到，

好像是很得意的怒号。

灰纱满天塞，

断草满天飘，

路上蹜①颈的行人，

"冷呼！苦呀！"且叫且逃。

　　　（三）

狂风呼！呼！呼的到，

好像是很得意的怒号。

我笑你只一时威福，

我更不怕你丝毫，

我有我的目的地，

我只愿向前的饱。

●树与石

陈建雷

河岸边生了一枝小小的树，

却被一块石头架住了；

树在底上压得透不出气，

气呼呼的叫道：

"石儿！倘若我被你压坏了，我恐怕你也当落水了。你永久的住在水里，没有人来拔起你。那时你全身冷得不堪，我的新枝儿却生出来了。"

---

① 当为"缩"。

疑问

康白情

（一）

燕子！

回来了？

你还是去年底那一个么？

（二）

花瓣儿在潭里；

人在镜里；

她在我底心里！

只愁我在不在她心里？

（三）

滴滴琴泉，

听听他滴的是甚么调子？

（四）

这么黄的菜花！

这么快活的蝴蝶！

却为什么我总这么——说不出？

（五）

的油油绿韭畦中，

锄着几个蓝褂儿的庄稼汉。

知道他们是否也有了这些个疑问？

• 人与时

唐俟

一人说：将来胜过现在。
一人说：现在远不及从前。
一人说：什么？
时道：你们都侮辱我的现在。
从前好的，自己回去。
将来好的，跟我前去。
这，这什么的？
我不知道你说什么。

• 戏孟和

胡适

这个说："我出了好几次'险'，不料如今又碰着你。"
那个说："我看你今番有点难躲避。"
这个说："我这回就冒天大的险，也甘心愿意。"
我笑你俩儿不通情理。
就有了一分欢喜，若不带一分儿险，还有什么趣味？

• 活动影戏

《新青年》五卷三号

小儿跟着父亲去看影戏，
影戏里面——悲——喜——哀——乐——都有的。

小儿说:"我像活了一百岁,
各种境遇都尝到。"
父亲说:"唉!世间那有不像戏的事情呢?"

● 小河呀!

《新青年》五卷三号

小河呀!小河呀!
你为甚么流得这样急?
好好的去想想流罢,小河呀!

● 三溪路上大雪里一个红叶

胡　适

我行山雪中,抬头忽见你!
我不知何故,心里很欢喜;
踏雪摘下来,夹在小书里;
还想做首诗,写我欢喜的道理。
不料很难此理写①,抽出笔来还搁起。

● 蝴蝶

胡　适

两个黄蝴蝶,双双飞上天。
不知为什么,一个忽飞还。
剩下那一个,孤单怪可怜;

---

① 原句语序似为"不料此理很难写"。

也无心上天，天上太孤单。

●他思祖国也

胡 适

你心里爱他，莫不说爱他。
要看你爱他，且等人害他。
倘有人害他，你如何对他？
倘有人爱他，更如何待他？

●论诗杂记

胡 适

（一）
"黄昏到寺蝙蝠飞，……芭蕉叶大栀子肥。"
此是退之绝妙语，何须"涂改清庙生民诗？"
（二）
"学杜真可乱楮叶"，便令如此又怎么？
可怜"终岁秃千毫"，学像他人忘却我！

●希望 绎

胡 适

要是天公换了卿和我，
该把这糊涂世界一齐都打破，
要再磨再炼再调和，
好依着你我的安排，把世界重新造过！

● 乐观 有序

胡 适

《每周评论》于八月三十日被封禁，国内的报纸很多替我们抱不平的，我做这首诗谢谢他们。

（一）

"这柯①大树很可悲，

他碍着我的路！

来！

快把他斫倒了，

把树根也掘去了。——

哈哈！好了！"

（二）

大树被斫做柴烧，

树根不久也烂完了。

斫树的人很得意，

他觉得很平安了。

（三）

但是那树还有许多种子，——

很小的种子，裹在有刺的毂里，——

上面盖着枯叶，

叶上堆着白雪；

很小的东西，谁也不注意。

（四）

雪消了，

---

① 应为"棵"。

枯叶被春风吹跑了。
那有刺的壳都裂开了，
每个上面长出两瓣嫩叶，
笑迷迷的好像是说：
"我们又来了！"
　　（五）
过了许多年，
坝上田边，都是大树了。
辛苦的工人，在树下乘凉；
聪明的小鸟，在树上歌唱，
那斫树的人那里去了？

● 看花

胡　适

院子里开着两朵玉兰花，三朵月季花，
红的花，紫的花，衬着绿叶，映着日光，怪可爱的。
没人看花花还是可爱；但有我看花，花也好像更高兴了。
我不看花，也不怎么；但我看花时，我也更高兴了。
还是我因为看见了花高兴，故觉得花也高兴呢？
还是因为花见了我高兴，故我也高兴呢？——
人生在世，须使可爱的见了我更可爱，须使我见了可爱的我也更可爱！

● 上山

胡　适

努力！努力！

"努力望上跑!"

我头也不回,
汗也不揩,
拼命的爬上山去。

"半山了!努力!
努力望上跑!"

上面已没有路,
我手攀着石上的青藤,
脚尖抵住岩石缝里的小树,
一步一步的爬上山去。

"小心点!努力!
努力望上跑!"
树桩扯破了我的衫袖,
荆棘刺伤了我的双手,
我好容易打开了一线路爬上山去。
"好了!上去就是平路了!
努力!努力望上跑!"
上面果然是平坦的路,
有好看的野花,
有遮阴的老树。

但是我可倦了,
衣服都被汗湿遍了,

两条腿都软了。

我在树下睡倒,
闻着那扑鼻的草香,
便昏昏沉沉的睡了一觉。

睡醒来时,天已黑了,
路已行不得了,
"努力"的喊声也灭了。……

猛省!猛省!
我且坐到天明,
明天绝早跑上最高峰,
去看那日出的奇景。

● 一颗遭劫的星　有序

胡　适

　　北京国民公报响应新思潮最早,遭忌也最深,今年十一月被封,主笔孙几伊君被捕。十二月四日判决,孙君定监禁十四个月的罪。我为这事做这诗。

热极了!
更没有一点风!
那又轻又细的马缨花须,
动也不动一动!

好容易一颗大星出来;

我们知道夜凉将到了：——
仍旧是热，仍旧没有风，
只是我们心里不烦躁了。

忽然一大块黑云，
把那颗清凉光明的星围住；
那块云越积越大，
那颗星再也冲不出去！

乌云越积越大，
遮尽了一天的明霞；
一阵来风，
拳头大的雨点淋漓打下！

大雨过后，
满天的星都放光了。
那颗大星欢迎着他们，
大家齐说"世界更清凉了！"

●我的儿子

胡　适

我实在不要儿子，
儿子自己来了。
"无后主义"的招牌，
于今挂不起来了！

譬如树上开花,
花落偶然结果。
那果便是你,
那树便是我。
树本无心结子,
我也无恩于你。
但是你既来了,
我不能不养你教你,
那是我对人道的义务,
并不是待你的恩谊。

将来你长大时,
莫忘了我怎样教训儿子:
我要你做一个堂堂的人,
不要你做我的孝顺儿子。

●你莫忘记 有序

胡 适

　　此稿作于六月二十八日,当时觉得这诗不值得存稿,所以没有修改他。前天读太平洋中劫余生的通信,竟与此稿如出一口,故又把丢了的改了一遍,送给尹默、独秀、玄同、半农诸位,请你们指正指正。

我的儿子,我二十年教爱国,——
这国如何爱得!……
你莫忘记这是我们国家的大兵,
强奸了三姨逼死了呵馨,

逼死了你妻子，枪毙了高升……
你莫忘记：是谁砍掉你的手指，
是谁打死你的老子，
是谁烧了这一村……
嗳哟，……
火就要烧到这里，
你跑罢，莫要同我们一齐死！
回来
你莫忘记：
你老子临死时，只指望快快亡国；
亡给哥萨克亡给普鲁士——都可以；——总该不至——如此……

●光海

沫　若

无限的大自然，
简直成了一个光海了。
到处都是生命的光波，
到处都是新鲜的情；
到处都是诗，
到处都是笑：
海也在笑，
山也在笑，
太阳也在笑，
地球也在笑；
我同阿和，我的嫩苗，
同在笑中笑！

翡翠一样的青松,
笑着在把我们手招。
银箔一样的沙原,
笑着待把我们拥抱。
我们来了。
你快拥抱!
我们要在你怀儿的当中,
洗个光之澡!
一群小学的儿童,
正在沙中跳跃:
你撒一把沙,
我还一声笑;
你又把我推翻,
我反把你揎倒。

十五年前的旧我呀,
也还是这么年少。
我住在青衣江上的嘉州,
我住在至乐山下的高小。
至乐山下的母校呀!
你怀儿中的沙场,我的摇篮,
可也还是这么光耀?
唉!我有个心爱的同窗,
听说今年死了!

我契己的心友呀!
你蒲柳一样的姿风,

还在我眼底留连,
你解放了的灵魂,
可也在我身旁欢笑?
你灵肉解体的时分,
念到你海外的知交,
你流了眼泪多少?……

哦,那个玲珑的石造的灯楼,
正海在上光照,
阿和要我登,
我们登上了。
哦,山在那儿燃烧,
银在波中舞蹈,
一只只的帆船,
好像是在镜中跑,
哦,白云也在镜中跑,
这不是个海呀?……生命底写照?

阿和!那儿是青天?
他指着头上的苍昊。
阿和!那儿是大地?
他指着彼岸的洲岛。
阿和!那儿是爹爹?
他指着空中的一只飞鸟。
哦哈!我便是那只飞鸟!
我便是那只飞鸟!
我要同白云比飞!

我要同帆赛跑！

你看我们那个飞得高？

你看我们那个跑得好？

●巨炮之教训

沫 若

（一）

博多湾的海上，

十里松原底林边，

有两尊俄罗斯底巨炮，

幽囚在这日本已十有余年，

正对着西比利亚底天郊，

比着肩儿遥遥望远。

（二）

我戴着春日底和光，

来在他们的面前，

横陈在碧荫深处，

低着声儿向着他们谈天。

（三）

"幽囚着的朋友们呀，

你们真是可怜！

你们的眼儿恐怕已经望穿？

你们的心中恐怕还有烟火在燃？

你们怨不怨恨尼古拉斯？

忏不忏悔穷兵黩战？

思不思念故乡？

想不想望归返？

（四）

"幽囚着的朋友们呀,

你们为什么都把面皮红着?

你们还是羞?

你们还是怒?

你们的故乡已改换了从前底故步。

你们往日底冤家,

却又闯进了你们的门庭大肆屠戮,

可怜你们西比利亚底同胞

于今正血流漂杵。

…………"

　　　（五）

我对着他们的话儿还未道全,

清凉的海风吹送了些睡眠来,

轻轻儿地吻着我的眉尖。

我刚才垂下眼帘,

有两个奇异的人形前来相见。

一个好像托尔斯太,

一个好像列宁,

一个涨着无限的悲哀,

一个凝着坚毅的决心。

　　　（六）

"托尔斯太呀,哦!

你在这光天化日之中,

可有甚么好话教我?"

　　　（七）

"年轻的朋友呀,你可好?

我爱你是中国人。

我爱你们中国底墨与老!

他们一个教人兼爱,节用,非争;

一个倡道慈,俭,不敢先的三宝。

一个尊'天',一个讲'道',

据我想来,天便是道!"

"哦,你的意见真是好!"

　　(八)

"我还想全世界便是我们的家庭,

全人类都是我们的同胞。

我主张朴素,慈爱的生涯;

我主张克己,无抗的信条。

也不要法庭;

也不要囚牢;

也不要军人;

也不要外交。

一切的人能为农民一样最好!"

"哦,你的意见真是好!"

　　(九)

"唉!我可怜这岛邦底国民,

眼见太小!

他们只知道译读我的糟糠,

不知道率循我的大道。

他们就好像一群猩猩,

只好学着人底声音叫叫!

他们就好像一群疯了的狗儿,

垂着涎,张着嘴,

到处逢人乱咬!"
　　（十）
"同胞！同胞！同胞！"
列宁先生却只在一旁酣叫,
"为自由而战呀！
为人道而战呀！
为正义而战呀！
最终的胜利总在吾曹！
至高的理想只在农劳！
同胞！同胞！同胞！……"
他这霹雳的几声,
把我从梦中惊醒了。

●努力

柏　香

河的中流,
　一着渔船荡着。
桨师坐在船头,
　两眼向天望着。

"呀！天变了,
　风暴给我撞着！……
看他两横风狂,
　只好划开船让着！"

容你让么?

船身儿不住的前后躺着，
"不让了！"
尽向波头上飏着…
船呢？
往前了，和波涛抢着！
"有趣啊！有趣啊！"
桨师口中唱着。

沸腾的浪花里，
忽隐忽现的两枝桨儿荡着。
哦！远了，远了，
只见一点黑影儿一起一落的漾着！

努力！努力！
你们自己的世界，你们在创着！
努力！努力！
直到死了，在洪流里葬着！

● 赤裸裸

沈尹默

人到世间来，本来是赤裸裸，

本来没污浊，却被衣服重重的裹着，这是为什么？难道清白的身不好见人吗？

那污浊的裹着衣服，就算免了耻辱吗？

●解放

《新妇女》一·一　默园

（一）

解放在大海旁边立着，
一群妇女围着他说道：
"那边是平等世界，
吾们可以过去吗？"
他说："这样茫茫的大海，
——还有人不要你过去——
你们怎样过去！"
众人说："吾们决定了！
请你指示个方法，
吾们定要过去！"

（二）

解放点头说道："有了！有了！
你们就是桥梁，
你们就是船只；
你们要过去，
就可以过去！
这海上一道白光，
便是你们过去的要道。
你们照着这条路前进——努力前进，
不要怕什么波浪凶恶；
你们便可以过去！便可以稳稳的过去！"
众人听了，说道："好！好！……"

（三）

后面又来了一群人——是不要他们过去的人,

想用很大的势力,

压迫他们回去!

但是他们早已过去——早已稳稳的过去!

那欢呼的声音,

隔著茫茫的大海,

还可以远远地听着!

● 新光

《平民教育》德

（一）

一道新光如线,

射在阴沉沉的海面。

我说："你们看如何？"

他说："我们看不见。"

（二）

难道不是一样,

同时射到四面八方,

原来你们带着"色眼镜",

把真实话反道说谎。

（三）

那光渐渐的大了,

射的我,"眼花缭乱","手足舞蹈"。

猛回头看见他们,

天哪真好!

●冬天里的青菜 新嘤东一

季 畴

天气冷了。
每天早上,白的浓霜,压着那鲜嫩的青菜上,
好像要灭他生机的模样。
多谢浓霜。
幸亏你加在身上;
使我心甜,使我肥壮。

●黑云

《工学》一卷二号 范煜璲

黑云层层叠叠,
满天很光亮的星儿遮住了好多,
别的星光为他的伙伴抱不平,说:
"黑云!你是好汉也来遮住我!"
黑云说:"你别大言,你且看我!"
不一会儿,
天上地下不见一点光明;
只听得从黑云缝里透出来的声音,说:
"自有东风,
把你刮到西方不见影。"

● 折杨柳　新空气

蜀　狂

平坦的道路，

两旁栽了青青的杨柳多处，

你看他，

每到春来千丝万缕，

随风吹来吹去，

若等他成阴了，

也可以挡一挡骄阳的热度。

路上的行人，

一样狂伧，

忍把那青翠的桑条，

攀折个不住。

错！错！错！误！误！误！

你纵不怜他嫩绿新青，

你也要体贴那栽培的人的心苦。

（摧残教育的人听着）（邻）

● 理想的实现　中秋夜作

《时事新报》震勋

（一）

明月！明月！

我盼久了！你为什么迟迟的不出？

你有强大的光辉，永久的性质。

你绕地周行，照遍世界，何曾遗漏了一名一物。

（二）

明月！明月！

你圆时少，缺时多；

难得你今宵光明分外，泻影银河。

江山换色，人浸月宫波。

　　　（三）

明月！明月！

我欢喜你的照出，我又怕你将沉没。

我要把万丈长绳，绊住你当空的皓魄。

只是这根绳儿，我又向何处去寻觅？……

● 鸟

《新青年》六·五　陈衡哲

狂风急雨，

打得我好苦！

打翻了我的破巢，

淋湿了我美丽的毛羽。

我扑折了翅翮，

睁破了眼珠，

也找不到一个栖身的场所！

窗里一只笼鸟，

倚靠着金漆的阑干，

侧着眼只是对我看，

我不知道他还是忧愁，还是喜欢？

明天一早,
风雨停了。
煦煦的阳光,
照着那鲜嫩的绿草,
我和我的同心朋友,
双双的随意飞去;
忽见那笼里的同胞,
正扑着双翼在那里昏昏的飞绕:——
要想撞破那雕笼,
好出来重做一个自由的飞鸟。

他见了我们,
忽然止了飞,
对着我们不住的悲啼。
他好像是说:
"我若出了牢笼,
不管他天西地东,
也不管他恶雨狂风,
我定要飞他一个海阔天空!
直飞到筋疲力竭,水尽山穷,
我便请那狂风,
把我的羽毛肌骨,
一丝丝的都吹散在自由的空气中!"

●霜

《南洋》十二　观海

起了一阵虎虎①的北风,
不见了青青的树叶;
只有纵横的枝干,点缀严肃的景色。
万物初动的时候,
试向平原望去;
晓风薄雾之外,
却又铺了一层疏散的白粉。
人哪,
草哪;
都受不起他的严寒,
忍不得他的摧残。
呵!
你真狂喜!
你真猖狂!
但是太阳来了,
你却到那里去了?

●一只飞雁

《时事新报》仲苏

这时候夜已深了:
寒月照耀,越显得云薄天高。

---

①　今为"呼呼"。

除却远村犬吠，林间落叶，
还有什么声音可以唤醒世界的酣梦呵？
半空里忽然发了一声狂叫，
是谁高歌？是谁长啸？
这要死的寂寞，被那悲壮的呼声惊破了！
波浪似的回声在空中摆动，好像是众生呻吟——
细诉他们的苦恼。
哦！原来是一只抛弃伴侣的孤雁来了！
他环绕着我盘旋，高叫，
猛可的又飞去了。
唉！雁呀！你这潇洒超脱，长征不倦的飞鸟，
真使我欣喜，羡爱，——忘却万般的烦恼。

● 落叶

《新生活》五　寒星

（一）

树叶要生长，
风要吹落他，
他如何抵抗？

（二）

他落在地上，
悉悉索索，
发几阵悲凉的声响！

（三）

他不久要化作泥，
但是留一刻，

便要发一刻的声响!

（四）

那是最后的声响!

是无可奈何的声响!

但是——终于是他的声响!

●一梦

《女界钟》　过——

同行一个山上，

"我最爱的妹子，"

忽然掉在山脚里。

我听伊叫道：

"哥哥！你快来救我！你快来救我！"

我答道："我一定救你。"

但是我终不能够跑到山下将伊救起。

我又听伊叫道：

"哥哥！你快来救我!

现在救我的人，便只有你！"

我又答道："妹子！我一定要救你！"

但是我若是也到了山脚下，

又怎好救你?

你若要我救你，

你先要自己救自己！你只努力向山上爬起，

到那时候

吾才好到仆着山边，

伸长两手将伊救起。

• 本来干他什么事

《时事新报》 王志瑞

（一）

鸟儿好好的在天空里飞，

他却要费心去促着，把鸟儿关闭在竹丝笼里；

鱼儿好好的在河水里游，

他又要费心去捉着，把鱼儿强迫到小水缸里；

虫儿好好的在青草里叫，

他更要费心去捉着，把虫儿禁押在瓦盆儿里。

（二）

一回儿他望着笼里，

鸟儿撒了他一面的灰；

他看着缸里，

鱼儿泼了他半身水；

那盆里唧唧咕咕……的声音，

又闹得他不耐烦，——不能入睡。

（三）

他就把鸟儿放还天空里；

把鱼儿放还河水里；

把虫儿放还青草里。

我想：那些！鸟儿，鱼儿，虫儿，本来干他什么事？

他起初为什么要费心那些？

他以后可再要费心那些？

●也算是一生

《新潮》一卷五号　施诵华

他家里有一位如花似玉的美人，时常似娇如嗔的勤①他说："我们家里有的是钱，况且你读了几年书，不会没有名声，何必再要到别处念书去，辜负了好时光。"

他母亲对他说："我只盼望子子孙孙安安稳稳的守着祖宗的烟火，好是吃墨水的人，总能体贴你娘的心。"

他听了频频点头，心想："大米饭是现成的，绸衣裳是祖传的，艳福是天赐的：何必再去仆仆风尘，辜负这有限的一生。"

夕阳斜照三尺孤坟，那里着他的肉身，和天赋与他的责任！

●雨

《平民教育》四　负雪

雨，你本来是很纯洁的东西。
你只为可怜这世界的龌龊，才拼命的下来将他洗洗。
谁知道这世界的龌龊，不曾被你洗去一点半点。
反将你本来的面目弄得脏滑滑的，
当初你也不是喜欢龌龊的，
为甚么今天也跟着旁人在这龌龊堆里？
唉！原来你是个"同流合污"的贱东西！

---

① 疑为"勧"，即为"劝"。

●咱①们一伙儿

《新潮》一·五　傅斯年

春天杏花开了，
一场大风吹光。
夏天荷花开了，
一阵大雨打光。
秋天栀子开了，
十几天接过的阴雨把他淋光。
冬天梅花开了，
显他那又老又少的胜利在大雪地上。
杏花，荷花，栀子花，梅花，——
你败了，我开，
咱们的总名叫"花"，
咱们一伙儿。

太阳出了，月亮落了。
星星出了，太阳落了。
月亮出了，星星落了。
阴天都不出，偏有鬼火照照。
太阳，月亮，星星，鬼火，——
咱们轮流照着，
叫他大小有个光。
咱们一伙儿。

---

① 咱，今为"咱"。

● 老牛

《新潮》二·一　寒星

秧田岸上，
有一只老牛犀水，
一连犀了多天。
酷热的太阳，
直射在他背上。
淋淋的汗，
把他满身的毛，
浸成了毡也似的一片！
他虽然疲乏，
却还不肯休息。
树荫里坐着一只小狗，
很凉快，很清闲，
摇着他的小耳朵，
用清脆的声音向牛说：
"笨牛！
你天天的绕着圈子乱走，
何尝向前一步？
不要说你走得吃力，
我看也看厌了！"
牛说：
"我不管得我自己能不能向前，
也管不得你看厌不看厌；
好只我车下的水，

平流动稳,
浸润着我一片可爱的秧田。"
狗说:
"到秧田成熟了,
你早就跑死了!"
牛说:"这件事,
我从来没有功夫想到!
你也不必来管闲事,
还是多去摇几摇尾,
向你主人要好食吃,
养得你肥头胖耳,
快活到老!"

● 别她

《新潮》二·三　俞平伯

厌她的,如今恋她了;
怨她的,想她了;
碎的,病的,龌龊的她,
怎么不叫人恨,叫人怨,叫人厌。
我的她,我们的她;
碎了——怎不补她;
病了——怎不救她——
龌龊了——怎不洗她——
这不是你的事吗?
我说些什么好!
想躲掉吗?怕痛苦吗?

我怎敢！

我想——我想她是我的，我是她的；

爱我便爱她，救我便救她。

安安的坐，酣酣的睡；

懦夫！醉汉！

我该这样待我吗？

我该为她这样待我吗？

我背着行李上了我的路。

走！走！快走！！

许许多多的人已经——正在把他们的她治活了。

寻呀！找呀！找他们去！

虽然——漆黑面的大洋，银白发的高山，

把她的可怜可爱可恨可念的颜色——朦胧朦胧——隔开我的视线。

但是爱她恋她想她的心，越把脚儿似风轮的催快。

迢迢的路途，直向前头去。

回头！呸！！

有这一天，总有的：

瘦削的手，把越碎片的她补整了；

灰白的脑，把病怏怏的她救醒了；

鲜红的血，把黑越越的她洗净了。

看！——心中眼中将来的她！

我去了，我远去了！

朋友！你们大家……

●我的伴侣

《新潮》二·一　叶绍钧

我的伴侣呵！——政客，官僚，军人。

你也有微妙和爱的心灵；
但轻轻的遮着一层薄云。
你也有承前启后影响社会的责任；
但淡淡的忘了那里是前程？
你躺在泥潭里，不自知觉，
反道"现世便是黄金。"
你笑着说，得意着说，
我只听得一片可怜的声音。
你笑着做，得意着做，
我只看见一派可怜的行径。
这声音，行径，笼罩着世界，呈个作么色彩？
我可怜你，也因可怜世界，可怜自己，——
世界是你我的住场，你我是进行的同队。
你不想罢了，想了那有泥潭里可以安睡？
我祝愿你从泥潭里跳将起来！
一点心灵，把薄雾冲碎！
认清前程，把南针准对！

　　（二）

我的伴侣呵！你以为你现在的行为可以淑世？
我把"君子之心"度人，
也承认你的志愿，热心，勇气。
但请看你那行为的结果，是什么样子？
为何有衣食不足的哀鸣？
为何有精神烦闷的悲吟？
为何单让"物质"两字，形容那"文明"？
为何令一般"忧世者"，理性不能调和感情？
恐怕你那志愿，热心，勇气，是白用了罢？没意思罢？

走错了路，就该转身，你也转身罢！

（三）

我的伴侣呵！你现在的行为，

以为是维持生命必需的？

维持生命，原是天赋的权利，人人应得。

到不能维持时，便当彻底讨究，根本解决。

倘若委屈，求全，谋衣谋食；

生命果维持了，精神上怎不加上几重郁结？

再请你想，有别的方法维持生命吗？

这是人生最紧要的事吗？

维持生命的材料，像春郊的草，俯拾即是。

你却走了迂远的路，埋没了精神去取得他，

值得吗？

（四）

我的伴侣呵！我祝祷你泥潭里跳将起来！

一点心灵，把薄云冲碎，

认对前程，把南针准对，

抛却你的政策，威权，兵器，

运用你的智慧，可以谋利世的计画，撰利世的文字。

运用你的体力，可以制造器具，种植禾黍。

到这时，你是学问家，也是工人。

再请看世界，是不是更为光明？

你的生活，是不是更为幸运？

●归来太和魂

《时事新报》 康白情

太和魂，我的心醉了。

你所有的,大体都给我爱了。

算哟!
孤傲的山,
险绝的水,
炫缦的樱花,
不是你底魂灵么?
俭约的下驮,
干净的席子,
忙不了的竹扫把,
不是你的肉么?
悲壮的歌,
质朴的踊,
沈雄的剑,
有耻的腹切,
鹿儿岛底站卒,
赢得死恋底江户子,
不都是你底儿么?
哦,太和魂,
我所爱的,
大底都给你有了。
只可惜你自己没有柁儿!

譬如染丝,
你好比白矾;
有了你颜色就亮了。
你却不问他是甚么颜色。——

染于苍就苍,
染于黄就黄。

譬如酿酒,
你好比曲子;
有了你就发酵了。
你却不问他拿去做甚么,
饮交杯也用他;
配毒药也用他。

又譬如机器,
你好比力;
有了你就动了。
你却不问他做的是甚么。——
或者缝衣;
或者舂米;
或者榴散弹也是他造的。

哦,太和魂,
只可惜你自己没有柁儿,
你把道儿走错了!
你为甚么可贵?
不是为人间而可贵么?
人间不用神怪,
不用兽性。

要你拥一人;

教你爱国；
却教你不要爱人间
"四大德"甚么东西？
不只是奴性罢了么？
我见你底神性；
见你底兽性；
却何曾见你底人性！
我最爱的江户儿，
——不曾尚名誉，尊仁义，扶弱而抑强，以供人役使为贱么？
侠邪，江户儿！
君子邪，江户儿！
不也是太和魂底儿么？
为今，却怎么不见了？
不见江户儿，
所以成其为贵族官僚军阀压平民，而资本家压劳动者底日本么？
所以成其为爱国而不爱人间，徒见神性和兽性而不见人性底日本么？
——羞哟！
出孤傲而无脉；
水险绝而能留；
樱花炫缦而不终……
也是太和魂底灵么？
日本呵！
不见江户儿，
我为你哭了！

哦，太和魂。
你还在么？

◆ 你把道儿走错了！

归来，太和魂！
归来，太和魂，
守你底灵；
养你底肉；
好好地带着你底儿；
划除你底蟊贼；
以你底血，洗你底污；
不要作人间底仇，而作人间底友！

新诗年选
（1919年）

北社编

亚东图书馆（上海）一九二二年八月初版

弁　言

　　北社是个读书团体，是个赏鉴文艺的团体，毫无取乎发洩①。我们广集新诗固不无采风之意，而为受用实占一半。赏鉴之余，随其所好而为批评，也是很寻常的。两年以来，全本这个意思自处。不过专这样做下去，似乎也自为太多而为人太少了。所以我们以工余从事选集，把历年的新诗按年刊成杂志，号为《新诗年选》，以饷同好。自从孔子删诗，为诗选之祖，而我们得从二千年后，读其诗想见二千年前的社会情形。中国新文学自五四运动后而大昌，凡一切制度文物都得要随世界潮流激变；今人要采风，后人要考古，都有赖乎徵诗。若说以这部杂志当这种重任，固不是我们所敢奢望的。

　　这是一九一九年版。一九一九年以前的新诗也附选在内。以后当按年续出。选编的凡例大要如左：

　　（一）折衷于主观与客观之间，又略取兼收并蓄。凡其诗内容为我们赞许的，虽艺术稍次点也收；其不为我们所赞许，而艺术特好的也收。

　　（二）对于其著者不大作诗的选得稍宽；对于常作诗的选得严；其有集子行世的选得更严。

　　（三）凡选入的诗都认为在水平线以上，不加次第（却不是说凡没选的都不在水平线以上。）人名以笔画繁简为序，诗以年月先后为序。也没有分类。我们觉得诗是很不容易分类的。

　　（四）偶有批评，只发表读者个人的印象，不强人以从同。本社同人也不负共同的责任；但相对的责任却是敢负的。

　　（五）为便于同好的观摩起见，偶有删节的地方，对于原著者不能不道歉！但改窜却是没有的；我们也不敢，除非印刷上有错落。

　　我们编这部杂志非常谨严。所选入的，不过备选的诗全数六分之

---

①　洩，"泄"的异体字。

一。我们还是不敢说对。所望读者勿吝赐教，使我们知道逐渐改良，就万幸了！

北社同人
一九二二年四月

北社征文启事

　　本社为公开文艺鉴赏起见，特征求对于新诗分首的批评及关于新诗的论文。两种都以没经发表过的为限。诗评最好请附原诗；否则请详注原诗出处。论文以在三千字以内而涵义丰富者为佳。登载后当酌赠《新诗年选》，藉酬雅意。惟原稿勿论登载与否，恕不寄还，除非经原著者特别声明。尚望海内外文艺大家，勿吝珠玉，为幸！

　　赐稿请寄上海亚东图书馆转交北社《新诗年选》编辑部收。

■卜生

送报

《星期日》第二十号

（一）（十月二十日）

第一次送报，便遇着整天的雨。

我心头却是无限的喜欢，觉得这是我第一次实行劳工主义。

记得送到某官厅，那官厅的收发摆出居高临下的样子；

记得送到某公馆，那公馆的主人做出责问仆人的口气，——

一处怪昨天怎么不送来，一处怪今天送来太迟了。

我心头仍是无限的喜欢，觉得今天才端详了现社会待遇劳工的形相。

（附注）十五号的《星期日》因为增刊教育号迟送一天，各报先有启事。

（二）（十月二十六日）

今天早起，依旧服着学生装，携着我最亲爱的《星期日》，

抖擞精神出了街。

很可爱，东方的太阳刚刚上来，稀寥寥的星儿还在那碧油油的天里。

更可爱，卖花的朋友早也提起花篮，游行街上。

这样的新空气里，怎当他更加上那种清香。

那自由的飞鸟啊，住在这新鲜愉快的清晨，叫他怎么不高声歌唱？

这正是我最优厚的报酬，也是我最难忘的时候。

编者按：这首诗原是三章，只取得前两章。

■五

游京都圆山公园

《觉悟》第一期

满园樱花灿烂；
灯光四照；
人声嘈杂。
小池边杨柳依依，
孤单单的站着一个女子。
樱花杨柳，那个可爱？
冷清清的不言不语，
可没有人来问他。

（四月五日）

粟如评：作者似乎是个女诗人。水心女士的小说，句句有个我在，这首诗里深涵着自然幽雅的女性美。即使作者是个男子，也无愧乎诗人的本色。诗世界的司命本是女神呵。

■五〇

一个可怜的朋友

《觉悟》第一期

朦朦的月照着；
几颗①枯树伴着；

---

① 应为"棵"。

冷飕飕的北风,呼呼的吹着;
可怜的朋友街头站着。

他,大氅披着,
两手袖着,
卫生棍儿挟着;
朦朦的月光将他黑胖的脸儿映着。
呀!你冷了么?
你冻了邪?
你静静的站在冷清清的夜里为什么事呢?

勤苦的国民!
可怜的朋友!
去罢!家去罢!
看!我去了!

朦朦的月照着;
几棵枯树伴着;
冷飕飕的北风呼呼的吹着;
可怜的朋友街头站着。

(十二月八日)

■大白

应酬

《星期评论》第七号

下面的话,是在澡堂子里,听见两位口操北音的弟兄们讲的;我听了,觉得有一种说不出口的感想，就略略整理了一下子，写了出来。

　　（一）

你要是不来，怎么对得起朋友？

你要是来了，我得给你花钱打酒。

什么讲究？

这是咱们的应酬！

　　（二）

你来了！

你喝醉了！

你又发你的酒风了！

我们的腰包可空了！

　　（三）

我说，"我上你的当！"

你也说，"我上你的当！"

到底是谁给谁的当上？

　　溟泠评：费力往往不讨好。这首诗的好处端在不着力。不着力或者到是真着力。

■今是

月夜

《星期日》第廿二号

举首前望，

山遥路远。

就在这里看，

又在这里想。

我望得见明月啊,

明月看得见我么?

你是明月吗?

是他啊!

他怎么不见啊?

莫是愁云把他遮了?

看啊!看啊!他来了!他见着我了!

来了!来了!他不是在那里笑吗?

你为什么笑啊?

是痛苦吗是快乐?

是奋斗吗是牺牲?

是博爱吗是自由?

到底是什么?

望你告诉我!

可爱的月啊!你如何这般的光亮!

我愿你的精神啊,指示我前行的方向!

我不管他是黑暗吗是光明。

我只依着你的精神啊,前行。

前行,前行,

不知道山遥路远,

山遥路远,

终久会见着了你!

(十二月十七日)

溟泠评:"……明月皎皎兮照空房。昼日苦短兮夜未央。有美一人兮天一方,欲往从之兮路渺茫;登山无车兮涉水无航,愿言思子兮使我心伤!"不是《秋风三叠》的第一叠么?要有二十世纪的轮船火车,刑居实也不会短命死了。质诸作者以为然否?可见二十世纪的诗人不可不做二十世纪的新诗。

■予同

破坏天然的人

《工学月刊》第一卷第二号

绿英英的细草,
绕着碧盈盈的池塘;
一阵阵的蛙鼓,
斗起了幽咽咽的蚓箫。
为甚么山明水秀之乡,
却站着雄赳赳的兵士,
吹着滴滴打打的军乐?

(十二月二十日)

粟如评:能令读者悠然神往的,勿论怎么样总是好诗。这首诗的艺术更在长言,令人联想到李清照的"寻寻觅觅,冷冷清清,凄凄惨惨戚戚"。(案,长言译作 repetition,有叠字叠句叠段叠章,《诗经》里用得最多。诗序说,"言之不足,故长言之",就指这个。)

■王志瑞

旁的怎么样?

九月六日《时事新报》

(一)

乱蓬蓬的青草里,

开了几朵鲜花；

红的，白的，黄的，和紫的，

总是几朵美丽的花，——总是几朵野花草里的花。

蓦地里来了个顽童，

把那边的一朵折下了。

我着实替旁的花着急。

我看他们也像有些着急，方才的笑颜都似乎变了。

但我不知道他们究竟怎么样？

　　（二）

傍晚时刮了一阵暴风，那边一双渡船打翻了。

渡船上载着几位美丽的神，如今都一齐遭劫了！

我看，

旁的渡船的水手都呆呆的看着，——一方又紧紧的把着舵。

我着实替他们着急！

但我不知道他们究竟怎么样？

　　（三）

我站在黑暗里，——几乎一步也不能走，

远远地忽然有几点灯光照着我，

我便向那光明的所在走去。

那知道一盏灯熄了，

我很觉得着急！

觉得前面的光明未免减色了！

又恐怕前面的光明，可不要一齐都熄了？

但我不知道他们究竟怎么样？

　　溟泠评：记得这首诗发表的时候，正当天津学生联合会大受暴力摧残，不知道是不是他的背景？

偏 是

九月二十六日《时事新报》

我原不想见他,

偏是梦里见着!

既然梦里见着,

偏是夜鸟叫着!

夜鸟干我甚事,

偏是闹得我睡不着!

睡不着也罢了,

偏是那月亮儿又淡淡的照着!

■玄庐

入 狱

《星期评论》第八号

怎么样是不自由?入监狱。

因为自由入监狱。

这样一位先生,入监狱。

岂但是先生入监狱?

先生不入狱,谁入狱?

先生既入狱,谁也入狱!

　　编者按:这首诗原来颇长,只取得前半截。大概是为陈独秀入狱作的。

●想

《星期评论》第十二号

平时我想你,

七日一来复。

昨日我想你,

一日一来复。

今朝我想你,

一时一来复。

今宵我想你,

一刻一来复。

  编者按:这首诗原是两章,只取得第一章。

  愚菴评:读明白《周南》的《芣苢》,就认得这首诗的好处了。

●忙煞!苦煞!快活煞!
《星期评论》纪念号

  (一)

无望!无望!今年收成荒!我只吃糠,他们米满仓。

  (二)

去年如何?年成大熟。租米完过,只够吃粥。

  (三)

采桑养蚕,忍饥耐寒。纺纱织布,一条穷袴。

  (四)

千头万绪,一手整理。翻新花样,他人身上衣。

  (五)

千门万户,一手造成。造成之后,不许我进门。

  (六)

饥不如寒;寒不如饥。你埋怨我;我埋怨你。

  (七)

劳苦,劳苦!忙煞,急煞!苦的苦煞!快活的快活煞!

  愚菴评:玄庐大白的诗,都带乐府调子。

■左舜生

讲我们国家的近代史

八月二十五日《时事新报》

我一面讲；

他们一面气；

我这高抗的音调，

不觉也变了凄切。

国家主义啊！

你是什么？

到了今天，谁高兴来鼓吹你？

唉！到底是人类的一个弱点，

也是我们三十年来的史实：

四日的惨屠，

那亚美利加的人，早有些不平的颜色；

"船沉人尽！"

毕竟也不失男儿的本色。

世界啊！

我们不希望你"改造"，

这些事本用不着我重说。

　　按三十年来的史实，指中日战争；四日的惨屠，指日军破旅顺时事；"船沉人尽"，是丁汝昌致李鸿章电中语。

■仲密

背枪的人

《每周评论》第十三号

早起出门，走过西珠市。
行人稀少，店铺多还关闭，
只有一个背枪的人，
站在大马路里。
我本愿人"卖剑买牛，卖刀买犊，"
怕见恶很很的兵器。
但他长站在守望面前，
指点道路，维持秩序，
只做大家公共的事，——
那背枪的人，
也是我们的朋友，我们的兄弟。

（一九一九年三月七日）

偶 成

《每周评论》第二十五号

北河沿的西边，
立着一所灰色的大屋。
每天响的钟声，
现在忽然没有了，
门外也没有人的行踪。

只见十几个黄布帐,
散在沿河的绿杨树下。

许多老老小小的人,——
有的蹲着,有的站着,——
都在隔河呆望着。
老先生,可怜你们在清朝过了大半生,
还没有见过这样有趣的玩意儿。
我告诉你,踏了冰踹了雪,一直往西北,
在那里的旧账簿上,
却可看到许多这样的事,——
用通红的,火一般的横行字,
都在那旧账簿的末叶上记着。

他们,"看呵,捉了犯人来了!"
但我却不见有什么,
只有一位穿黄衣服的朋友,
带了他的侄儿——或是兄弟?——
在断绝交通的路上走来。
那弱小的少年——年纪不过十二三,
一身灰色布的制服,袖子上一条红线,
头上却没有帽子。
到了门口,一眨眼间,他忽然不见了,——
只有那黄衣的朋友还在门外站着,
许多老老小小的人隔了河望着。

不相识的小兄弟,

请你受我的敬意。
我愿你出了这门时,
不再受这样的待遇!
我不忍再见你那勇敢悲哀的样子,
但我终不能忘记。
我只愿你立志反对军国主义,
将来自有光明,
与我们同做平和的人民,
过自由的日子。

(一九一九年六月三日)

编者按:这当是"五四运动"里"六三运动"的一段写实。当日北京大学法科做了临时监狱,被拘的学生八百多人。后来文科也拘了二百多人。这是法科门外的样子。

■余捷

羊 群

十二月十八日《时事新报》

如银的月光里,
一张碧油油的毡上,
羊群静静的睡了。
他们雪也似的毛和月掩映着,
啊!美丽和聪明!
狼们悄悄从山上下来。
羊儿睡中惊醒:
瑟瑟的浑身乱颤,

腿软了不能立起,
跪着,
眼里都含着满眶亮晶晶的泪;
口中不住的咩咩哀鸣。
如死的沈寂给叫破了……
月也暗淡,
像是被咩咩声吓着似的!

狼们张开血盆般的口,
露列着巉巉的牙齿,
像多少把钢刀。
不幸的羊儿宛转钢刀下!
羊儿宛转,
狼们享乐;
他们喉咙里时时透出
可怕的胜利的笑声!

他们呼啸着去了。
碧油油的毡上,
新添了斑斑的鲜红血迹。
羊儿破碎皮肤的摆着;
有几个没有死的,也痉挛得不能动弹了。
他们如雪的毛上,
都涂满了泥和血,
啊!怎样的可怕!

这时月又羞又怒又怯,

掩着面躲入一片黑云里去了！

（十二月十三日）

　　愚菴评：据作者的原序，是为安武军侵犯安庆蚕桑女学校而作的。这是首难得的史诗。当时批评这件事的，多归咎于倪嗣冲治兵不严或痛恨那些当事的兵。殊不知道这还在其次。若从社会病理上探求，便见得只由于社会制度凋敝，当事的不能全负其责。第一，当事的兵有强暴罪而没有杀人罪；杀人的实在是礼教，是名节。第二，礼教不能范围那些当事的兵，名节也没有杀尽那些当事的女子，足见礼教名节的势力也式微到极点了。第三，传统思想太摧残物质的美，为寻常人所不堪，自然流于极端的反动。第四，读《雉朝飞操》，谁也觉得没有家室的苦况；当事的兵虽可恨，着实也太可怜了。不知读者以为如何？

■沈乃人

灯　塔

十一月一日《民国日报》，《觉悟》

大雷雨的天气，
海面上黑漆漆地，
从灯塔里闪出光线，
告诉危险。

风打，
雨淋，
淋的！打的！
他还是蠢然独立。

忽然轰的一声,惊天动地。
睁眼看时,不见光在那里。
可怜的灯,
他做了抵抗强权的牺牲。

(十月二十九日)

溟泠评:这首诗必有所指。虽所指不定,而使二三十年后读之,正足验"五四运动"后所谓新文化运动的时代精神

■沈尹默

月　夜

《新青年》第四卷第一号

霜风呼呼的吹着,
月光明明的照着。
我和一株顶高的树并排立着,
却没有靠着。

愚菴评:这首诗大约作于一九一七年的冬天,在中国新诗史上,算是第一首散文诗。其妙处可以意会而不可以言传。

月

《新青年》第五卷第一号

明白干净的月光,我不曾招呼他,他却有时来照着我;我不曾拒绝他,他却慢慢的离开了我。
我和他有什么情分?

公园里的二月蓝

《新青年》第五卷第一号

牡丹过了，接着又开了几栏红芍药。

路旁边的二月蓝，仍旧满地的开着；开了满地，没甚稀奇，大家都说这是乡下人看的。

我来看芍药，也看二月蓝；在社稷坛里几百年老松柏的面前，露出了乡下人的破绽。

三　弦

《新青年》第五卷第二号

中午时候，火一样的太阳，没法去遮阑，让他直晒着长街上。静悄悄少人行路；只有悠悠风来，吹动路旁杨树。

谁家破大门里，半院子绿茸茸的细草，都浮着闪闪的金光。旁边有一段低低的土墙，挡住了个弹三弦的人，却不能隔断那三弦鼓荡的声浪。

门外坐着一个穿破衣裳的老年人，双手抱着头，他不声不响。

　　愚菴评：这首诗最艺术的地方，在"旁边有一段低低的土墙，挡住了个弹三弦的人，却不能隔断那三弦鼓荡的声浪"一句里的音节。三十二个字里有两个重唇音的双声，十一个舌头音的双声，八个元韵的叠韵，五个阳韵的叠韵，错综成文，读来直像三弦鼓荡的一样。据说"低低的"三个字是有意用的。

赤裸裸

《新青年》第六卷第四号

人到世间来，本来是赤裸裸，

本来没有污浊，却被衣服重重的裹着，这是为甚么？难道清白的身，不好见人吗？

那污浊的，裹着衣服，就算免了耻辱吗？

　　愚盦评：沈尹默的诗形式质朴而别饶风趣，大有和歌风，在中国似得力于唐人绝句。

■沈兼士

寄生虫

《新青年》第六卷第六号

Distoma，你寄生我肚里，十多年了。

我精神强的时候，你就弱些。

你精神强的时候，我就弱些。

弱之又弱，万一至于死，不知道你那时候还能够独活吗？

■汪静熙

方入水的船

《新潮》第二卷第二号

船！你入了水了！

我做几句诗来祝你：——

我不愿，

你在无边的海里平平安安的走！

越平安，越无生趣。

我愿，

你永远在风浪里冲着往前走!
冲破了浪,便往前进;
冲不破,便沉在海底,
却也可鼓舞后来的船的勇气
却也可使后来的船知道,
应找别的道儿走。
走,走!
永远在危险困苦里向前走!

  飞鸿评:此诗悲壮极了。读者试看他"我不愿你……"及"我愿你……"诸句,何其沈痛啊!他说,"越平安越生趣",又说"冲破了浪便往前进,冲不破便沉在海底"云云,这种勇气,真令人兴奋。

■李大钊

山中落雨

《少年中国》第一卷第三期

忽然来了一阵烟雨
把四山团团围住。
只听着树里的风声雨声,
却看不清云里是山是树?
水从山上往下飞流,
顿成了瀑布。
这时候前山后山,
不知有多少樵夫迷了归路?

  飞鸿评:此诗音节意境,融成一片,读者可于言外得其佳处。

■周无

去年八月十五

《少年中国》第一卷第六期

园子里的人渐渐的少起来了。
满河的白雾和灰白色的月光溟濛模糊的混合起来。
眼前的东西都漫漫的改变起来。
声音也寂静起来。
但是你和我还是在河边上立着。
白雾散开，现出了一个又圆满又莹澈的月亮。
他只在那波浪中，忽长忽扁的荡来漾去，一声儿也不作响。
一只小船摇摆着过去。
船篷和摇船的人都淡淡的蒙着一层绿霜似的月色。
河上的船，——放出灯光，总明明暗暗的闪烁，
显出他们还在水里摇着。
摇船的小姑娘把着桡，弄着暗涨的潮水，望着月隐隐的唱。
但是你和我还是在河边上立着。

园子里的灯全明了。
你头上的那一个，照着我们的影子，很长的上了草地。
路上的黄叶漫漫走动，
都到了你的脚边商量着聚在一处，——不动。
我想我应该说甚么给你？说甚么给你？
你说的那些，我应该怎样答你？
忽来一阵风，吹了你些发到脸上；我想替你掠到发上。……

去年前年又前年的今天，都渺渺茫茫的记不大起。

明年后年以至年年的今天，我却永久也不会忘记。

记得甚么？

园子么？月亮么？摇船的小姑娘么？

　　愚菴评：这首诗描写细腻，颇有太戈儿风。

■周之干

雪

《新生活》第二十期

　　（一）

清早晨一觉睡醒，掀开帐子，只见窗子上十分明亮。

更瞄瞄太阳影儿到了那里；

却一点儿也看不见。

奇奇怪怪；

难道是天阴么，

那为何窗子上这么光亮；

就是天晴吧，

那太阳影子何以又看不见。

"叮当"，"叮当"，"叮当"，忽听得南门基督教堂的钟声响。

不早了；八点多钟了；要到学堂里去了；便一个咕噜滚下床檐急忙的打开窗子一看，那晓得这一夜儿被那雪珠儿偷偷瞒瞒的落满了一屋脊梁了。

哦！我说是怎么这大光亮。

　　（二）

穿好了衣，洗过了脸，吃了早饭，夹上书包，去上学堂。

一路的地上，都是盖着一片的雪。

我便用我脚上的钉鞋，任意的在雪地上乱踏，直觉心里头谁亦没有比他舒畅。

走一步踏一步，一直踏到苇杭桥边，抬头一看；只见那山尖上，树枝上，城头上，更夹着国光楼，夫子庙，我们学堂，和人家的屋上，都是一片白亮亮。

哎：雪呵：你是多大的功德修出这一身的光亮，让我去到学堂，好好地替你做写一首歌唱。

这首诗是安徽全椒县高等小学校第三年级一个小学生做的，题目是国文教员周介藩君出的。周君将许多的文中挑出这一篇寄给《新青年》杂志社，因为现在离《新青年》出版□①期还远，所以送到《新生活周报》上登出。在黑暗的安徽教育界中，居然也有这样好的教员这样好的学生，真是一件出人意表的事。

陈独秀附记

编者按：这首诗并不算绝顶好诗，不过出于个小学生的手里却是难得。从"叮当，叮当"，到"那晓得这一夜儿被那雪珠儿偷偷瞒瞒的落满了一屋脊梁了"的一段，是这首诗里的警句。

■周作人

小　河

《新青年》第六卷第二号

有人问我这诗是什么体？连自己也回答不出。法国波特来尔（Baudelaire）提倡起来的散文诗，略略相像，不过他是用散文格式，现在却一行一行的分写了。内容大致仿欧洲的俗歌；俗歌本来最要叶韵，现在却无韵。或者算不得诗，也未可知；但这是没有什么关系。

---

① 此处漏排一字。

一条小河，稳稳的向前流动。
经过的地方，两面全是乌黑的土，
生满了红的花，碧绿的叶，黄的实。

一个农夫背了锄来，在小河中间筑起一道堰，
下流干了；上流的水，被堰拦着，下来不得：
不得前进，又不得退回，水只在堰前乱转。
水要保他的生命，总须流动，便只在堰前乱转。
堰下的土，逐渐淘去，成了深潭。
水也不怨这堰——便只是想流动。

一日农夫又来，土堰外筑起一道石堰。
土堰坍了；水冲着坚固的石堰，还只是乱转

堰外田里的稻，听着水声，皱眉说道，——
"我是一株稻，是一株可怜的小草，
我喜欢水来润泽我，
却怕他在我身上流过。
小河的水是我的好朋友，
他曾经稳稳的流过我面前，
我对他点头，他向我微笑，
我愿他能够放出了石堰，
仍然稳稳的流着，
向我们微笑；
曲曲折折的尽量向前流着，
经过的两面地方，都变成一片锦绣。
他本是我的好朋友，——

只怕他如今不认识我了；
他在地底里呻吟，
听去虽然微细，却又如何可怕！
这不像我朋友平日的声音，
——被清风搀着上沙滩来时，
快活的声音。
我只怕他这回出来的时候，
不认识从前的朋友了，
便在我身上大踏步过去：
我所以正在这里忧虑。"

田边的桑树，也摇头说，——
"我生的高，能望见那小河，——
他是我的好朋友，
他送清水给我喝，
使我能生肥绿的叶，紫红的桑葚。
他从前清澈的颜色，
现在变了青黑；
又是终年挣扎，脸上添出许多痉挛的皱纹。
他只向下钻，早没工夫对了我的点头微笑，
堰下的潭，深遇了我的根了。
我生在小河旁边，
夏天晒不枯我的枝条，
冬天冻不坏我的根，
如今只怕我的好朋友，
将我带倒在沙滩上，
伴着他卷来的水草。

我可怜我的好朋友,
但实在也为我自己着急。"

田里的草和虾蟆,听了两个的话,
也都叹气,各有他们自己的心事。

水只在堰前乱转;
坚固的石堰,还是一毫不摇动。
筑堰的人,不知到那里去了?

（一九一九年一月　四日）

愚菴评：两年来的新诗,如胡适傅斯年康白情他们的东西,翻过日本去的颇不少。这首诗也给翻成日本文,登在《新村》上,颇受鉴赏家的称道。他的诗意,是非传统的；而其笔墨的谨严,却正不亚于杜甫韩愈。不是说外国人看做好的就是好的,正说他在中国诗里也该是杰作呵。

两个扫雪的人

《新青年》第六卷第三号

阴沉沉的天气,
香粉一般白雪,下的漫天遍地。
天安门外白茫茫的马路上,全没有车马踪迹,只有两个人在那里扫雪。
一面尽扫,一面尽下：
扫净了东边,又下满了西边；
扫开了高地,又填平了洼地。
粗麻布的外套上,已经积了一层雪,
他们两人还只是扫个不歇。
雪愈下愈大了；

上下左右,都是滚滚的香粉一般白雪。

在这中间,仿佛白浪中浮着两个蚂蚁,

他们两人还只是扫个不歇。

祝福你扫雪的人!

我从清早起,在雪地里行走,不得不谢谢你。

(八年一月十三日)

北　风

《新青年》第六卷第三号

好大的北风,

便在去年大寒时候,

也不曾有这么大的风。

我向北走,只见满路灰尘,

隐约有几个人影;

但觉这风沙也颇可赏玩,

也是四时里一种风景。

北风在空中呜呜的叫,

马路旁发芽的杨柳,

当着风不住的动摇,

这猛烈北风,

也正是将来的春天的先兆。

(一九一九年二月十八日)

画 家

《新青年》第六卷第六号

可惜我并非画家,
不能将一枝毛笔,
写出许多情景。——
两个赤脚的小儿,
立在溪边滩上,
打架完了,
还同筑烂泥的小堰。

车外整天的秋雨,
靠窗望见许多圆笠,——
男的女的都在水田里,
赶忙着分种碧绿的稻秧。

小胡同口,
放着一副菜担,——
满担是青的红的萝卜,
白的菜,紫的茄子;
卖菜的人立著慢慢的叫卖。

初寒的早晨,
马路旁边,靠着沟口,
一个黄衣服蓬头的人,
坐着睡觉,——

屈了身子，几乎叠作两折。
看他背后的曲线，
历历的显出生活的困倦。
这种种平凡的真实的印象，
永久鲜明的留在心上；
可惜我并非画家，
不能用这枝毛笔，
将他明白写出。

　　愚菴评：这首诗可算首标准的好诗，其艺术在具体的描写。勿论唐人的好诗，宋人的好词，元人的好曲，日本人的好和歌俳句，西洋人的好自由行子，都尚这种具体的描写。不过这种质朴的体裁，又是非传统的罢了。这首诗给新诗坛的影响很大。但袭其皮毛而忽其灵魂，失败的似乎颇多。

东京炮兵工厂同盟罢工

《新青年》第六卷第六号

一九一九年八月至九月

　　（一）
他们替他造枪，
他给他们吃饭。
枪也造得够了，
米也贵得多了：
"请多给我们几文罢！"
"……"

　　（二）
"请多给我们几文罢！

米也贵得多了。

我们饭都不够吃了，

也不能替你造枪了。"

　　（三）

枪也造得够了。

工厂的锅炉熄了火了，

工人的灶也断了烟了。

拿枪的人出来了，

造枪的人收了监了。

（一九一□^①年九月二十一日）

爱与憎

《新青年》第七卷第二号

师只教我爱，不教我憎；

但我虽然不憎，也不能尽爱。

爱了可憎的，岂不薄待了可爱的？

农夫田里的害虫，应当怎么处？

蔷薇上的青虫，看了很可憎；

但他换上美丽的衣服，翩翩的飞去。

稻苗上的飞蝗，被着可爱的绿衣，

他却只吃稻苗的新叶。

我们爱蔷薇，也能爱蝴蝶。

为了稻苗，我们却将怎么处？

　　愚菴评：周作人的诗极有过人之处，只怕曲高和寡罢。大抵传统的

---

① 此处漏排一字，疑为"九"字。

东西比非传统的容易成风气,也固其然。但我只愿他们各发展其特性,无取趋时。从来李杜并称,而李白早在杜甫之上。直到元稹继起,江西派成立,杜甫才独受尊崇。或者若干年后,非传统的东西得胜也未可知。

■孟寿椿

狱中杂诗

《少年中国》第一卷第三期

　　(一)

夜半醒来,兀自失笑;

一排排的人躺着,

好像"猪儿觉"。

这是个甚么地方?

是谁关我在这里?

有谁知道?

无人答应我;

只听着,床上同伴的鼾声,——

承尘上鼠子乱跑,——

更有那屋角上的猫头鹰嘶声怪号。

　　(二)

一会见,天明了;

那鲜红可爱的太阳光,透过铁窗,照上囚床,

把一间黑魆魆的狱室,弄得个通明透亮。

这时候,同伴醒了,

老鼠藏起来了!

猫头鹰也不号了!

（三）

西直门外，万牲园里，
虎圈内关着一只老虎，
对面就关着一只豹子，
那老虎不动声色，
只懒恹恹的睡起。
回头看豹子，
披一件黄质黑章的花皮，倒也美丽，
看见了人，立刻竖起两个耳朵，现牙露齿，——
显出他很威武的样子。
其实论他的本领，
那里赶得上那个"睡起"。

（四）

进步！进步！
一步警察厅，
二步司法署，
三步是模范监狱，
四步便是断头处。
进步！进步！
努力进步！

　　编者按：这是五四运动里群众呼声的一种。

■俞平伯

冬夜之公园

《新潮》第一卷第二号

"哑！哑！哑！"

队队的归鸦,相和相答。
淡茫茫的冷月,
衬着那翠叠叠的浓林。
越显得枝柯老态如画。
两行柏树,夹着蜿蜒石路,
竟不见半个人影。
抬头看月色,
似烟似雾朦胧的罩着。
远近几星灯火,
忽黄忽白不定的闪烁,——
格外觉得清冷。

鸦都睡了,满园悄悄无声。
惟有一个,突地里惊醒
这枝飞到那枝,
不知为甚的叫得这般凄紧!
听他仿佛说道,
"归呀!归呀!"

　　溟泠评:"曲终人不见,江上数峰青"。

"他们又来了"

《新潮》第二卷第一号

"来!来!
妈看!快看!"
路边一个五六岁的穷孩子,
小脸胖胖的,小手黑黑的,

跟着个中年的女人。
的橐！的橐！
两个灰色衣的人，挟个少年，
路那头走来；
枪上闪着刺刀的光。

"怪可怕的，
孩子！我们回去罢！"
"妈！你怕！怕什么？
你看我！"

孩子握拳头，挺起胸，鼓起嘴，
一步——两步——学他们走道。
远了——远了，
一阵阵皮鞋的声音；
街上凑热闹的人，
瞅着他都笑了。
大家忘了刚才的事。

白淡淡的太阳，
斜晒在石骨嶙峋的长街上，
三三四四的人影儿，参差动荡。
母子俩拉着手走，也慢慢的家去。
灰色衣的人干吗来的？
小心里老不明白。
他想知道，
谁都想知道，

但是，——谁知道呢！

走不上十家门面，
大家回头。
孩子的声音，
"他们又来了！"

菊

《新潮》第二卷第二号

　　前人做菊花诗的很多，题目差不多是用旧了。我做这首诗算是"旧戏新排"。但被那些遗老遗少看见，必定摸摸胡子——但遗少没有——叹口气道，"风雅扫地了。"

软洋洋的叶，托着疏剌剌的花，对着呆钝钝的人。
昂着头她笑我；低着额她怕我；
歪着腰她躲我；扭着身她厌我；闭着眼睛她不愿见我。
瞧她不睬我，问她不答我。
灯光明明的照着我和她。

谁不说咱俩是朋友呢！
"不是"，我不愿说。
"是呀"，我又不敢说。
况她没有说甚么，我还说些甚么呢？
只厮守着清清冷冷悄悄绵绵的秋夜，
的搭的搭一秒两秒的过去。

说近——何尝不是眼前；

远——天边。

我——她，好比隔条河，没有桥儿跨，船儿划。

金的黄，玉的白，深红浅红，我眼里感她。
花冠，叶绿，雌雄蕊儿，我心里识她，
但她的天真，偏被浓脂淡粉层层叠叠遮遮掩掩。
她是怎样？究竟怎样？我不知道。
他怎不恨我，厌我，远我！

谁是蠢人？她吗？我呢？
她为她生，没有为我；
无我可有她，有她也不关我。
栽在盆中，插在瓶中；
我喜欢，她悲痛。
这算甚么？成个甚么！
唉！以前的，以前的幻梦都该抛弃，该都抛弃。
那有河流？谁要桥儿！谁要船儿！
"山头，田畔，河边，你老家！
去呀！去！我送！"

（一九一九年十一月五日晚作）

● 风的话

《新潮》第二卷第三号

白云粘在天上，
一片一团的嵌着堆着。
小河对他，也板起灰色脸皮不声不响。
枝儿枯了，叶儿黄了；

但他俩忘不了一年来的情意,
愿厮守老丑的光阴,安安稳稳的挨在一起。

白漫漫云飞了;
皱叠叠波起了;
花喇喇枝儿摆,叶儿掉了。
听呀!那边!
呼呼,呼呼,
不做美的!……不做美的!……
叶儿花花的风前乱转,
还想有几秒钟的留恋;
只是灰沙捲他,车轮碾他,马蹄儿踹他,
没有法儿懒洋洋的跟着走,
推推挤挤住住行行的越去越远。

几枝瘦骨光光的枝儿,留在风中摇动。
他心里直想:
"好时光远了,披风拂水的姿容久已消散了,
就是几瓣黄叶儿也分手别离了。
风啊!无情的你!
我要问你,"为什么?"
"好朋友!我是永远如此的;
没有恨着谁,没有爱着谁,
只一息不息的终年流转。
向前!向前!
我的事!
我和你——他们大家的事!

"河岸头几尺高的枝桠我天天见你,
现在成了似伞般的大树;
不该谢谢我吗?
我曾经催你发新,助你长成,
才有今天的你;
忘了我吗?
我本无心,也不为你,
你莫谢我,莫怨我。
只那无穷极的自然,运转周流的造化,
高高笼罩着我和你。
你谢——谢他!
怨——怨他!

"痴人!想守着你的朋友,
终老在枯槁的生涯。
真能够?真愿意?
前边——摆列着无尽的春夏,无尽的秋冬。
努力去呀!莫悮①了自己的生长!
我走我的路;你,你的。
朋友!再见呵!"

风儿呼呼的,
枝儿索索的。

  愚菴评:俞平伯的诗旖旎缠绵,大概得力于词。天生就他的诗人性,随时从句子里浸出来。做诗最怕做不出诗味。所谓"就是那土和泥,也有些土气息,泥滋味",深可发明。所以古人说,"不是诗人莫

---

① 同"悮"、"误"。

做诗"。若平伯呢，只怕虽欲不做诗而不可得了。

■佷工

湖南的路上

《平民教育》第二号

（一）

路边的房子，烧的烧，倒了的倒；
房子里头的人，不知道那里去了；
有许多的田没有耕，有许多的园没有种；
唉！可惜荒废了。

（二）

"嗳哟！……老总，你老人家不要动手了，
凭在你要挑到那里，我总依从你。"
一挑很重的担子，放在大路边；
两个穿灰衣的，扭住一个小百姓在那里打。

溟泠评：诗必兼顾内容形式。若完全不顾艺术，还有甚么诗可作呢？近年写兵祸的诗很多，只有这首和胡适之的《你莫忘记》给我的印象最深。不是艺术的作用麼？

■胡适

江 上

《尝试集》

十一月一日大雾　追思夏间一景，因成此诗。

雨脚渡江来，

山头冲雾出。

雨过雾亦收,

江楼看落日。

老　鸦

《尝试集》

（一）

我大清早起,

站在人家屋角上哑哑的啼。

人家讨嫌我,说我不吉利:——

我不能呢呢喃喃讨人家的欢喜!

（二）

天寒风紧,无枝可栖。

我整日里飞去飞回,整日里又寒又饥。——

我不能带着鞘儿,翁翁央央的替人家飞;

也不能叫人家系在竹竿头,赚一把黄小米!

看　花

《尝试集》

院子里开着两朵玉兰花,三朵月季花;

红的花,紫的花,衬着绿叶,映着日光,怪可爱的。

没人看花,花还是可爱;但有我看花,花也好像更高兴了。

我不看花,也不怎么;但我看花时,我也更高兴了。

（七年五月）

编者按:这首诗只取得前大半截。

你莫忘记

《新青年》第五卷第三号

此稿作于六月二十八日。当时觉得这诗不值得存稿,所以没有修改他。前天读《太平洋》中《劫余生》的通信,竟与此稿如出一口。故又把已丢了的修改一遍,送给尹默独秀玄同半农诸位,请你们指正指正。 适。

我的儿,我二十年教你爱国,——
这国为何爱得!……
你莫忘记这是我们国家的大兵,
强奸了三姨,逼死了阿馨,
逼死了你妻子,枪毙了高升!……
你莫忘记:是谁砍掉你的手指,
是谁把你老子打成这个样子!
是谁烧了这一村,……
嗳哟!……
火就要烧到这里,——
你跑罢!莫要同我们一齐死!
回来!……
你莫忘记:
你老子临死时,只指望快快亡国;
亡给哥萨克,亡给普鲁士,——
都可以,——
总该不至——如此!……

应 该

《新青年》第六卷第四号

我的朋友程乐亭胡逸坡死后,我都为他们作传,只有郑仲诚倪曼陀死了五六年，我想替他们做的传还没有做成，至今记在心里。今年曼陀的家人把他做的诗文寄来，要我替他编订。他的诗里有《奈何歌》二十首，情节很凄惨，都是情诗。内中有几首我最爱读。昨夜重读一遍，觉得曼陀真情有时被他词藻遮住了，故我把这里面的第十五十六两首的意思合起来做成一首白话诗。曼陀少年早死，他的朋友都痛惜他。我初听说他是吐血死的，现在读他的诗，缘知道他是为了一种很为难的爱情境地死的。我这首诗也可以算是表章哀情的微意了。　八年三月二十日。

他也许爱我，——也许还爱我，——
但他总劝我莫再爱他。
他常常怪我；
这一天，他眼泪汪汪的望着我，
说道："你如何还想着我？
你想着我又如何对他？
你要是当真爱我，
你应该把爱我的心爱他，
你应该把待我的情待他。"

他的话句句都不错：——
上帝帮我！
我"应该"这样做！

　　溟泠评：这首诗委曲周至的情节，格诗已难表出，律诗更不可能。新诗所以傲律格者，正在这里。《奈何歌》二十首，又说以词藻胜，当是晚唐无题之流，那能梦见这种好诗。原序说从《奈何歌》两首里译出，其胜于原著无疑。

威 权

《尝试集》

威权坐在山顶上,
指挥一班铁索锁着的奴隶替他开矿。
他说:"你们谁敢倔强?
我要把你们怎么样就怎么样!"

奴隶们做了一万年的工,
头颈上的铁索渐渐的磨断了。
他们说:"等到铁索断时,
我们要造反了!"

奴隶们同心合力,
一锄一锄的掘到山脚底。
山脚底挖空了,
威权倒撞下来,活活的跌死!

(八年六月十一夜)

小 诗

《尝试集》

也想不相思,
可免相思苦。
几次细思量,
情愿相思苦!

有一天我在张慰慈的扇子上，写了两句话："爱情的代价是痛苦，爱情的方法是要忍得住痛苦"。陈独秀引我这两句话，做了一条随感录，（《每周评论》二十五号，）加上一句按语道："我看不但爱情如此，爱国爱公理也都如此。"这条随感录出版后三日，独秀就被军警捉去了，至今还不曾出来。我又引他的话，做了一条随感录，（《每周评论》二十八号）后来我又想这个意思可以入诗，遂用《生查子》词调，做了这首小诗。

（八年六月二十八日）

乐 观

《新青年》第六卷第六号

八年八月三十日夜的感想，九月二十八夜补作。

（一）

"这棵大树狠可恶，
他碍着我的路！
来！
快把他斫倒了，
连树根也掘去！——
哈哈！好了！"

（二）

大树被斫做柴烧，
树根不久也烂完了。
斫树的人很得意，
他觉得很平安了。

（三）

但是那树还有许多种子，——

狠小的种子，包在有刺的壳里，——
上面盖着枯叶，
叶上堆着白雪，
狠小的东西，谁也不注意。
　　（四）
雪消了，
枯叶被春风吹跑了。
那有刺的壳都裂开了，
每个上面长出两瓣嫩叶，
笑迷迷的，好像是说：
"我们又来了！"
　　（五）
过了许多年，
壩①上田边，都是大树了。
辛苦的工人在树下乘凉，
聪明的小鸟在树上歌唱，——
那斫树的人那里去了？

上　山

《尝试集》

"努力！努力！
努力望上跑！"

我头也不回，
汗也不揩，

---

① 今为"坝"。

拼命的爬上山去。

"半山了！努力！
努力望上跑！"

上面已没有路，
我手攀着石上底青藤，
脚尖抵住岩石缝里底小树，
一步一步的爬上山去。

"小心点！努力！
努力望上跑！"

树椿扯破了我的衫袖，
荆棘刺伤了我的双手，
我好容易打开了一条路爬上山去。

"好了！上去就是平路了！
努力！努力望上跑！"

上面果然是平坦的路，
有好看的野花，
有遮阴的老树。

但是我可倦了，
衣服都被汗湿遍了。
两条腿都软了。

我在树下睡倒,
闻着那扑鼻的草香,
便昏昏沉沉的睡了一觉。

睡醒来时,天已黑了,
路已行不得了,
"努力"的喊声也灭了。……

猛省!猛省!
我且坐到天明,
明天绝早跑上最高峰,
去看那日出底奇景!

(九月二十八夜)

  愚菴评:胡适的诗以说理胜,宜成一派的鼻祖,却不是诗的本色,因为诗元是尚情的。但中国诗人能说理的也忒少了。

  适之的诗,形式上已自成一格,而意境大带美国风。美国风是甚么呢?就是看来毫不用心,而自具一种有以异乎人的美。近代人过于深思,其反动为不假思索。美国文明自是时代的精神。在《去国集》和《尝试集》第一编里,如《临江仙》《虞美人》《生查子》等阕,《耶稣诞节歌》《久雪后大风寒甚作歌》《十二月五夜月》等首,美国化的色彩尤为明白。我们要知道易卜生,萧伯讷他们的名剧在美国串演,是没有多少人看的。美国文明是否人性永久的要求,诚为疑问。但适之首揭文学革命的旗,登高一呼,四方响应,其在中国文学史上的地位是已定的了。

附　录

《尝试集》

耶稣诞节歌

　　冬青树上明纤炬，冬青树下欢儿女，高歌颂神歌且舞。朝来阿母舍笑语："儿辈驯好神佑汝。灶前悬袜青丝缕。灶突神下今夜午，朱衣高冠须眉古。神之来下不可睹，早睡慎毋干神怒。"明朝袜中实饧妆，有蜡作鼠纸作虎，夜来一一神所予。明日举家作大酺，杀鸡大于一岁豰。堆盘肴果难悉数。食终腹鼓不可俯。欢乐勿忘神之祜，上帝之子

虞美人（有序）

（二年十二月二十六日）

久雪后大风寒甚作歌

　　梦中石屋壁欲摇，梦回窗外风怒号，澎湃若拥万顷涛。
侵晨出门冻欲僵，水风挟雪卷地狂，齿肌削面不可当。
与风寸步相撑支，呼吸梗绝气力微，漫漫雪雾行径迷。
玄冰遮道厚寸许，每虞失足伤折骨，旋看落帽凌空舞。

落帽狼狈裯犹可。未能捷足何嫌跛。抱头勿令两耳堕。
入门得暖寒气苏，隔窗看雪如画图，背炉安坐还读书。
明朝日出寒云开，风雪于我何有哉！待看雪尽春归来！

（三年正月）

临江仙

隔树溪声细碎，迎人鸟唱纷哗。共穿幽径趁溪斜。我和君拾葚，君替我簪花。
更向水滨同坐，骄阳有树相遮。语深浑不管昏鸦。此时君与我，何处更容他？

（四年八月二十四日）

虞美人（有序）

朱经农来书云："昨得家书，语短而意长：虽有白字，颇极缠绵之致。晨间复得一梦，于枕上成两词。录呈适之，以博一笑。"经农去国才四五月，其词已有"传笺寄语，莫说归期误"之句。于此可以窥见家书中之大意也。因作此戏之。

先生几日魂颠倒，他的书来了！虽然纸短却情长，带上两三白字又何妨？
可怜一对痴儿女，不惯分离苦；别来还没几多时，早已书来细问几时归！

（五年九月十二日）

十二月五夜月

明月照我床，卧看不肯睡。窗上青藤影，随风舞娟媚。
我爱明月光，更不想什么。月可使人愁，定不能愁我。

月冷口①江静，心头百念消。欲眠君照我，无梦到明朝。

生查子

前度月来时，仔细思量过。今度月重来，独自临江坐。
风打没遮楼，月照无眠我。从来没见他，梦也如何做？

（六年三月六日）

景不徙篇

　　《墨经》云："景不徙，说在改为。"说曰，"景，光至景亡。若在，尽古息。"《庄子·天下篇》云："飞鸟之影未尝动也。"此言影已改为而后影已非前影。前影虽不可见而实未尝动移也。
飞鸟过江来，投影在江水。鸟逝水长流，此影何尝徙？
风过镜平湖，湖面生轻绉。湖更镜平时，毕竟难如旧。
为他起一念，十年终不改。有召即重来，若亡而实在。

（六年三月六日）

■唐俟

他

《新青年》第六卷第四号

　　（一）
"知了"不要叫了，
他在房中睡着；

---

① 原书为"口"字，疑为漏排，胡适原诗为"月冷寒江静"。

"知了"叫了，刻刻心头记着。
太阳去了，"知了"住了——还没有见他，
待打门叫他——绣铁链子系着。

　　（二）
秋风起了，
快吹开那家窗幕。
开了窗幕，会望见他的双靥。
窗幕开了，——一望全是粉墙，
白吹下许多枯叶。

　　（三）
大雪下了，扫出路寻他；
这路连到山上，山上都是松柏，
他是花一般，这里如何住得！
不如回去寻他，——阿！回来还是我家。

　　愚菴评：唐俟的诗和周作人的一样深刻。这首诗更觉读之但觉其美，令人说不出味。

■康白情

草儿在前

《草儿》

草儿在前，
鞭儿在后。
那喘吁吁的耕牛，
正担着犁鸢，
眍着白眼，

带水拖泥,
在那里"一东二冬"的走着。

"呼——呼……"
"牛吔,你不要叹气,
快犁快犁,
我把草儿给你。"

"呼——呼……"
"牛也,快犁快犁。
你还要叹气,
我把鞭儿抽你。"

牛呵!
人呵!
草儿在前,
鞭儿在后。

(二月一日,北京)

女工之歌

《星期评论》第二十号

我没穿的,
工资可以买穿。
我没吃的,
工资可以买饭。
我没住的,

工资便是房钱。

我再没气力,

他们也给我二角一天。

他们惠我惠我!

我有儿女,

他们替我教育。

我有疾病,

他们给我医药。

我有家务,

他们只要求我十点钟的工作。

我有孕娠,

他们白给我几块钱让我休息。

他们惠我惠我!

(八月三日,上海)

暮登泰山西望

《少年中国》第一卷第五期

(一)

白日隐约,暮云把他遮了:

一半给我们看;

一半留着我们想。

日的情么?

云的情邪?

谁遮这落日,

莫是昆仑山的云么?

破哟！破哟！

莫斯科的晓破了，

莫要遮了我要看的莫斯科哟！

　　（二）

那不是黄河？

那一条白带似的不是黄河？

你从昆仑山的沟里来么？

昆仑山里的红叶，

想已饱带着一身秋了。

　　（三）

斑斓的石色，

赭绿的草色，

和这红的，黄的，紫的，蓝的，白的，松铺在一地的山花相衬。——人压在半天里。

这么一块扎细花的破袖！

花草都含愁，

为着落日，也为着秋。

我说，"不用愁呵！

天地不老，我们都正在着花呵！"

（九月二十五日）

日观峰看浴日

《草儿》

东望东海，

鲤鱼斑的黑云里，

横着要白不白的青光一带。

中悬着一颗明珠儿，
凭空荡漾，
曲折横斜的来往。
这不要是青岛么？
海上的鱼么？
火车上的灯？汽船上的灯？——还是谁放的玩意儿么？
升了，升了，
明珠儿也不见了。
山下却现出了村灯——一点——二点——三点。
夜还只到一半么？
这分明是冷清清的晨风，
分明是呼呼呼的吹着，
分明是带来的几句鸡声，
日怎么还不浮出来哟！

要白不白的青光成了藕色了。
成了茄色了。
红了——赤了——胭脂了。
鲤鱼斑的黑云
都染成了一片片的紫金甲了。
星星都不知道那里去了；
却展开了大大的一张碧玉。
远远的淡淡的几颗平峰
料必是那海陆的交界。
记得村灯明处，
倒不是几点村灯，是几条小河的曲处。
泾津津的小河，

随意坦着的小河，
蜿蜒的白光——红光
仿佛是刚遇了几根蜗牛经过。
山呀，石呀，松呀，
只迷迷濛濛的抹着这莽苍底密处。

哦，——一个峰边的两滴流晶，红得要燃起来了！
他们都火燉燉的只管汹涌。
他们都仿佛等着甚么似的只粘着不动。
他们待了一会儿没有甚么也就隐过去了。
他们再等也怕不再来了。
哦，来了！
这边浮起来了！
一线——半边——大半边。
一个凸凹不定的赤晶盘儿只在一块青白青白的空中乱闪。
四围仿佛有些甚么在波动。
扁呀，圆呀，动荡呀，……
总没有片刻的停住；
总活泼泼的应着一个活泼泼的人生；
总把他那些关不住的奇光
琐琐碎碎的散在这些山的，石的，松的上面。

(九月二十六日)

　　愚菴评：康白情的诗温柔敦厚，大概得力于《诗经》。其在艺术上传统的成分最多，所以最容易成风气。大概浅淡不及胡适，而深刻不及周作人。(浅淡深刻四个字，都不寓褒贬的意思。)

■郭沫若

三个泛神论者

《女神》

（一）

我爱我国的庄子，

因为我爱他的 Pantheism，

因为我爱他是靠打草鞋吃饭的人。（见《列御寇篇》）

（二）

我爱荷兰的 Spinoza，

因为我爱他的 Pantheism，

因为我爱他是靠磨镜片吃饭的人。

（三）

我爱印度的 Kabir，

因为我爱他的 Pantheism，

因为我爱他是靠编渔网吃饭的人。

天　狗

《女神》

（一）

我是一条天狗呀！

我把月来吞了，

我把日来吞了，

我把一切的星球来吞了，

我把全宇宙来吞了。

我便是我了！

　　（二）

我是月底光，

我是日底光，

我是一切星球底光

我是 X 光线底光，

我是全宇宙底 Energy 之总量！

　　（三）

我飞奔，

我狂叫，

我燃烧。

我如烈火一样地燃烧！

我如大海一样地狂叫！

我如电气一样地飞跑！

我飞跑，

我飞跑，

我飞跑，

我剥我的皮，

我食我的肉，

我嚼我的血，

我啮我的心肝，

我在我神经上飞跑，

我在我脊髓上飞跑，

我在我脑经上飞跑。

　　（四）

我便是我呀！

我的我要爆了！

死的诱惑

九月二十九日《时事新报》

（一）

我有一把小刀，
倚在窗边向我笑。
他向我笑道：
沫若！你不用心焦！
你快来亲我的嘴儿，
我好替你除却许多烦恼。

（二）

窗外的青青海水
不住声的也向我叫号。
他向我叫道：
沫若！你不用心焦！
你快来入我的怀儿，
我好替你除却许多烦恼。

新月与白云

十月二日《时事新报》

月儿呀！你好像把镀金的镰刀。
你把这海上的松树斫倒了，
哦，我也被你斫倒了！

白云呀！你是不是解渴的冷冰？

我怎得把你吞下喉去，

解解我火一样的焦心？

雪　朝

《女神》

——读 Thomas Carlyle：The hero as poet 的时候——

雪的波涛！

一个白银的宇宙！

我全身心好像要化为了光明流去。

Open-Secret 哟！

楼头的檐溜……

可不是我全身的血液？

我全身的血液点滴出 Rhythmioal 的幽音

同那海涛相和，松涛相和，雪涛相和。

哦哦！大自然的雄浑哟！

大自然的 Symphony 哟！

Hero-poet 哟！

Proletarian poet 哟！

　　愚葊评：郭沫若的诗笔力雄劲，不拘拘于艺术上的雕虫小技，实在是大方之家。而我更喜欢读他的短东西，直当读屈原的警句一样，更当是我自己作的一样。沫若的诗富于日本风，我更比之千家元麿。山宫允曾评元麿的诗，大约说他真挚质朴，恰合他自己的主张；从技巧上看是幼稚，而一面又正是他的长处；他总从欢喜和同情的真挚质朴的感情里表现出来；惟以他是散文的，不讲音节，终未免拖塌之弊云云。我想就将这个评语移评郭沫若的诗，不知道恰不恰当。不过沫若却多从悲哀和同情里流露出来，是与元曆不同的。

■陆友白

太平洋的黑潮

《黑潮》一卷二号

太平洋！太平洋！
太平洋的黑潮！
有了风便涨得这样高；
没了风便落得那样低。
咳！太平洋的黑潮！
远看你是十分平静；
近看你却又十分凶险。
咳！太平洋的黑潮！
你为什么不往太平洋的东南？偏到太平洋的西北。
我想你也是清清白白的水积成的；
你为什么这样的黑暗？这样的凶险？
千万吨的大轮船，也有不稳的样子了。
无数的男女，正在那里哭得不了。
咳！太平洋的黑潮！我且问问你罢；
假使大风停了，你便怎样？
假使有人乘风破浪，你又怎样？

■陈衡哲

● 人家说我发了痴（有序）

《新青年》第五卷第三号

  一九一八年六月的上旬，藩萨女子大学举行第五十三次的卒业礼。其时我适在病院中。有一天，正取着一张校中的半周刊，看他预告卒业的盛礼，和五十年前的老学生回来团叙的快乐新闻，忽然房门开了，走进一个七十余岁的老太婆，手舞脚蹈的向我说话。我仔细听了他一点多钟，心中十分难过。因此便把他话中的要点写了出来，作为那个半周刊的背影。一九一八年六月中旬，衡哲。

哈哈！人家说我发了痴，把我关在这里。

我五十年前，也在藩萨读书。

因此特地跑来，看我小姊妹的卒业礼。

我的家在林肯，离开此地共是一千五百里。

你可曾见过痴子吗？

痴子见人便打，见物便踢。·

我若是痴子，

你看呀——我便要这样的把你痛击！

我方才讲的什么？

哦！我记得了。

我不是讲到林肯吗？

我在林肯的时候，我的老同学约我到此后，在一个院子里居住。

我便立刻写信给校中的执事，报名注册。

岂知到了此地，册上名也没有，更不要说起我们的住处。

这还是小事。

我的同学忽然病了，他们便叫我做他的看护妇。

可怜我车子里几天的辛苦。

那晚又是一夜没睡。

明天医生便来，

说我发了痴，

把我送到这里。

他们又打电报给我的儿子，

说我智识没有了，叫他立刻就来。

我儿子他在林肯的西方一千里，离开此地共是二千五百里。

可怜那个电报定要把他吓死。

况且他又如何能立刻赶到这里？

哈哈！你要睡去了吗？

我可该走了。

我们在月亮的那面再见罢。

哦！你可知道这个金匙是什么？

我不瞒你说，

我轻年的时候，可也不算是一个平庸的人哩。

这也不必提起。

记得我前天离开林肯的时候，有无数的亲戚朋友，围绕了我的车子，说，

"你东去藩萨真是福气。

你须把各种的新闻，一一牢记。

回来我们可要细细的问你。"

我说，"这个自然。"

那里晓得我的大新闻，

就是说我自己忽然变了一个痴子！

明天我回去了，

少不得要说几句谎话。

不然，岂不要被他们笑死。

哈哈！人家说我发了痴，把我关在这里。

　　冥泠评：这种平常的事情，其实很不平常。而在美国社会里却较容易有——教育养成的。从旧中国人看去，必以为极幼稚可笑了。殊不知马援八十岁上马据鞍，顾盼自雄，正和这个无异呢。

散伍归来的吉普色（有序）
《新青年》第六卷第五号

　　（注）吉普色（Gypay）乃是欧洲的一种游民，最初从印度进来的，和中国的逃荒的相像，没有一定的家乡，他们过的生活是一种漂泊的生涯。有些人唱歌度日，有些人也会靠点小手艺谋生，有些妇人替人看相算命过日子。

（适）

漫漫的长路，
明明的星光，
指着那无尽无边的森林，
说："这是你原来的家乡！"
四年来血污了双手，
恨黑了良心，
更被那礮火枪烟，
迷盲了这两双清明的眼睛。
此刻回到家来，
好教我羞愧得无地藏身。

家乡张开了两臂，
笑迎着我说：

"归来了呀!
这里有如银的雨丝,
如锦的雪霞;
更有那人儿,
怀着真醇的爱情,
在那里眼巴巴的望你回家。"

我低着头不敢回答,
眼望着我手上的血迹。
家乡会意,
便笑着向我说:
"那血,我已把他洗去了,
这是你自己复活的新血!"

■傅彦长

回 想

我在日本的时候
美术品看见过不少;
可惜都不记得十分清楚了。
只有一件不值钱的,
使我现在还要想他。
热天好天气的晚上,
我到街上去散步,
街上许多走路的女孩儿
都赤着脚,拖着草鞋。

那种洁白，自然，可爱，
不到日本的人一世也不能享受得！

女　神

《新妇女》第一卷第四号

希腊的女神，
你们真是美丽呵——
好像一大盆清水！

西北的蛮民，
恶狠狠的来洗浴，
也就此变得美丽了。

东南的海盗，
两千多年以来，
却为什么到这里就退呢？

现在，——
西北两面都好。
东南两面该怎么样？

　　愚菴评：所谓文艺复兴以后的文明，简言之，不外就是希腊文明的近代化。希腊文明的菁华在性的道德少拘束，而于物质美上尤注重裸体美。近几年来的新文化运动，尽管以中国文艺复兴相标榜，却孜孜于求文字枝节的西方化而忽略西洋文明的菁华；譬如开门而弃钥匙，但事喧哗，于事何补！中国诗咏叹女性物质美的，三百篇以后，只六朝人偶然有几首。唐宋以来，可谓入黑暗时代，实为社会凋敝的主因。新诗人果有志于文艺复兴运动，不可不着眼此点。傅彦长的诗，只见《回想》和《女神》两首，仿佛都具鼓吹希腊文明的意思，这是很可喜的。

■傅斯年

老头子和小孩子

《新潮》第一卷第三号

这是十五年前的经历：现在想起，恰似梦景一般。

三日的雨，
接着一日的晴，
到处的蛙鸣，
野外的绿烟儿濛濛腾腾。
远远树上的"知了"声；
近旁草底的"蛐蛐"声；（一）
溪边的流水花浪花浪；
柳叶上的风声辟哩辟哩；
高粱叶上的风声沙喇沙喇；
一组天然的音乐，到人身上，化成一阵浅凉。
野草儿的香，
野花儿的香，
水儿的香，
团团的钻进鼻去，顿觉得此身也在空中荡漾。
这一幅水接天连，晴霭照映的画图里，
只见得一个六七十岁的老头子，
和一个八九岁的小孩子，
立在河崖堤上。

仿佛这世界是他俩的一样。

（一）我们家乡叫"蟋蟀"做"蛐蛐"，叫"蝉"做"知了"。

　　溟泠评：这首诗的好处在给我们一种实感，使我们仿佛身历其境；尤在写出一种动象。艺术上创造力所到的地方，更有前无古人之概。

咱们一伙儿
《新潮》第一卷第五号

春天杏花开了，
一场大风吹光。
夏天荷花开了，
一阵大雨打光。
秋天栀子开了，
十几天的连阴雨把他淋光。
冬天梅花开了，
显他又老又少的胜利在大雪地上。
杏花，荷花，栀子，梅花，——
你败了，我开。
咱们的总名叫做"花"，
咱们一伙儿。

太阳出了，月亮没了。
星星出了，太阳没了。
月亮出了，星星没了。
阴天都不出，偏有鬼火照照。
太阳，月亮，星星，鬼火，——
咱们轮流照着，

叫他大小总有个光，

咱们一伙儿。

　　溟泠评：《九歌》里有两句说，"春兰兮秋鞠，长无绝兮终古"，可以说异曲同工。

心　悸

《新潮》第二卷第二号

偏这位不仁的上帝，

化出这么一个不济的世界；

进化上万年，

遍地的人还都显饿色——

这仍是茹毛饮血的时代。

吃的是人肉，坐的是人皮，抱着骷髅当乐器，舞着销子，跳跃在死人群中，黑烟洞底。

有时血涂遍的地上，也开一两朵花，

可是血的腥气深深浸到鼻里，

使你看不清他的姿致。

你看，那灰茫茫的月色，衬这黑呀呀的时候，照在樱红地上，

是一番什么景地？

再静听，远远的一片是什么声息？

饭在面前，不由的想到，"上帝赐我劫来的饭食。"

看看我和他人身上，都是劫来的衣服。

朋友招宴会，

盛具里放着无数死尸，

而且同时同地还有人饿着待死。

聪明可喜的人在唐花房里蒸死；

愚而可爱的人在严霜底下收缩死；

好人糊里糊涂死；

歹人强被人加个罪名而死。

反正我每天所接触的人，

早晚免不了煎着熬着上肉市。

默默的念道，

"我这不是在乱坟堆里吗？"

心不悸了

《新潮》第二卷第二号

你不该说上帝不仁，

你要耐着性儿等着！

他救拔世界多少次了，

你还在梦着！

你愿他打着你做好人吗？

你愿他赶着你求事业吗？

你愿住到个没有苦恼，也没有趣味，最干燥不动的世界吗？

你愿他———一句话说吧———拿你当机器用吗？

波斯掠不了希腊；

迦太基灭不了罗马。

经过些斯巴达马其顿万答儿的践踏，总替你保着一点点儿人的文化。

在喀郎打破了匈奴；

在都尔打破了回子；

俄罗斯一旦反真了；

威廉做不成皇帝。

这一线不绝的"文化"光明,经过千重万重的"千钧一发"的难关,
总不会坠地。
他只给你几个机会,
其余要问你自己。
你不是整天说"独立!独立!"
独立全是你的力。
信你自己,
信你同时的人,
不该问上帝,
"我和将来是怎样一回事体?"
上帝在那里笑你不济哩!
你只能向他要机会:
他已把机会给你了,
这以后全是你自己的事了!

  编者按:这首诗后面,原附有志希的案语,以为是首入道化的诗;实也不可多得。但我们采诗,取兼收并蓄的度量,无所轩轾。按语似略有偏重,故不收入。

自 然

《新潮》第二卷第三号

平伯颉刚诸兄:

  你见到我这首没有艺术的歪诗,或者惊讶和我平日的论调不同,所以我不得不说个明白。

  我向来胸中的问题多,答案少;这是你知道的。近二三年来,更蕴积,和激出了许多问题。最近四五个□[①]中,胸中的问题更大大加多,

---

[①] 原书遗漏"月"字。

同时以前的一切圆图吞枣的案一齐推翻。所以使得我求学的饥，饥得要死，恨不得在这一秒钟内，飞出中国去。我现在仿佛是个才会说话的小孩子，逢事向人问，又像我八九岁的时候，天天向长者问道，某人比某人谁好，某件事和某件事那个应该。又我原来有许多不假思索的直觉，每每被我的理论享一样权力，列在问题单上。

我现在自然在一个极危险麻乱的境地；仿佛像一个草枝飘在大海上，又像一个动物在千重万重的迷阵里。

不过我的精神也被这一大团问题的挑战书刺激了。努力的读书生活，是我对付他们的唯一的而又保有效果的法子！

我看这些感念，将来恐怕不能成立起来，因为太不切我们的生活，而且也太杂乱了，万一成立，却也没有什么不可，只要自信得过。若是终不能成立，还是我现在的"理解"最后战胜，那正是由"起疑"而"起信"。疑后的信，是更稳固的了。

弟斯年　十月廿五日

究竟我还是爱自然重呢？
或者爱人生？
他俩常在我心里战争，
弄得我常年不得安贴：
有时觉得后一个有理，
又有时觉得前一个更有滋味。
虽然有滋味，总替他说不出理来；
虽然说不出理来，总觉得这滋味是和我最亲切的，——
就是我的精神安顿的所在。
仿佛《红楼梦》的读者对于林薛样的，
明知道宝钗是贤，明，有才，立业的良妻，
然而偏要和黛玉神游于尘世之外。
可见遂生成业未必就是安顿一人的一生的，

遂生成业以外，或者另有一个独立的世界。

我在现在的世界里，睁着眼睛，窥这世界，

窥不分析什么，只依稀见得一团团的趣味，纠在一块。

"趣味！""趣味！"你果真和我最亲切吗？

你为甚么不能说明你自己来？

你果不是和我最亲切吗？

你为什么能有力量，叫我背叛了我的知识，和你要好去？

你的颜色是悲戚的，终日的流泪，

真有雅典娜的姿态。

从我几千年前的远祖，直到了我，无数的被你摄魂去了。

然而多少年代的艺术家，为你呕了无数心血，

亿万万的"有趣味者，"遭了亿万万场的大劫，

结果还是一场大失败，

眼看那"有所为""有目的，"求善人生的鄙夫，一天一天的开拓起来。

但我终觉得——趣味绝，世界灭；

一点动机，散做无数动机，化成团团的趣味，然后有了世界。

我终愿我最亲爱的雅典娜多落几个眼珠儿，换上一个泛悲，泛美，泛爱的世界。

不愿那南海观世音常洒杨枝水，超脱我们快乐自在。

人生啊！我的知识教我信你赖你！

自然啊！我的知识教我敬你远你！

我信我的知识，我不能不听他的话：

然而我的趣味弄得我和我的知识神离了。

究竟我这知识是假知识呢？

或者我的感情是撒旦？

前面的光明啊！我陷在这里了！快引个路儿！

愚菴评：世界所以不灭者，在乎矛盾。世人执有执无，执动执静，

务想求个一致，譬如浇水洗煤炭，徒见其愚罢了。书越读越糊涂，而不能不读。就是涅槃也是一种自欺的假象。那么怎么样呢？还是顺宇宙矛盾的真理，各行其愚为是呵。

"前面的光明呵！我陷在这里了！快引个路儿！"最是感人。却是，是强者的呼声呢？还是弱者的呼声呢？

■寒星

E 弦

《新潮》第二卷第一号

Violin 上的 G 弦，
一天向 E 弦说，
"小兄弟，
你声音真好——
很漂亮，很清高。
但是我劝你要有些分寸儿，
不要多噪。
当心着！
力量最单薄，
最容易断的就是你！"
E 弦说，
"多谢老阿哥的忠告！
既然做了弦
就应该响亮，
应该清高，
应该不怕断。

你说我容易断,

世界上却并没有永远不断的你!"

  粟如评:这首诗大可以促乡愿派的反省。

■悳①

夜步出宣武门闻桥下水声溅溅

《平民教育》第十五号

天下明的是星吗?怎么多呢!

照我到街头,城外,河边。

四下里静悄悄的,

只有北风——很刚劲的北风,

送着汽车,马车,人力车过去了。

过去了。你们怎不开口啊!

远巷里幽幽宛宛的声音:

这是甚么?是儿歌吗?

你歌的是甚么,

家的快乐吗?

我也有家;

我的家在那里?我的世界在那里呢?

看见了;我仿佛看见了。

一个可怜的人,瑟瑟瑟瑟,迎着北风。

你怎么不开口啊!

我知道了:

我们都有家,你这可怜的无家的人啊!

---

  ① 悳,今为"德"。

星！我看见你们的世界了，

怎么这么光明啊！

照我到街头，城外，河边，

四下里静悄悄的，

只有万人踏过的桥；

桥下水声，崩腾澎湃。

你是自然的声音，自然底祖母的美笑啊！

（一九一九岁除日）

■黄琬

自觉的女子

《新生活》第十七期

我没见过他，

怎么能爱他？

我没有爱他，

又怎么能嫁他？

爸爸说，——

"礼教应当遵守。

已经受过人家的聘，不能变卦的。"

我说，——

"这简直是一件买卖，

拿人去当牛马罢了。

我要保全我的人格，

还怎么能承认什么礼教呢？
爸爸！你要一定强迫我，
我便只有自杀了！"

　　编者按：这首诗在艺术上没十分出色，却尽有历史材料的价值。

■爱我

为着你的事

第一卷第一号《工学月刊》

为着你的事，
使我一夜三反四复的想。
越想越着急；
越想越害怕！

天要亮了，
什么都想透了，
再也不能想了，
我方才睡着了。

天还没有亮，我又醒了。
又三反四复的想。
眼睛睁得酒杯样大，瞧着窗外的微光，
再也闭不拢。

（八月十三日）

■叶绍钧

我的伴侣!

《新潮》第二卷第二号

我的伴侣呵！政客，官僚，军人。

你也有微妙和爱的心灵；但轻轻的遮着一层薄云。

你也有承前启后，影响社会的责任；但淡淡的忘了"那里是前程"？

你躺在泥潭里，不自知觉，反道"现世便是黄金"！

你笑着说，得意着说，我只听得一片可怜的声音！

你笑着做，得意着做，我只看见一派可怜的行径！

这声音，行径，笼罩着世界，呈个什么色彩？

我可怜你，也因可怜世界，可怜自己，——世界是你我的住场，你我是进行的同队。

你不想罢了，想了那有泥潭里可以安睡？

我祝祷你从泥潭里跳将起来！

一点心灵，把薄云冲碎！

认清前程，把南针准对！

我的伴侣呵！你以为你现在的行为可以淑世？

我把"君子之心"度人，也承认你的志愿，热心，勇气。

但请看你那行为的结果，是什么样子？

为何有衣食不足的哀鸣？

为何有精神烦闷的悲吟？

为何单让"物质"两字，形容那"文明"？

为何令一般"忧世者"，理性不能调和感情？

恐怕你那志愿，热心，勇气，是白用了罢？没意思罢？
走错了路，就该转身，你也转身罢！

我的伴侣呵！你现在的行为，以为是维持生命必需的？
维持生命，原是天赋的权利，人人应得。
到不能维持时，便该澈底①讨究，根本解决。
倘然委屈求全，谋衣谋食；
生命果维持了，精神上怎不加上几重郁结？
再请你想，有别的方法维持生命么？
这是人生最紧要的事吗？
维持生命的材料，像春郊的草，俯拾即是，你却走了迂远的路，埋没了精神去取得他，值得吗？

我的伴侣呵！我祝祷你从泥潭里跳将起来！
一点心灵，把薄云冲碎！
认清前程，把南针准对！
抛却你的政策，威权，兵器！
运用你的智慧，可以谋利世的计画，撰利世的文字。
运用你的体力，可以制造器具，种植禾黍。
到这时，你是学问家，也是工人。
再请看世界，是不是更为光明？
你的生活，是不是更为幸运？

　　飞鸿评：此诗用意甚合于诗人的真精神，与一味谩骂者不同。读者看他的题目及中间种种替人设想的地方，便知道他是哀怜他们，希望他们，不是痛恨他们。近人做诗，对于他所不满意的人，动辄就有一种"投畀有北"，"投畀豺虎"的气概。殊不知这种气概，早已失了诗人的

---

① 今为"彻底"。

真精神了。

■裴庆彪

爱的神

《新潮》第一卷第三号

这是春天的天气；日光照得很暖，风微微的吹动。
小孩们见天气好，便都出门，到公园里去寻玩意。
他们的神气，活泼泼地，人家看了，真是欢喜。
小孩的可爱，和春天的可爱，本是一个道理。

这是春天的天气；日光照得很暖，风微微的吹动。
小孩们拿着书包，三三两两上学堂去。
他们走过田地，不小心，踏坏了新秧，推倒了竹篱。
老农见了，心上好气；但是他看了小孩的神气，他心上又不止的欢喜。

■刘复

车毡

《新青年》第四卷第二号

天气冷了，拼凑些钱，买了条毛绒毯子。
你看铺在车上多漂亮，鲜红的柳条花，映衬着墨青底子。
老爷们坐车，看这毯子好，亦许多花两三个铜子。
有时车儿拉罢汗儿流，北风吹来，冻得要死
自己想把毯子披一披，却恐身上衣服脏，保了身子，坏了毯子。

卖萝卜的

《新青年》第四卷第五号

(这是半农做"无韵诗"的初次试验)

一个卖萝卜的——狠穷苦的,——住在一座破庙里。一天,这破庙要标卖了,便来了个警察,说——

"你快搬走!这地方可不是你久住的。"

"是!是!"

他口中应着,心中却想——

"叫我搬到那里去!"

明天,警察又来,催他动身。

他瞪着眼看,低着头想,撒撒手,踏踏脚,却没说,"我不搬。"

警察忽然发威,将他撵出门外。

又把他的灶也捣了,一只砂锅,碎作八九片!

他的破席,破被,和萝卜担,都撒在路上。

几个红萝卜,滚在沟里,变成了黑色。

路旁的孩子们,都停了游戏奔来。

他们也瞪着眼看,低着头怨,撒撒手,踏踏脚,却不做声!

警察去了,一个七岁的孩子说,

"可怕……"

一个十岁的答道,

"我们要当心,别做卖萝卜的!"

七岁的孩子不懂;

他瞪着眼看,低着头想,却没撒手,没踏脚。

窗　纸

《新青年》第五卷第一号

天天早晨，一梦醒来，看见窗上的纸，被沙尘封着，雨水渍着，斑剥陆离，演出许多幻象：——

看！这是落日余晖，映着一片平地，却没人影。

这是两个金字塔，三五株棕榈，几个骑骆驼，拿着矛子的。

不好！是满地的鲜血，是无数骷髅，是赤色的毒蛇，是金色的夜叉！

看！乱轰轰的是什么？——是拍卖场；正是万头钻动，人人想出廉价，收买他邻人的破产物！

错了！是只老虎，怒汹汹的坐在树林里，想是饿了！

不是！是一篷密密的髭鬚①，衬着 Tolstoj 的面孔，——好个慈善的面孔。

又错了。Tolstoj 已死，究竟是个老虎！

还不是的；是个美人——美极了。

看！美人为什么哭？眼泪太多了——看！——一滴——两滴——一斛——两斛——竟是波浪滔滔，化作洪水！

看！满地球是洪水，Noah 的方船也沉没了——水中还有妖怪，吞吃他的尸首！

看！好光明！天边来了个明星！——唉！——是个彗星！

无　聊

《新青年》第五卷第一号

阴沉沉的天气，

里面一座小院子里，杨花飞得满天，榆钱落得满地。

---

① 鬚，"须"的繁体字。

外面那个大院子里，却开着一棚紫籐花。

花中有来来往往的蜜蜂；有飞鸣上下的小鸟；有个小铜铃系在籐上。

春风徐徐吹来，铜铃叮叮当当，响个不止。

花要谢了；嫩紫色的花瓣，微风飘细雨似的，一阵阵落下。

桂

《新青年》第七卷第二号

半夜里起了暴风雷雨，
我从梦中惊醒，
便想到我那小院子里，
有几株正在开花的桂树。

是，
他正开着金黄的花，
我为他牵记得好苦。
但是展转思量，
终于是没法儿处置。

明天起来，
雨还没住。
桂树随风摇头，
洒下一滴滴的冷雨。

院子里积了半尺高的水，
混和着墨黑的泥土。

金黄的桂花,

便浮在这黑水上,

慢慢的向阴沟中流去!

　　愚菴评:刘复的诗描写甚细而笔力稍弱。但如《窗纸》《无聊》《桂》等首,都显十足的诗意。《无聊》一首,尤不能以无病呻吟菲之。本来诗人都带几分无病呻吟。以无病呻吟四个字批评文艺,可谓不懂得文艺。不过程度上终见好坏罢了。

■阙名

忏　悔

《星期评论》第二十五号

　　一个旧朋友,从前本是为人道进过几多贡献的人,可怜后来因为许许多多的复杂原因,走到人格堕落的路上去。因为人格的堕落,又感受了许许多多的痛苦。近来忽然有一封信给我,当中有几句话说,"近一年来,大有觉悟,誓愿此生竭尽力量,改造社会,无论能力够不够,效果有没有,总抱定宗旨努力向前做去。决不再作政客的生涯。"我接到这封信,心里十分的感谢,十分的快活,也免不了十分的感伤。我把这封信给一个朋友看,他说,"这固然很好,但是还要看他的将来如何。"我听了这位朋友的批评,再把那位旧朋友的信,一字一字的又看了几遍,我总很赞美很感谢很敬重他这忏悔的人格。我默默的祝福他,希望他努力显现他忏悔的人格,同时就可以用人格的显现力,芟除这位朋友所加的那种批评。他还有一首诗,我觉得也很深刻很沉痛,现在把他写在下边。　季陶。

黑沉沉的房屋,

四围上下不见一星儿光。

我似睡非睡似醒非醒的，
眼前不知道是什么境界。
只觉得孤寂，迷闷，恐怖，凄凉。
我待要翻身，
好像有个毛茸茸的怪物在身上压着。
挣扎了好半天，
一动也动不得。
血管也胀满了。
汗珠也出来了。
铛！铛！铛！铛！铛！
壁上的钟正敲了五响，
方才压住我的东西那里去了。
翻身过来，定神一看，
牌子上已微微的现着白光。
太阳呵！你快些出来呵！
有你的光明照着，
可怕的黑暗境界，也就再不敢出现了。

　　编者按：就《星期评论》后几期的文章看，这首诗似乎是孙毓筠做的。勿论他是谁做的，也无论他做诗后的行为如何。只这当前的忏悔已够自荐于光明了。

■罗家伦

天安门前的冬夜

《新潮》第二卷第一号

黑沉沉的天，

紧贴着深灰色的土。

四面望不见一个人影，

好像我一身站在荒野里——

渺无声息——

心头所有的——孤寂，荒凉，恐怖！

光啊！你在那里？

一阵涩风，

送来满脸的浓雾。

雾里面忽然有一颗隐隐约约的微星，——

"叮——当！"

星前仿佛有个东西在动，——

那也是人吗？……

■顾诚吾

杂诗两首

《新潮》第一卷第四号

（一）

我到乡下去看我家里的坟；

觉得山色湖光在在可爱。

到了坟丁家，他主人却不在那里，

只见一个孩子，约莫十二岁的左右。

我同他谈谈，说，

"你到过城里么？"

他说，

"我到过已有三次了。"

"好玩么?"

"真好玩！来来往往的人，连连络络的不断。"

"我做了城里人，到羡慕你乡下的景致，想来住下呢。"

他说，

"哑！乡下人要耕田，要背柴。你会做么?"

"你怎么见得我不会?"

他笑着说道，

"你们城里人，只会吃吃，白相相。"（一）

　　　（二）

我到杭州去，恰坐了省长回衙门的一次车；

沿路站了许多的兵警，举着枪，吹着喇叭；

小站小接，大站大接，车行远了，还听见呜呜的余音。

许多同车的体面人，聚作一团，互相谈论着。

一个说，"我们今天真是附骥尾呀！"

又一个说，"我们今天可算自备资斧接省长！"

又一个说，"我们怎能够有这样的一天呢！"

又一个说，"我也看见举枪，也听见喇叭，便算他们迎接的只是我罢！"

对面有一个妇人，拿抱在臂上的小孩，耸了两耸，说，"好看呀！"

远远的一座，也有一个妇人，说，那些吹喇叭的，真像些痴子。"

　　（一）吴谚，"吃吃白相相"，就是北方人所谓"吃，喝，逛。"

　　愚菴评：这两首诗看来是用最简单最经济的文学手腕写的；但我曾见许多着意做短篇小说的还没做出。我也很难说出他的好处，却觉得他的好处也就贵在说不出。读者以为神秘么？

■YZ

恋 爱

(《新青年》第五卷第六号)

自然的恋爱,你在什么地方?
明明的月光,对着海洋微笑。

余　载

一九一九年诗坛略纪

编者

　　吕览载涂山氏之女候禹于涂山之阳，作歌。歌曰，"候人兮，猗！"实始作为南音。又载有娀氏有二佚女，作燕燕之歌。一终曰，"燕燕往飞。"实始作为北音。南北二音之祖，都是以白话作的。

　　也惟其越在远古，越是以白话作诗。下及汉魏六朝，文言的分离越甚，白话才不能入诗。唐人复古，又渐有作白话诗的。自李义山为西崑体之宗，专以用事僻涩为事，而文章一厄。其后以白话长短句入诗而与诗的嫡派分家，自命为词为曲。其作白话诗的仍然不少。元明以来，更盛行白话小说。白话文学之在中国，已经有六七百年了。可惜古人不斤斤于争正统，以致新文学久不昌明。戊戌以来，文学革命的呼声渐起。至胡适登高一呼，四远响应，而新诗在文学上的正统以立。所谓识时务者为俊杰，可不是么？

　　最初自誓要作白话诗的是胡适，在一九一六年，当时还不成甚么体裁。第一首散文诗而备具新诗的美德的是沈尹默的《月夜》，在一九一七年。既而周作人随刘复作散文诗之后而作《小河》，新诗乃正式成立。最初登载新诗的杂志是《新青年》。《新潮》《每周评论》继之。及到"五四运动"以后，新诗便风行于海内外的报章杂志了。

　　胡适著《文学改良刍议》，刘复著《诗论》，俱开提倡新诗之端，而不与新诗生直接关系。一九一八年钱玄同为《尝试集》作序。一九一九年胡适作《谈新诗》，登在《星期评论》上。又作《尝试集自序》。俞平伯著《白话诗的三大条件》登在《新青年》上。都是专论新诗的文章。

自《新潮》出世后，日本的报章杂志如《大阪每日新闻》《中央公论》等，翻译中国新诗的颇多。而康白情、傅斯年的翻译过去的尤多。

直到一九一九年，新诗还没有出过集子。写不上多少句，要紧的事已记完了。中国诗坛这样寂寞，真令人说来抱愧！更怕友好的诗人看见，替我们抱愧！但我们在这里，却不能不强颜自解几句。要知道中国诗人实在还是很多的。试看那家报纸，没有几句五七言做文苑？没有几则诗话诗说做闲谈？不过做新诗的还少罢了。不久做旧诗的都成了做新诗的，那怕诗人不盈千累万？那么再为诗坛记事就不容易了。

北社的旨趣

北社同人

北社发起于一九二零年，距今已两年了。他并没有章程，也没有名义上的职员，也不曾让世人知道。但他的进行却很顺遂。现在因为要发刊点东西，便要略拟几条章程，也要有名义上的职员，也就不能不让世人略为知道了。

北社是由几个喜欢鉴赏文艺的同志组织的。其中有教育家，有学生，有公司职员，有通信记者，质而言之，早晚都是些工人。

北社重在读书；而读书是为己的，不是为人的。有时候也把读书的结果，总括的发表点出来。他的态度是寓作于述。他所做的事是牺牲，以牺牲为快乐，在牺牲里求自己的满足。

北社读书的信条是虚心；自己没有成见，甚么书都肯读，甚么书都要读出他的益处。他没有甚么好恶。他的批评力求公平。他对社会作的事，也不十分为社会计功利，但求心之所安。

一九二二年四月